碎片

The Fragments

那些行走的記忆

作者：韩雅梅

中国民族摄影艺术出版社

目录

的笔墨下，我们结识了她的师长，她的朋友，她心灵里的人情练达，她眼中的万物生长，以及落日的凄美，朝阳的勃发，像涓涓小溪流入读者的心田，情可动人，景可摄魂，食可诱人。

文字的神奇在于作者的真实倾诉，情感的流露在乎内心真诚的自然表述。

一位锡伯族的才女，怯生生的抱着学习的态度，来到被她称呼为第二故乡的挪威。每个人都有故乡，并且不可自选，因为你的父母决定了你的性别，决定了你故乡的所在地，而第二故乡则不同，那是你在寻找、在踏遍千山万水之后，对那片独具魅力的土地的一种情愫，一种热爱，一种眷恋，一种难以割舍。

语言的学习增长了她的知识，师长的教诲，同学的互助，朋友的相帮，让她收获了一生不可忘怀的情谊。有人或许一辈子对故乡不会留下什么记忆，而她，在挪威短短一年的时间，那里的一切让她铭记一生，读了她满含深情的激扬文字，看了她魅力四射的摄影作品，体味着作者的情感与付出，你会在其中寻找到她为何把这里称为第二故乡的缘由。

阅读她的文字，如她的民族一样，热烈、纯朴、奔放、洒脱。翻看她的摄影照片，亦如她的民族一样，执著、强捍、义无反顾。她见到美景，就像饥饿之人扑向食物，她遇到感动的人与事，就像久别的恋人般，热烈地将对方紧紧的拥抱。那份炽热的情感，能把读者融化。

文学，若她思想的播种机；摄影，似她心灵的反光镜。

她是谁？她就是辽宁阜新的锡伯族女作家、摄影师韩雅梅。

我曾经审读过她的散文，并不知道她还喜欢摄影。当我看到她拍摄的那些美轮美奂的照片时，才知道她的摄影技术有多么专业。新世纪以来，摄影热不断升温，图书的风格也随之起了变化，图文并茂甚至图片大有压过文字的趋势。

当今出版市场大多喜欢图文并茂的形式，犹如世界文化，无不在寻求东西方文化之一统，寻求民族大融合，这种融合似大江湖泽，有容乃大。文学与摄影，原本似无太多关联，但在新世纪来到之际，一夜之间相通相融，愈来愈你中有我，我中有他。其实，摄影与文学的确是相通的，只是表现形式不同。一个是用文字打动你，一个是用画面震撼你。目前作家队伍中，说弃文经摄也好，说是双栖也罢，总之，一不留神成为摄影家者，众也。

韩雅梅用图片搭配文字的形式，记录下当今的世界风貌，异域的民族风情，展现给读者一幅幅既浪漫唯美又波澜壮观的画卷。在欧洲古老的小镇，那里充满了宁静、温馨而甜美；在非洲肯尼亚，她目睹了狮子吃人的惨烈；在北美，从近万米高的飞机上俯瞰科罗拉多大峡谷的壮观；在马尔盖草原，她乘坐热气球在空中俯拍成群的角马狂奔，以及非洲大草原悠闲漫步的长颈鹿，饱餐后慵懒的狮群……在“遭遇”这些惊心动魄、难得一见的场景后，她会体味到原来生命是那么脆弱，同时又是那么温柔而美妙。

翻看韩雅梅的作品集《碎片》，让我感悟到文学与摄影的完美融合，犹如一对孪生兄弟。读罢她的作品集《碎片》，令我体味到摄影与文学的组合美，又恰似一对情爱恋人。摄影可以从文学中汲取内涵，令作品具有深遂的意境；文学可以通过摄影独到的视角，创造出美妙的文字。《碎片》的魅力，在于摄影与文学的相互交融，在相互交融中摄影与文学保持着“爱情对话”的关系，相爱相慕，相辅相成，它们扮演着不同的角色，分担起不同的作用。

文学，是用心灵和大脑输出美；摄影，是用眼睛发现，用镜头捕捉美；世间大美，无不源于再创造。

文学，是用真挚之心，饱满的热情，描述社会与人性的真善美丑。

摄影，是用沉稳之态，冷静的视角，捕捉自然与社会的喜怒哀乐。

爱文学者，文学贵在别树一帜。

喜摄影者，摄影妙在独具只眼！

是为序。

赵晏彪

2015年9月3日于三境轩

中国少数民族作家学会秘书长、《民族文学》杂志社副主编

序 言

六月天，孩儿脸，说变就变。刚刚还是烈日当头，转瞬间大片铅灰色的云便从北边铺过来。望着窗外被狂风刮得摇摇欲坠的树枝和散落的花瓣，我猜想一场大雨就要来临，于是慌忙上阁楼收起阳台上晾晒的衣服。随着一道闪电划过，“咔嚓”一声雷，震得耳朵嗡嗡直响，我不由自主地用双手捂上了耳朵。伴着雷鸣闪电我胆战心惊地收起衣服，跑回屋，放下衣服急忙去拔电源插头，慌乱中猛然一转身便把桌上的大花瓶给碰翻了，只听“叭”的一声响，花瓶被摔得粉碎，“天哪，这可是老公最心爱的花瓶啊！”我呆呆地站在那儿，心想，如果老公发现花瓶被打碎了，准会大发雷霆，于是我急忙蹲下捡拾碎片，趁老公没回来之前赶紧把它粘好。好好的花瓶居然摔个稀巴烂，我一边捡，一边自责，无意中手触到了瓷片，食指被扎出了血，鲜血滴到了地板上……

我简单包扎完伤口，又试着用类似的办法“包扎”花瓶，花瓶可不像手指那么听话，你想怎么包就怎么包，想用万能胶把一堆硬邦邦、尖溜溜的东西粘到一起恢复原状说起来容易做起来太难，我使出浑身解数，花了好长时间都无法将它们粘好，我有些不耐烦。抬起头望望窗外，发现天气好像也在故意跟我作对，大雨仍下个不停，我的心情糟透了，“反正也修不好，老公回来爱怎么说就怎么说，给他个耳朵就是了！”想到这儿，我心一横，把碎片扔到一边，跑到床上睡大觉。

说是睡觉，可哪儿睡得着啊！倒在床上胡思乱想，我想起了如今生活的孤独与无奈，想起了过去那些浪漫与美好，当然想的最多的还是在挪威留学时那段美好时光。

人往往就是这样，拥有的时候不懂得珍惜，一旦失去了才知道可贵！在挪威的时候我每天都很想家，可回国后我又非常怀念在挪威的那段日子。尽管在国外漂泊的日子很孤单，也很寂寞，但却非常充实，也就是在那段孤独寂寞的日子里，我学会了独立思考，学会了自立自强，也从那时起，我树立了新的人生目标——在有生之年游历 100 个国家，去不同的国家，欣赏不一样的风景，感受不一样的风土人情，领略不一样的人生。于是我从挪威做起点，从奥斯陆飞往欧洲各国，然后是从沈阳飞往澳洲，从北京飞往非洲和北美洲……

我觉得人生总得有点追求，不能白到世界走一回，人活一辈子总得留点什么，要么留点文字，要么留些影像资料，要么留点……

奥古斯丁曾说过："世界就像一本书，不旅行的人，只读过这本书里的一页。"我希望自己这辈子能多出去走走，多看几页书。所以心情不好时，我多半是出去散散心，看看他乡、别国的风景，接触不同的人，了解了不同的文化，旅途中快乐的心境会使我忘记很多烦恼。

尽管我很平凡，但这绝不影响我去追求梦想，凡人也有凡人的快乐与追求，于是我试着把留学和旅游中的所见所闻记录下来，并配上了自己或好朋友所拍摄的照片。在欧洲留学时我对摄影一窍不通，只是个"小菜鸟"，当时拍的那些照片谈不上具有什么艺术性，但这些照片都和着我的心血，虽说算不上最好的，但有些确实是难得一见的，无论如何我都回不到从前，更无法"穿越"去拍摄当时的场景，所以只能"凑合"着把它们放在了书里，为的是还原真实的过去。

生活并不总是艺术，尽管我们可以艺术地生活，但有时候我们不得不活在现实里。

书的内容早就写完了，可还没有合适的名字，我花了好长时间，征求过不少老师、同事和好朋友的意见，也起过无数个书名，但总觉得不理想，为此我感到十分苦恼。

没有灵感，挤破脑袋也挤不出来，所以索性一个人坐在床上发呆。不知过了多久,我忽然发觉这些零散的碎片像极了地图上那些形状各异、大小不一的板块!这时我的脑海里突然闪出了“碎片”这个名字，于是我决定用“碎片”做书名。

我把曾经自己去过的国家在地图上都做了特殊记号——画个小圈，用不同颜色标识不同的国家，一路走来，我在地图上已经画上了一个又一个圈，就是为了时刻提醒自己哪些国家曾经被我“征服”过，还有哪些国家未曾触及！每每对着被我做上标记的地图，我都会有一种说不出得自豪与喜悦！也时常用这张地图来鞭策自己不能懈怠，不能动摇，要坚定地朝着自己 “游遍世界” 的目标继续前行……

我曾经因为摄影而疯狂，我相信也有很多热爱摄影的人也曾经、正在和即将为摄影而抓狂。朋友都笑我一拿起相机就像打了鸡血，浑身有使不完的劲儿，好多人不理解，但其中的乐趣只有我和跟我一样“疯过”的人才能心领神会。世界无穷大，我所发现和感悟的不是，也不可能是世界的全部，所描写和记录的也只能是大千世界的一小部分，所以我的书名叫“碎片”再恰当不过了。我是想通过自己所经历的、所发现的、所感悟的和所创造的一个又一个片段来展示给读者，让读者触摸和感受广阔而又壮观的天地，人类文明与灿烂的文化，和谐的万物，五彩斑斓而又生机盎然的无言之大美。同时也希望读者能通过我所描写的这些片段来透视和感知这个世界的美好。

尽管这场大雨让我失去了一个心爱的花瓶，但我却获得了一个难得的书名，我觉得为了《碎片》失去花瓶还是值得的。这场大雨浇开了我的思路，去掉了我一大块心病，从某种意义上说，我真得好好感谢这场瓢泼大雨！

老实说，当初我能拿起笔写点东西完全是因为我在挪威留学时的导师和那里的留学生们，是他们的善良和别样的精彩感染了我，让我有一种冲动，把这些科学巨人以及愿为科学献身的精英们的故事写出来，与读者分享。所以我谨以此书献给那些为了民族的利益，为了国家的复兴而远离祖国，远离父母，漂泊在外，“享受孤独”的科技工作者和广大留学生们，献给那些曾帮助过中国留学生的众多的海外友人，同时更想以此书激励国内那些奋发有为，自强不息，勇于担当的有识之士！

疯狂的球迷　　中国球迷协会罗西提供

欧洲之旅

TRIP TO EUROPE

2005年我被国家留学基金委员会派往欧洲留学，在挪威科技大学留学期间，我利用假期自助游览了将近20个国家，因为游德国、法国时有我同期出国留学的最要好的朋友陪伴，所以游得最自由、最尽兴、也最开心。可以说国外留学和旅游的经历是我今生拾得的最大的精神财富，足以让我享用一生。

一、欧洲之旅

2005年我被国家留学基金委员会派往欧洲留学，在挪威科技大学留学期间，我利用假期自助游览了将近20个国家，因为游德国、法国时有我同期出国留学的最要好的朋友陪伴，所以游得最自由、最尽兴、也最开心。可以说国外留学和旅游的经历是我今生拾得的最大的精神财富，足以让我享用一生。

（一）我的第二故乡

因为有一地名（Moholt还是Mohot）叫不准，所以我发邮件给挪威的老朋友——李平举，希望他帮忙确认一下。仍像从前一样很快回复，他不仅告诉我该学生公寓的准确写法——Moholt，还鼓励我要加快进度，他好一睹“芳容”。朋友的话令我十分感动。突然联系上多年未见的老朋友，我激动不已，脑海里不断浮现出李平举、赖旭、Marvin和lars等一个又一个在挪威认识的老师和好朋友，想起了在挪威留学那段精彩而又快乐的时光……

故乡难以割舍，而第二故乡更令我终生难忘。有些人可能会说我忘本，可我不以为然。因为故乡不是你所能选的，与生俱来的，美不美丽，喜不喜欢你都得面对，你无论如何都抹不掉，所以有时候难免会夹杂着某种无奈。而第二故乡则不同，你可以根据自己的喜爱进行选择，不喜欢可以一走了之。而且因为已经慢慢适应了周围的环境，对它注入了太多的心血，融入了太多的情感，所以自然会更加依恋、更加难以忘怀。

尽管只在挪威呆了一年，但这短暂的时光却给我留下了难以磨灭的印象。挪威的自然环境清新优美、人们亲切优雅，社会文明和谐，也许是在这样的环境中生活没有压力吧，所以爱发脾气的我开始变得越来越平和起来。不到挪威我还真不知道什么叫“生活”，以前的我不过是活着而已。也就是从那时起，我才慢慢懂得创造和享受美好生活的真正含义。我要活出个样来给自己看！

有人说，挪威是灵魂安放的场所，但我却说它是摄人心魄的国度，因为我亲身感受到挪威不仅是生者可靠的精神家园，逝者灵魂最美的归宿，更是现代人自由成长、能量尽情释放的场所。

据官方资料记载，挪威是世界第三大石油出口国，不仅是经济市场自由化和政府宏观调控成功结合的范例，还是创建现代社会福利国家的先驱之一，有完善的社会福利，人民生活水平很高。自 2001 年起连续六年被联合国评为最适宜居住的国家，并于 2009 年至 2013 年连续获得全球人类发展指数第一的排名。

由于挪威高税收、高福利，所以不论是大学教授，政府官员，还是服务员，甚至是出租车司机，每个人都拥有平等的就业机会，都一样享有高质量而又体面的生活。挪威既没有严重的交通堵塞，也没有空气污染，劳动不再是人们的一种负担，而是变成了人们的一种需求。可以说挪威就是现代版的童话世界！

1、童话里的古城堡

据说人一生下来，就注定了各自的使命，一生中遇到什么人，遇到什么事儿都已经让老天安排好了。一个小小的世界，根本锁不住我这样一个充满幻想的女人，我喜欢“征服”世界，尽管很多人都说这是男人的事儿。我喜欢少语而又阳刚的男人，说的很少，却一语中的，一双会说话的眼睛瞅着你，我觉得胜过千言万语，不怒自威，你会觉得他像个英雄，这样的男人我愿意为他付出一切。

我喜欢浪迹天涯，我喜欢看不一样的风景，认识不一样的人，做不一样的事儿，如果每天都重复地做一样的事情，我宁愿只活一天。可能生来就是这个命，所以我就喜欢折腾，也很享受这种折腾来折腾去的生活。

出国前，我从中国驻挪威大使馆网站查到了教育处的联系方式，并通过教育处孙处长找到了几个在挪威科技大学学生会的联系方式，发了若干封邮件，但多数邮件如同石沉大海，只有李平举和赖旭做了回复，可遗憾的是，他们来信告诉我说他们都不懂起重机械，也不认识科技大学该领域的教授，我只好自己从网上查找相关信息……

李平举是公派留学后接着在挪威科技大学读博的，呆的时间比较长，了解的情况也比较多，人也非常热情。他在信中告诉我，刚开始出国语言可能不太过关，会有点不适应，但过两三个月就好了。只要身上带够钱，一般问题都能解决。如果住房现在还没有预定，那就来了之后再找，以前有人就是来了之后才找到住处的。住外面也就 3000 元左右。如果我去时没人接，到时他可以去机场接我。

在后来的邮件中，李平举不仅不厌其烦地帮我修改英文简历，还发给我好多有关挪威的信息资料，因此，我少走了不少弯路。

终于出发了，别了亲人和朋友，一个人踏上了旅程。我乘坐的是欧洲航班的班机，在德国法兰克福中转后，改乘小飞机飞往挪威第三大城市——特隆赫姆，一路上我想象着它的模样，心里充满了无限的期待。当飞机即将降落特隆赫姆机场时，我激动地探头往舷窗外看，只见大地漆黑一片，星星点点的灯光散乱地排列着，看不到一点繁华。这完全出乎我的意料，我先是一愣，接着忍不住想起了鲁迅的那句："从篷隙向外一望，苍黄的天底下，远近横着几个萧索的荒村，没有一些活气。我的心禁不住悲凉起来了。"这哪是世界第三富的国家呀，简直就是个小山村！随着飞机缓缓降落，我的心变得越来越沉重，我的情绪也变得越来越糟糕，当飞机落地冲入跑道的那一刻我的梦跟着彻底破灭了……

机场，空荡荡的，旅客，寥寥无几，面对这冷冷清清的机场我的眼泪唰地一下流了下来！！

到达挪威科技大学的第一天，导师 Marvin 教授带我到同系的几个办公室转转，之后又领我到各个办公室认识了一些新同事，其中就有他的博士生——Trond。当 Marvin 笑着把 Trond 介绍给我时，我眼前一亮，真以为见到了好莱坞电影明星，他皮肤白皙，一双蓝色的大眼睛炯炯有神，外翻式金黄色卷发披在耳后，既帅气，又优雅，活脱脱就是一个美国大片中的男星，我忍不住脱口而出："You look like a movie star！（你像个电影明星！）"

Trond 听完我的夸奖，并不像中国人那样故作谦虚，而是微微一笑，不慌不忙地向我鞠了一躬，然后才抬起头大大方方地说了声“Thank you（谢谢）.”看他这般绅士而又幽默的“表演”，我感到十分有趣。

安顿完之后，Trond 又陪我一起开车到城里开了银行账户，买了些日用品。而且接下来的几天 Trond 都按时接我上下班。初来乍到的，在陌生的国度每天都能看到热心而又帅气的 Trond，我心里多少有些安慰。

听人说，挪威的森林漫无边际。而且还是那种人进去了很容易迷路的巨大而又原始的森林。所以老实说，去挪威，除了要完成工作任务以外，更多的还是想亲自看一看挪威神秘的森林。

挪威虽处于北欧，但三面环海，加上受北大西洋暖流影响，大部分海面冬季都不会结冰，所以挪威并没有人们想象的那么冷。挪威科技大学坐落在挪威第三大城市——特隆赫姆（Trondheim）。特隆赫姆地处尼德河和特隆赫姆峡湾的交合处，人口 15 万，城市的森林覆盖率高达 70% 以上，是挪威的科学技术和教育中心。

挪威的冬季很难熬，白天短得很。每天早晨九、十点钟天才亮，下午两、三点钟，天就黑了。白天在办公室都得点灯，晚上更不用说了，因为每天大部分时间都在看书、上网查资料或写论文，加上日光照射不足，所以眼睛经常发胀，偶尔也酸疼酸疼的。缺少阳光照射，整天昏暗暗的，加上白天晚上都见不到几个人影，我的心也跟着灰暗起来，心里不自觉地开始抱怨，国家为什么把我派到这里来遭洋罪！

一天，Trond 说晚上有事不能送我下班，我只好一个人步行回家。来挪威一周了，还从未自己走着去学校。沿着柏油路往回走，看见的路标全是挪威语，根本就不认识，十字路口和丁字路口甚至小小岔路口看起来几乎都差不多，周边也没有明显的标志性建筑，穿过一条又一条街，走过一条又一条路，就是找不到 Moholt（学生城）。我从小就怕黑，傍晚一个人走在行人稀少的小路上，害怕极了，好不容易发现两个人影，赶紧上前问路。他们告诉说我，已经走过头了，需要返回原路，于是我掉头往回走，一边走，一边打听最后终于到家了。回到家里，累得像一摊烂泥，倒在床上休息，晚饭没心情做，更没心情吃。孤孤单单地躺在床

美丽的挪威山村景色

上，身边连一个说话的人儿都没有，倍感凄凉，鼻子一酸眼泪止不住地流了下来。

一连几天，我上班一声不吭，坐在电脑前发呆。看到我没精打采的样子，Trond 追到我的办公室关心地问："您怎么了？生病了，还是家里出事了？如果哪儿不舒服，我带你去医院看看，您这又没有熟人，别不好意思，我不帮你谁帮你呀！"

他不说还好，听他这么一说，我的眼泪不自觉地又流出来了。Trond 先是一愣，随后递给我一块面巾纸，安慰我说："别难过！快告诉我到底怎么了？"

我不知道自己为什么动不动就流眼泪，有时候真恨自己的眼睛不争气。我羡慕那些喜怒不形于色的人，因为他们能控制住情绪，不让自己难堪。而我的喜怒哀乐全都写在了脸上，不说，别人也能猜出八九不离十。

我抽噎了好一会儿，擦干眼泪，苦笑着回答说："这里的天气太糟了，我不喜欢，每天都见不到四个小时太阳，黑乎乎的，我的心情简直糟透了，我不想在这儿呆了，我想回家！"

听我这么一说，把他逗笑了。我知道他是在笑我幼稚，可没办法，我不想再遭这份儿洋罪了。听我说完之后，他低下头轻声地安慰我说："我刚从英国来的时候也像你一样，特别想家，也曾有过一走了之的念头。可过了一段时间，我跟老师和同学们熟悉了，加上学习忙，慢慢的，我的注意力一分散就不那么想家了！虽然现在天气很冷，也见不到多少阳光，但这都是暂时的，因为挪威的气候是四季分明的，冬天来了，春天还远吗？再说了，冬天也有它的好处呀，白天时间短，早点睡觉就是了，你还可以学黑熊冬眠呀？要知道，每到元旦和圣诞节的时候，我们一帮年轻人就会聚到一起，跑到雪地里跳舞，到山上滑雪，既惊险又刺激，开心极了！这些体育活动是其他季节做不到的，从这个意义上讲，我还蛮喜欢冬天的。冬天吃饱了，睡足了，到了春天浑身就会有使不完的劲儿。等到了夏天，从早到晚都有太阳陪着，我就会一直不睡觉，赶上节假日还可以玩一天一宿，那多快活呀！"他连说带比划的，我的心情不知不觉的好了很多。

忽然想起一位画家曾委托我拍几张挪威的墓地，为了履行诺言，一个周末我独自一人到教堂附近拍墓地。刚进墓地时，我还真有点害怕，可没过多久，我就被雪地里一个个绿草和鲜花陪伴着的个性墓碑给吸引住了，我忘了自己是身在墓园。我好奇墓碑下面的死者到底是什么身份？他们在人世间究竟活了多长时间？于是，我蹲在雪地上，一个挨一个地看墓碑上刻的字，看死者的姓名、出生和死亡的年、月、日，然后再推算他们在世上活了多少岁。经过研究和推算，我发现除了非正常死亡的以外，大多都活过了八十岁。我不由地心生羡慕。像他们这种普遍长寿的还真不多见，我羡慕他们，活着的时候与家人一起静静地享受生活，死了仍然可以静静地等待亲人的“探望”，来去自然，毫不浮躁，让常人可望而不可及！一边看，一边算，一边想，一边拍，不知不觉已走出了墓园。

尽管当时整个墓园只有我一个人，但我却没有丝毫的恐惧，连我自己都挺奇怪。要知道，在国内每逢清明节扫墓的时候，和家人一起去公墓我还直提心吊胆的呢，可在挪威，墓园里只有我一个人，我都怕不起来，难道那里真是灵魂的归处——死者的天堂？

此后，我又陆续去了欧洲其他几个国家的墓地仍旧没有恐惧，反而觉得在欧

挪威的墓园

洲的墓地之中穿行如同自己行走在花园里，那么安静，那么美丽，而又那么富有诗意……

也许，越自然，越美好。

随着对周围环境的熟悉，我开始逐渐改变了对挪威的不良看法，慢慢地喜欢上了特隆赫姆。可好景不长，一个月过后，天气变得越来越冷，街道上行人越来越少，我的新鲜劲儿也过了，于是我又想起了家人，有时想得抓心挠肝的，我恨不能变成一只小鸟飞呀飞，一直飞回大洋彼岸。

为了进一步排解心中的孤寂和烦恼，我还学会了不少歌，在早晚上下班的路上我经常唱那首《朋友别哭》

有没有一扇窗
能让你不绝望
看一看花花世界
原来像梦一场
有人哭
有人笑
有人输
有人老
……
到结局还不是一样……

走在寂静的小路上，我边唱，边流泪，不去看路上的行人，也不想看见什么人。我知道，这里根本就不可能有我认识的人，看也白看。

大雪过后的一天早晨，我一个人走在通往学校的小路上，走着走着，无意间向周边瞥了一眼，我惊呆了，我发现这里原来这么美：错落有致的彩色木屋镶嵌在银白色的山坡上，厚厚的白雪骑在房顶上、松树上和灌木丛中，构成了千奇百怪的景象——乖乖的雪兔，凶猛的老虎，怒吼的狮子，还有大小不一的白白嫩嫩的雪蘑菇，看到这一切，我感到分外惊喜。心里美滋滋的走，猛一低头，又发现雪化了的地方竟然冒出了绿草，我连忙蹲下来拨开雪，仔细观瞧，雪下面的草绿油油跟夏天的好像没什么分别，只是颜色更深一些。在如此寒冷的冬天，从皑皑白雪下面拱出来的草还嫩绿如春。我知道，此时东北老家的草早已枯黄一片了，什么时候能把这抗寒的绿草移植到东北那该有多好呀！想到这儿，猛一抬头，看见旁边的几棵大树的树冠上还留有好多金黄的树叶，大冬天的，草绿着已经够让我吃惊的了，树冠上还有树叶？我真不敢相信自己的双眼。看到这些心中平添一份喜悦。太不可思议了！我终于明白 Trond 为什么那么喜欢冬天了，因为这里有罕见的“冬日里的春”。没想到冬季的特隆赫姆竟然像神话里的古城堡，静悄悄的，神奇而又美丽。

一个人想入非非，不知不觉走到了学校停车场，突然听到有人喊：“hello”，我顺着声音望去，看见前面停着一辆轿车，一个白人男子坐在驾驶室里正伸出一只胳膊冲我摆手，我走过去快到跟前时，他迅速打开车门，然后解开裤带掏出尤物，我被吓出了一身冷汗，周围除了冰冷的汽车以外，一个人影都没有，我吓坏了……

2、办公室的异国情

我从停车场拼命往前跑，一口气跑到了办公楼大门口，慌慌张张的我险些与 Marvin 撞个满怀，看我狼狈的样子 Marvin 关切地问我出了什么事？我上气不接下气地解释说，我刚才在停车场遇到了坏人，十分恐怖，当然我没说出具体的细节。“坏人？怎么可能？挪威人都很守法，不瞒你说挪威监狱里只有一个罪犯，还是前两年的女强奸犯，你是不是搞错了？”Marvin 一脸狐疑地问。看他那不信任的表情，我把要说的话给咽了回去，反正我用英语也说不明白，干脆就不解释了。明天走大道，不走小路就是了！

我想马路上随时会有很多车辆通过，坏人轻易不敢到公路上来撒野，相对安全些。所以从那天起我开始上下班就走大道，从大道走虽然有些绕远，但也有一点好处，那就是见到的景色也更美了。

随着季节的变化附近的景色也悄然发生了变化，被冬季白雪洗过的彩色木屋散落在山脚下显得格外引人注目，半路上偶尔遇见几个优雅的陌生人友好地说声

“Hello”，这一天我的心情就特别好，我感觉这里的一切好像都变了，特隆赫姆忽然变得那么亲切，那么令人着迷。

又过了半个月，办公室来了个老外，名字叫 Gilbert，是来自巴西的互换博士生，他人很聪明，也很活泼，英语、葡萄牙语、西班牙语、法语讲得都很棒，他跟同楼层的老板、教授、秘书等聊天就像老相识一样，让我羡慕极了。从此，办公室增添了不少活力。没过两周，办公室又来了个名字叫 John 的法国男孩，他是来挪威读硕士的。刚开始，他很少讲话，偶尔说一句，我也听不懂他在说什么，只有 Gilbert 能和他“叽里咕噜”的接两句。很显然他们讲的是法语。John 后来说，法国人认为法语是世界上最美丽的语言！法语是大学生的语言，英语是小学生讲的，所以他们认为说英语很没面子！

为了大家能够交流，John 逐渐开始说英语，我们三个人同在一个办公室，工作累了就谈谈趣事，我们的距离一下子拉近了。关系好了，他俩又要拉我和他们一同去食堂吃午餐，我拗不过就答应了。

第一次去食堂，我看着玻璃橱窗里一排排的西餐，不知道如何下手。John 说 cheese(奶酪) 很好吃，所以我听他的，就随便要了一份儿，又点了些水果沙拉和饮料。我们三个人坐在了餐厅的中间很显眼的位置，不时地投来大胆而又陌生的眼神，我觉得很尴尬，假装没看见。手里拿着刀叉不知如何下手，因为当时我还不知道如何驾驭这离奇古怪的玩意。忽然，餐厅的门被推开了，露出一个熟悉的面孔——Marvin(络腮胡子)，后面紧跟着的是 Trond。我站起来朝他们挥挥手，Marvin 很滑稽地回敬个军礼，Trond 也斯文地招招手。他俩点完菜，端着餐盘坐在紧挨着我们仨的座位上，大家有说有笑的，我紧绷的神经开始放松。我模仿他们拿刀叉的样子先切下一小块奶酪，然后放到嘴里，尝一口，满嘴的膻味，巨难吃，看着周围有那么多人，我忍了忍没吐出来，硬着头皮生生地把它吞了下去。接下来，只好吃沙拉充饥。John 吃完了自己要的那份儿，看着我剩下的奶酪，问：“你还吃吗？如果你不想吃，我帮你吃掉好吗？”我听完他的话先是一愣，然后笑着回答说：“太好了！如果你不介意的话，请便！”吃完剩奶酪，John 笑着说“你吃剩下的奶酪可真香！”听他这么说，我真是哭笑不得。

我们三个人越来越熟悉，经常结伴而行，所以我不再担心遇到什么坏人。下班回家的路上，Gilbert 总喜欢谈巴西足球，说是连巴西的女生都比我们学校附近那些男孩子们踢球踢得好、踢得漂亮。John 说法国大餐最好吃，有机会去法国，他一定会带我们去尝一尝正宗的法国大餐，要知道法国的大蜗牛好吃极了。我也不示弱，说中国的饺子和馅饼堪称一绝，不信哪天咱们露一手，尝一尝。边说边想着美食，很快就到家了。

我最喜欢的季节——夏季终于来临了，绿草由深绿变成了嫩绿色，鲜亮亮的，五颜六色的鲜花装点着校园。脱掉厚厚的春装换上漂亮的纱裙感觉浑身轻飘飘的，在花草丛中穿行，宛若飞舞的蝴蝶在花海徜徉。此时，办公室的气氛也随着夏天的到来变得越发热烈，虽然中午休息的时间很短，但是办公室的同事们还是喜欢把午饭拿到楼前、楼后的小花园里，仨一群俩一伙地坐在的草地上享受日光午餐。我和 Marvin、Gilber 等一些人也不甘寂寞，跟着大家一起到外面吃午饭，沐浴着灿烂的阳光，大家你一句，我一句，嘻嘻哈哈的十分热闹。

因为挪威冬季日照少，一到夏季人们就恨不得把缺失的那部分阳光都给补回

享受夏日的阳光（左起 John、Gilbert、我、Marvin 和 Thomas）

来，所以他们不想错过任何晒太阳的机会。当地人可不像我们中国人那么喜欢“白皮肤”，他们更喜欢把自己晒得黑黑的。在国内，天一热，好多女人都撑把太阳伞，生怕自己被晒黑。可挪威人却不同，即使烈日炎炎也没人打伞。记得有一次，我到奥斯陆玩儿，打个淡粉色的太阳伞逛街，几个小孩子盯着大眼睛一动不动地望着我，像看怪物似的，弄得我很难为情。朋友提醒我，收起伞，他们才跟着收回了满脸狐疑的目光。说来也挺奇怪的，他们怎么都晒不黑。也许他们长得太白了吧，也许是求缺心理在作祟，他们更渴望被晒黑。他们认为人晒黑了才更美，皮肤黝黑是健康的表现，健康是第一位的，是首要条件，只有热爱运动的美人儿才是最美的。不像国内某些人为了追求所谓的骨感美，疯狂节食，有的瘦得甚至都能被大风吹倒！这样的女人美吗？

举个例子，记得有一次，我去德国、法国玩了半个月，脸被晒得黄黑黄黑的，回来后我发觉自己难看极了，每天都不愿照镜子，生怕一不留神吓着自己，可是Marvin和Trond他们却说我变得比走之前漂亮多了。有意思吧？跟老外相处经常会产生这样、那样的碰撞或摩擦，有时甚至还觉得很不可思议！这可能就是典型的中西方文化的碰撞吧！

夏日的一个周末，我、John和Gilbert决定一起去海边玩。他们一向非常守时，我们按约定时间上午十点半准时从学校出发。穿过校园，沿着通往城里的柏油路前行，来到了尼德罗斯桥的桥头，放眼望去只见不远处有一座深灰色的建筑格外引人瞩目。因为他们两个来的时间短，还都没去过城里，我虽说是第二次进城，但好多地方也都没去过，所以大家商量一起过去探个究竟。

走到近处才知道这是一座教堂，名字叫尼德罗斯大教堂。教堂建在挪威守护之神的圣奥拉夫的陵墓之上，圣奥拉夫是挪威历史上一位颇受百姓爱戴的国王，在1030年死于斯蒂克莱斯塔战役。教堂始建于1070年，它是用挪威的蓝肥皂石和白大理石建造而成，装潢繁复，精雕细镂。长101米，宽50米。正面双塔高耸，大门上方密密麻麻雕刻着三排人像，圣徒、国王、主教们刻于其中。走进教堂，里面的工作人员介绍说，特隆赫姆的闻名与繁荣首先要归功于圣奥拉夫，他曾在斯蒂克勒斯塔战役中英勇战死，死后遗体被埋葬在1016年修建的圣克莱门教堂。

1031年，当圣奥拉夫的尸体被重新挖掘出来，人们惊奇地发现整个尸休依然新鲜无损，并且很快在原地出现了一个泉眼。于是圣奥拉夫二世被推崇为“圣徒”，尼德罗斯也很快成了中世纪挪威的朝圣地。

凑巧的是那一天，我们撞见一对挪威新人正在教堂里举行婚礼，出于好奇，我们上前看热闹。在教堂内举行完婚礼仪式后，新郎新娘的亲戚朋友们陆续走出教堂，一对新人乘坐老式马车与亲人和朋友们挥手告别，我激动地拿起相机拍下了那幸福的场面。只可惜当时我不认识新郎新娘，否则我真想挑几张好照片作为礼物送给他们。

从尼德罗斯大教堂出来再往前走几百米，就到了皇家宫邸。这座皇家宫邸是斯堪的纳维亚半岛最大的木制建筑，内含70间房，占地1115平方米。始建于1774年，1800年被收为国有后，它一直是特隆赫姆郡长的官邸；1906年成为特隆赫姆的皇家宫邸。挪威国王北巡时在此下榻，平时对公众开放。

参观完皇宫，我们到广场的公交车站，乘公共汽车赶往著名的音乐史博物

一对新人与亲友团道别

馆——灵维博物馆。走进博物馆，发现里面收藏了好多乐器，有世界著名音乐家莫扎特、贝多芬、帕格尼尼、肖邦、格里格等的乐器、家具和相关的文物资料。我们缓缓地走进每一间陈列室，欣赏着一件件古老的乐器，置身其中，我感觉音乐大师仿佛又回到我们身边，正在为我们弹奏那如诗如梦的乐章……

参观完博物馆我累得不行，一步都不愿意走。可 Gilbert 好像一点都不累，非邀请我和 John 去他那里吃晚饭。一听说吃巴西美餐，我和 John 都来了精神。到了 Gilbert 的住所，他就开始下厨，忙了好一阵子，终于端上来一道巴西美食——烩豆，望着黑色的黏糊糊的东西，我俩皱起了眉头。Gilbert 看着我们疑惑的表情赶忙解释说："这道菜是用猪蹄和黑豆炖制而成的，是巴西的国菜。"还没等说完又进厨房端来了巴西烤肉、烤牛排还有沙拉和比萨饼。尽管他做的菜味道一般，可毕竟是 Gilbert 亲自下厨，我们还是多吃了两口。吃到兴头上，Gilbert 手舞足蹈地炫耀说："桑巴、足球、咖啡是我国的三大国粹，世界闻名呀！"

"真不知道巴西咖啡还挺出名，给我们来杯咖啡尝尝。"我抢过话头说。

"对不起，我没带咖啡来，以后有机会去巴西，我一定请你们好好尝一尝。"

"里昂的咖啡那才叫绝呢，"John 忍不住打断 Gilbert，"吃法国大餐蒸蜗牛，一手拿着钳子夹蜗牛，一手用叉子挑蜗牛肉，蘸上辣椒酱，好吃极了！"他一边说，还一边用舌头尖舔嘴唇，恨不得马上就能吃上一口似的，馋得我直流口水。

"眼下我们只能过过嘴瘾，望梅解渴了！有机会我们一起去巴西，现场看一看巴西足球、桑巴舞；然后再去法国转转，看一看埃菲尔铁塔和凯旋门。"我提议。听说我要去法国，John 来了精神，一个劲儿地嘱咐，去法国一定要参观参观卢浮宫、巴黎圣母院、凡尔赛宫！哎，埃菲尔铁塔就不要去了，因为在我们法国人眼里埃菲尔铁塔就是个怪物，在众多艺术品式的古老建筑群中间立个铁架子，太不协调了，"very ugly"（非常丑陋）。

说着说着，Gilbert 开始流眼泪，一边哭，一边说："说得我都想家了，想我的妈妈和姐姐了。"

我也想家了，我也……

虽然有人为你分担痛苦，痛苦会减少一些，有人分担寂寞，寂寞也会减少一些，可是，三个人的寂寞累加起来也不得了，变成了寂寞的三倍，太痛苦，太折磨人啦！

那个寂静的夜晚，不知从哪儿吹来的一股凉风，把我的手和脚被吹得冰凉，尽管出国后孤单和寂寞时不时地出现，但这一次达到了顶峰，我已经无法忍受，眼看要崩溃了！

3. 美景配美人儿

现实就这么残酷，有些事情忍不了也得忍，残酷的现实只能勇敢地面对。随着情感曲线的上升，我的心情逐渐好转，接下来发生的事情想不 high 都不行。

圣诞节前夕，我和 Gilbert、John 等应邀参加了学院组织的联欢晚会，我坐在 Marvin 和查里中间一起看表演。尽管节目大都说挪威语，我一句都听不懂，但我还是被“演员”们那夸张而又幽默的表演所感染。Marvin 见我这么开心，也来了兴致，抢着介绍说，按照挪威传统，从 12 月 1 日（基督降临节）起，人们开始倒计时准备迎接耶稣的诞生日。从这一天起，家家户户都点起了圣诞灯。有的家庭还保持旧习俗点蜡烛——插着四支蜡烛的烛台，第一个星期天点一支，之后每个星期都多点一支，一直到 12 月 24 日平安夜，四根蜡烛全点亮了。

Trond 慢条斯理地说“知道吗？挪威的平安夜还有前夜呢。23 日是平安前夜，每年的这一天挪威人都要吃米糊！就是那种用牛奶煮的稠米粥，很好吃。”。

“喝咖啡、吃蛋糕、巧克力，再来碗米糊！”我盯着 Trond 的大眼睛调皮地说。

“嗨，你还别看不上眼，在传说中，这一晚拿来招待圣诞老人的可就是这个米糊哦。圣诞老人吃饱了一高兴，准带着满满一袋子礼物上门呢。”Trond 蛮认真地说。

过了一会儿，好多人开始喝酒，Marvin 拿来几瓶烈性酒、啤酒和饮料，问我要不要来一杯烈性酒，我伸手拿了瓶饮料，喝几口，感觉味道不错。接着又看了两个节目，见天色已晚，就先告辞了。

开完联欢会儿后，人们就开始忙着准备过圣诞。为了买圣诞礼品或装饰居室，有的早走，有的晚来，办公室里的人一下子就少了很多。我也闲下来有时间给在北京语言大学出国培训时的同学起功、阿香、小微等发邮件了。好久没有他们的消息了，不知近况如何？于是，我先给起功写了一封邮件："hello,一个人在国外很寂寞吧？送您从机场回来心里确实很不是滋味儿！甜甜的和着酸酸的。还记得在校园的柏油路上我跟您说的话吗？一个人孤零零地走在无人的街道上是不是特无助？此时，是不是更思念亲人和朋友？有人送还是一种负担吗？精彩的时刻，美好瞬间，令人终生难忘！在机场我眼巴巴地望了那么久，直到看不见你的踪影，我才怅然离去。"

起功用英语回了封邮件："很高兴您能平安到达，运气不错，还有人接机。真是好人总有好运，好羡慕您啊！您发的短信我收到后给您回复了，您就再也没有音信了！是不是根本收不到我的短信呢？"

"是的，我试着发了好几次都没成功，实在对不起，我好笨呢！原以为出国后可以想见就见，谁知道见面更难！！现在只好呆在挪威独楼享受孤独喽！"我伤心地写道。

又发了几个邮件给朋友。给阿香发了好几封信一直没回音，"Hello, 阿香，最近可好？知道您是个小懒蛋，写了几封信，为什么不回信？是不是已经到达法国了。北京的学习生活有你陪伴真的很愉快！上帝给了我与您和同学们相逢的好机会！所以我很珍惜这份友谊！我 11 月中旬顺利抵达挪威。我在挪威很好，这个国家的人跟风景一样美的出奇，来这里我算最幸运的，我的导师希望我能够写出好的论文，交给我很多资料，忙得很。这里很安全，也很安静，大多数人都会讲英语。极少看到警察，可每个人都能自觉地遵守纪律。现在只恨出来晚了！祝你一切顺利！一直没有你的消息，为什么不跟我联系？祝你圣诞快乐！"

阿香这次终于回复了："哇塞，终于有万人迷的消息了！我已经来法国了，你写的信我才收到啊，我刚到，没有你那么运气。你天生就是个幸运之星！我这两天还在心里想呢，咋没信呢，是不是让帅哥追得乱跑，没时间写信呢？祝天天快乐！永远想你！"

"才到啊，我今天还给你家打电话，没人接。上我这里过圣诞如何？这里的白天只有四至五个小时。尽管冬天日照时间短，但目前是圣诞的第四周，灯火通明。家家户户都在点圣诞蜡烛，每家门前的小树上都有串串彩灯交替地眨着大大的眼睛，仿佛在告诉人们圣诞快到了。走在晶莹的雪地上，我宛若置身于古老的圣诞画面，人间奇景进入眼帘。因有了一幕又一幕美景，也就陶冶了一代又一代人的情操，因此这里的俊男靓女与这里的景色一样美，生出无尽的魅力——从心灵到外表，令无数人艳羡不已。”我感慨地写道。

阿香故意跟我开玩笑：“你去那儿真合适，你最配那里的环境了。有照片留着给我看。”

收到阿香的来信我开心极了，就数阿香会哄人，懂人心，难怪她招人疼，惹人爱。

看得正出神，有人敲门，我吓了一跳。Lars（办公室就在隔壁，是二楼的老板）走进来，问我们是否愿意去他家过平安夜。我和 John 望着年龄略大一点的 Gilbert，希望他拿个主意。Gilbert 跟 Lars 解释说：“谢谢您，可是我们从没去过挪威人家里，不好打扰。”

“没关系的，你们去我家里，会让我们很开心。就这么定了，明天下班我接你们。”

Lars 非常真诚，我们拗不过，只好答应了。

第二天，我们如约乘坐 Lars 的白色奔驰跑车沿着挪威乡村公路前行。隔着车窗望去，眼前一片美丽的田园风光，近处是连绵不断的皑皑白雪，远处是蜿蜒起伏的山峦，时不时钻出几座黄色、红色、白色的小木屋，画一般的风景令人心旷神怡。

车行 40 多分钟后，我们来到了一座山脚下。这里只有这一座用白色木栅栏围着的白色板式别墅外，略显孤单。Lars 从车上下来，告诉我们这就是他的家。走进大院，一位穿着红色呢子裙，头戴白色玫瑰花的女孩儿，正在荡秋千。不看则已，一看迈不动脚步，我心想：“天底下居然会有如此美丽的女子，是我今生从来没有见过的，不会是美丽的天使下凡尘吧？”她的高贵与清纯实属罕见。Gilbert 和 John 像我一样，也被惊呆了，愣在那儿一动不动。看见我们傻站在那里，Lars 赶忙叫“天使”过来，并向大家介绍说“这是我的小女儿——Alice，刚从奥地利回来，她目前在那儿读高中。”“您的女儿，简直是太漂亮了！”John 惊叹道。“谢谢！”Alice 礼貌地回答。Lars 招呼客人进屋，屋内还有三位穿着节日盛装的美女正并排站着迎接我们，“Lucia——我的妻子，是中学教师；Lina——我的大女儿，在法国读大学，大三学生，学习绘画；Cathy——我的二女儿，现在丹麦的大学学习建筑，大学一年级学生。瞧，我多么幸福啊，四个女生爱我一个男生！”Lars 颇为自豪地介绍说。

Lars 家的女人一个比一个漂亮，气质一个比一个优雅。但她们当中最美的还属 Alice，绝顶的漂亮。上帝真偏心，把最美的人儿放在了最美的景色里。让她们自由自在，快乐成长，幸福生活。我羡慕极了！

4. 挪威的平安夜

Lars 的家很大，楼上楼下好多房间，每个房间都布置得很漂亮，也很雅致。神态各异的圣诞老人画片贴在门和窗户玻璃上，憨态可掬的圣诞小饰物悬在门或木柜上。最有趣的是，一双很旧的滑雪板斜挂在一楼进门的墙壁上，滑板的下角挂着开满鲜花的小花篮，对面墙壁相应的位置挂一双白色儿童皮靴。Lucia 告诉我，那双陈旧的滑雪板是 Lars 爷爷的遗物，而那双小白鞋是 Alice 小时候穿的。整个房间里最耀眼的要数披上盛装的圣诞树。树上不仅缠绕着五颜六色的小灯串，还挂满了圣诞袜、糖果、小山妖和小麋鹿等。走到近前，Gilbert 惊讶地说：“你们快过来看，这好像是真松树。”John 和我低头看了看，也觉得是一棵真树。Lars 从旁边笑着解释说：“因为挪威的森林资源十分丰富，人们都喜欢用松树装点节日的气氛，所以每年快到圣诞节的时候，农民就砍下松树运往城里卖，买卖松树的人很多，可热闹了。”“幸亏是在人烟稀少的挪威，要是在中国，一个圣诞节下来，松树岂不被砍个精光！”我心想。

说话的工夫儿，餐桌已摆放齐整，按照主人的意思，大家围着长方形的桌子坐下，我坐在紧挨 Lars 的位置，然后是 Gilbert、John。John 坐在 Lucia 旁边。他们的女儿们依次坐下。先端上来的是开胃菜，有鲜奶布丁、苹果鸡丝沙拉、虾仁沙拉和洋葱浓汤。我在国内没吃过西餐，也不喜欢吃。出国后这么正式的吃西餐还是头一回。我左手拿叉，右手拿刀坐在那儿不知先吃什么好。Lars 很善解人意，往我盘子里盛了一小勺布丁，轻声说："先尝一口，如果觉得不好吃，可以不吃，剩下好了。"我觉得不错，就把自己盘子里剩下的布丁全吃光了。

刚吃几口菜，盘子、碟子、刀叉就被收拾下去了，换来另一套餐具，接着上"主菜"——烤火鸡、蒸三文鱼、烤牛排、煎鳕鱼、土豆泥、面包……

Lars 问大家喝点什么，Gilbert 要了杯啤酒，John 和我每人要了一杯挪威的草莓汁。喝了杯啤酒后，Lars 和 Gilbert 有点兴奋，不停地谈论各国美食、足球、滑雪、圣诞节……

见大家喝得差不多了，Lucia 让我们转移到沙发上。餐具再一次被拿下桌。这回又端上来一套小碟和咖啡杯，"还吃什么？"John 摸着自己的圆鼓鼓的肚子问。"草莓冰激凌蛋糕，非常香甜。"Lina 笑着说。不一会儿，Cathy 端上来一个大蛋糕，上面用草莓被摆成了"Merry Christmas！"——圣诞快乐！中间有两个夹层，一层塞满巧克力，另一层是滑嫩的冰激凌。"太诱人了，我特想吃。"Gilbert 馋得不行。

Lucia 让我们吃块蛋糕，条件是自己切蛋糕，而且切下来的蛋糕不能倒在盘子里，如果蛋糕站不住，切蛋糕的人就得留在挪威待嫁或娶挪威的女孩做老婆，不能回国了。结果一轮下来，我和 Gilbert 双双落马！！Lars 跟老婆求情说："人就别留这儿了，让他们表演个节目吧，这样更有趣儿！"

"看在 Lars 的面子上，从轻处罚，那就每人表演个节目吧。"Gilbert 说他不会唱歌，就站起来跳起了桑巴舞。Gilbert 在胸前舞动双臂、扭动屁股，绕着圣诞树跳了两圈儿，不等裁判说通过，就一屁股坐在了沙发上，把 Lars 一家逗得前仰后合。我一看已经没有退路，就跳起了印度舞。Lars 的小女儿在后边悄悄地模仿，大家觉得很有趣。

吃完蛋糕，Lina 给每人加一杯冰激凌咖啡，只有 Lars 例外，他喜欢喝原味咖啡。我第一次看见冰激凌咖啡，觉得很新鲜。先尝尝，觉得香甜凉爽，再喝一大口，感觉苦里藏着甜，喝上第三口咂咂嘴，只觉得香味无穷！

“来，我们上楼跳舞去！”Lars 喝完咖啡兴奋地说。Lars 第一个冲到了楼上。楼上的大厅只放了一些乐器，显得既宽敞又明亮。Lars 拿起手风琴，用一曲《西班牙斗牛士》拉开了平安夜的序幕。Lina 弹着吉他唱了一首《平安夜》(Silent Night)，Alice 来了个小提琴独奏《天使歌唱在高天》(Angels We Have Heard on High)，最后 Lucia、Cathy 合唱《圣诞钟声》(I Heard the Bells on Christmas Day)，Lars、Lina、Alice 伴奏，把平安夜推向了高潮。接着，放舞曲，第一曲是华尔兹，Lars 站起来，走到我面前，摆了个优美的请舞动作，我欣然接受。Gilbert 请 Lucia、John 请艾丽斯一起跳舞。尽管我们来自不同的国家，舞蹈动作有较大的差别，但好像音乐和舞蹈是世界共通的，我们很快就能模仿异国的舞步了。第二支舞曲是爵士舞，第三是桑巴、伦巴……

大伙儿正跳得热火朝天的时候，Lars 大声宣布，献圣诞礼物。他的三个女儿跑上前来，送礼包，里面包着圣诞袜、巧克力和糖果。我们非常感动，即兴合唱《昨日重现》(Yesterday Once More)。玩到凌晨一点活动才告一段落。Lars 送我们回家，车刚开出家门没多远，就停了下来。挪威乡村的平安夜很黑，也很静，万籁俱寂。Lars 叫我们下车。他一手拉着我，另一只手拉着 John，Gilbert 紧跟在后面一起朝海边走，“嘘，听——夜里的海浪声，像不像动人的音乐？”Lars 压低了声音说。我听了一会儿，非常奇妙，感觉有曼妙的音乐由远而近飘来。Gilbert 趴在地上，右耳贴在地面上，听了好一阵才爬起来，神秘地说：“我听见海风陪着海浪在弹奏圣诞交响曲呢！”看他一副认真而又神乎其神的样子，我们禁不住哈哈大笑。

一阵笑声过后，我们上车继续前行。不到一刻钟，汽车又停了下来。Lars 说要带我们看看这里的滑雪场。于是，他带领我们半夜三更往山上爬，山路上厚厚的积雪，足有一尺半深，我们深一脚，浅一脚的，费了好大劲儿才爬上了最高点。借着昏暗的灯光，只见百米跳台孤独地立在那里泛着白光，一动不动。俯瞰山下，漆黑一片，辨不清景物，只有星星点点的灯光、烛光，表明这里还住着几户人家。

站在山顶上，往周围看了两分钟，风很大，我们冻得哆哆嗦嗦的沿着滑雪道周围的山路下行，离近了才发现滑雪道很陡、也十分宽敞。快到山脚下的时候，滑雪道突然不见了，只剩下两座没有光亮的小屋和一块堆满雪的平地。Lars 说：

"这就是跳台的终点。"

"没有滑雪运动员的场地真够冷清的。再美的景色，景中无人，就如人去楼空一样毫无生气。"我在心里默默地说。

一路下来，John、Gilbert的鞋里灌满了雪，他俩刚一到山脚下便脱鞋往外倒雪。我穿的是皮靴，跺两下就没事了。清完身上的雪，Lars吩咐我们上车。上车后Gilbert和Lars余兴未至，他俩一边唱歌，还一边舞动双臂，车在无人把持方向盘的状态下自由自在地行驶。我问Lars唱的是什么，他回答说《爱河》(The River of love)。我心里想，"难怪他们那么激动，坠入爱河的人有谁能自拔呢！"

那一年的圣诞夜过得很精彩、也很特别，我在异国同欧洲人一起度过了美好的夜晚，这是我一生中度过的最快乐、最有意义的节日。在这个西方人最看重的节日里，我不只收到了Lars全家、Gilbert和John的圣诞祝福，同时也收获了一份真情。同沐浴在爱河中的人在一起，受他们的情绪所感染，一股莫名的幸福涌上心头，我激动地流下了热泪。大家折腾到后半夜才回家，又累又困，很想倒头

Gilbert给Lars家的女人们讲巴西足球（左起Gilbert、Lucia、Alice、Cathy）

就睡，但生怕一旦进入梦乡就再也无法将这精彩的时刻、难忘的瞬间完整地记录下来，于是，我赶走瞌睡虫挥笔写下了这一页。

第二年的夏至，Lars 再次请我们到他家做客，因为彼此熟悉了，餐座上的气氛就显得轻松许多，Gilbert 十分活跃，他兴致勃勃地谈巴西足球，Lars 家的女人们听得有滋有味，恨不能立刻出去踢一场，幸亏没有场地，队员也不够手，否则晚宴早就改成了晚场足球赛了！

5. 女大使与留学生

2005 年 12 月 28 日，中国驻挪威王国大使馆教育处在首都奥斯陆召开研讨会，讨论我国公派留学存在的问题。我和赖旭、小孟、李飒等四人等被邀请参加会议。

12 月 27 日早晨，天空飘起了雪花，我们冒雪赶往车站，乘火车赶往奥斯陆。下了火车雪还在下，我们取了两份免费地图，按照地图所指的路线，费了好大劲儿才找到了中国驻挪威大使馆教育处，教育处不在使馆主楼内，而在距离使馆有两站地的独楼里。小楼属于挪威典型的木式建筑，屋顶呈人字形，被漆成了棕色，外墙则被涂成了奶黄色，如果没有插在屋顶上的五星红旗，单从外表上看，它与普通的民宅没啥区别。站在门口望着随风飘动的五星红旗，我的心情无比激动，在外漂泊的我仿佛一下子又回到了祖国的怀抱！

打开大门，走进楼内，只见两个鲜红的中国结挂在大厅门的两侧，室内摆设全部都是中国古典式的，整个小楼从里到外堪称“中西合璧”。缓步走进大厅，电视里正在播放孙楠演唱的《五星红旗》，听着这熟悉而又亲切的歌曲，我们不约而同地停下了脚步，站在电视机前唱起了

“五星红旗，你是我的骄傲
五星红旗，我为你自豪
为你欢呼，我为你祝福
你的名字，比我生命更重要……”

出国这么长时间，头一回看到汉语电视节目，头一回听电视里播放歌颂我们伟大祖国的歌曲，怎能不叫人动容？“五星红旗，你是我的骄傲，五星红旗，我为你自豪……”

我们漂洋过海，一个人远离故土，举目无亲，如今一下子见到这么多同胞别提多开心了。只有同样经历的人才能彼此理解，只有离开祖国怀抱的人，才能真正体会到祖国的温暖，也才能真正懂得什么是对祖国和人民的爱，还是祖国美，家乡好啊！看大家这么激动，孙处长走过来轻声说道：“我理解你们的心情。但是，还是先把东西放下，坐下歇一会儿。卑尔根大学的三位留学生比你们先到的，他们正忙着剪字，准备明天开会用。你们三个过来，我给你们介绍一下。”他朝正在沙发上低头忙活的三位女生招着手说。“那位高个女生叫曼芙，是北京语言大学的英语老师，目前在卑尔根大学研究语言；戴眼镜的女士叫艾静，是厦门大学化学系的教授，在卑尔根大学专门研究生物化学；那个长发美女叫蒋菲，是北京大学的博士后，搞数学的。”孙处长又分别把我们四人介绍给曼芙、艾静和蒋菲。

挪威靠近北极，受接收系统的限制，大部分地区是收不到中国电视节目的，因为大使馆安装了特殊的接收系统才能收到国内的电视台节目。已经将近三个来月没看过汉语电视节目了，小孟拿着遥控器来回调台，一会儿看看这个节目，一会儿又瞧瞧那个节目，不时地还咯咯地对着电视傻笑，仿佛周围的一切都不复存在似的。李飒和蒋菲曾是大学同学，异国巧遇别提有多开心了，两人则凑在一起叽叽喳喳聊起了大学往事。

不一会儿，奥斯陆的两位留学生——钟声、陈鹏也赶到了，至此留学生全部到齐。孙处长宣布开饭，大家边吃边聊，气氛十分活跃。孙处长说，“我来这里六年了，与当地人相处得很好，我早已经把挪威当成了自己的家。你们刚来可能不太适应，都有一段过渡期，过一两个月就好了。使馆就是你们的家，有困难找使馆，记住无论工作还是生活中遇到什么困难都别忘了给家里打个电话或发个邮件，我能解决的一定想办法帮你们解决，解决不了的，我报上级领导研究解决，你们一定要安心工作，使馆会为你们做好后勤工保障作，另外，生活费我一个季度拨给你们一次，你们一定要妥善保管。”

他这么一说，无形中拉近了我们之间的距离，饭桌上的气氛立刻活跃起来，大家不再拘谨，我们不再把孙处长当领导，而是把他当成了一家之长，有家长做后盾，心里踏实多了。大家你一言我一语地唠家常，好像一个大户人家在一起吃年夜饭一样轻松自在。那个晚宴我们找到了家的感觉，开心极了。

第二天上午 8 点，全体人员到教育处二楼会议室开会。孙处长主持会议，女大使——陈乃清作了简短的讲话。她说，近年来我国越来越重视经济、技术的合作与对外交流，教育部把一批批优秀的专家、学者派出国，一方面，是要传播我国的科学文化知识，另一方面，还要学习国外的先进的技术和理念。其目的就是带动和促进我国经济、文化、教育、科技的快速发展。国家花这么多钱派你们这些科技界的精英走出国门，就是希望在短时间内尽快地学习和掌握他国先进的科学技术和丰富的实践经验，找出差距和不足，结合我国的实际，研究、开发适合我国国情的世界一流的产品与技术，实现科技强国。

大使讲完话，大家开始讨论。

赖旭说："我来自武汉大学，研究水力发电，水电是挪威最主要的能源资源，其用电全部依靠水电，正在运行的水电站 600 座，地下厂房 200 座，是世界第六大水电生产国，水力发电工业设计是为了适应自然界对发电厂供水量的变化，政府根据季节变化调整供水量，一部分水库可将丰水年多余的水储存起来，以备降水量少的年份使用，真正实现了自然资源的合理分配与利用，因此他们在水电开发的历程中积累了丰富的经验。目前挪威的水利专家正在研究'渗透'发电技术，把海水与淡水用隔膜隔开。由于盐分含量不同，淡水透过隔膜朝着海水方向渗透，使海水的压力逐渐增大。增大的压力带动涡轮，从而产生电力。挪威的水利发电技术非常发达，我来这几个月学了，除了看资料外，我经常跟教授、博士生一起做实验，但每到关键环节他们就不让我进实验室了，没办法，我必须自己琢磨，争取尽快攻破这些技术难关。另外，我发现挪威的软件系统也比较发达，你只能用它的公式和计算方法，却无法将它们复制下来，起初我想把这些技术资料复制下来，回国后作参考，可是这些程序根本无法复制，回宿舍后我试着用自己的电脑操作，可惜电脑不支持该系统文件。没办法，我只能采用土办法，把我认为重要的国内没有的资料统统从单位的电脑里输出来，准备回国时将它们带回去。”

别看他个子矮小，其貌不扬，但听了他的发言我很受启发，我暗暗佩服他的才华和应变能力。我也遇到过同样的问题，也就是说我只能在办公室使用安全可靠性分析软件系统，下了班就上不了大学的应用系统，大学的网管很厉害，我正苦于找不到解决问题的办法呢，赖旭给了我答案。

还没等赖旭讲完，海洋系的小孟有点坐不住了，嗖地从座位上站了起来，少言寡语的女博士，一改常态，大声呵斥赖旭说，您还是博导呢，您这样做和剽窃有什么区别？您别生气，我觉得您应该把研究重点放在我们无法得知，他们一直背着我们的关键环节上，而不是拷贝他们现有的资料上，核心部分不给你这些资料也白拿，回国后等你研究出头绪来了，人家的科技成果早就实现了工业对接，你永远也撵不上他们。只有在关键点上下工夫，你才能出成果，您现在最应该做的是啃硬骨头，攻下难关，我想这才是国家让我们出来的真正目的，大使您看我说的对不？

大使赞许地点点头，我低头用眼睛扫一眼赖旭，发现他的脸通红通红的，暗自为他捏一把汗，嗔怪小孟太不给他留情面。

小孟全然没有理会赖旭的感受，自顾自地继续说，20 世纪 50 年代末，挪威人在北海发现了大量的海底石油，这毫无疑问就是上帝对挪威这个北欧小国的一种眷顾，聪明勤劳的挪威人牢牢抓住了这一历史机会，并由此很快奠定了国家新的经济基础——海洋石油工业，这种成功的经济和产业结构转型，构成了挪威当今全球最发达和最富有工业化国家的基石。刚开始挪威的石油和天然气的开采是享受政府补贴在国会的密切监控下进行的，直到 80 年代中期，挪威拥有了独立参与国际竞争资本后，政府才取消了特殊优惠政策。1985 年，挪威国家石油公司扩展了其上游和下游业务活动，收购了他们在瑞典和丹麦的下游系统，在伦敦、纽约和新加坡建立了贸易公司。在采油技术方面，挪威属于世界先进国家之列。90 年代，按照石油开采量，挪威在沙特阿拉伯之后处于世界第二位。

石油公司在技术上的突破，使天然气管道在水深 300 米的位置跨越挪威深沟，将天然气输送和出口给英国和欧洲大陆的消费者，成为石油和天然气的主要出口商，如今国家石油公司参与了挪威大陆架上的 118 个合作项目，经营着其中三分之一左右的项目，在全球的20多个国家如中国、越南、泰国、阿塞拜疆、哈萨克斯坦、美国、丹麦和英国等参与勘探和生产活动。国家石油公司每年在新项目上的投资高达150亿克朗(20亿美元)，是挪威最大的纳税人。值得一提的是，尽管挪威石油开采技术属于世界一流，但近年来挪威石油的开采大都转移到境外或在比邻国家的深海处，本国内的石油已经很少开采，他们希望留给子孙更多的自然资源。

“既然你是研究石油的，那么你的研究课题是什么？挪威人到底是在哪个年代发现的海底石油？”赖旭以一个教授的口吻问小孟。

“我研究的课题是《挪威石油开采技术发展态势分析及对我国的启示》，目前正在收集资料，挪威人在50年代发现的石油。”小孟不慌不忙地回答。

“你研究的是别国的技术发展历程，那么研究的时间段就必须准确，不能有半点含糊。我记得挪威发现石油是在60年代末呀。”赖旭一脸严肃地说。

“对不起，我说错了！”小孟的脸青一阵白一阵的，这回轮到小孟不好意思了。

我有点不太理解，平时两个人好得像亲兄妹似的，可在这么重要的场合却谁都不给对方留情面，弄的两个人都下不来台，何必呢？

钟声出来解围，他说自己是学教育的，从做学问的角度讲，他很欣赏“赖孟之争”，因为在科学的道路上来不得半点虚假，他们对科学的态度非常认真，很值得大家学习，辩论是达成共识的基础，真理越辩才越明。从人性的角度讲，他更佩服“赖孟”的勇气，当着领导的和同志们的面儿一针见血地挑毛病，不是常人能做到的，虽然这在西方很普遍，但在我们国家却很罕见，一般人在这种场合都会给朋友留情面的，所以我建议，我国的高等教育一定要跟国际接轨，跟西方学的不仅是先进的知识、经验、技能，更重要的是对待科学的严谨态度。其实大学才是现代社会中真正的国际性机构。大学所创造的、所保存的和所传授的知识在许多领域具有普遍性。从本质上讲，知识是全球性的。大学长期的目标，就是积累知识，拓展能力。科学家应站在全球的角度去分析和解决问题。对科学家来说，国际上的认可是至高无上的，是对其成果给予肯定的最高荣誉。因此，加强大学生的国际互换，鼓励学生、老师、专家、教授出国进修、学习，对于我们改变传统观念、推进教育和社会进步都具有重要的意义。

听完讨论后，大使做了总结。她指出，你们不愧为国家的精英，对科学的态度非常端正，不仅指出了自主研发的重要性，同时也深刻地揭示了我国目前科技教育战线存在的问题。我们会将你们提出的问题和建议反映给国家教育部的。另外，你们平时很辛苦，过年了，你们也放松放松，今晚大使馆召开迎新年联欢会，欢迎各位届时参加。

会议结束后，女士们开始梳洗打扮，换上了漂亮的衣服。男生也都换上了西装，皮鞋擦得锃亮。晚上六点，我们准时到达使馆。一进大厅，首先映入眼帘的是墙上的书画以及精美的摄影作品，它们有反映中国历史发展的，有介绍我国少数民族传统文化的，还有一些记载两国友好合作关系的。

我一边看书画摄影作品，一边看陆续进来的喜气洋洋的同胞们，女士们身着中国传统旗袍，搭着各式各样的披肩，显得既典雅又高贵。男士西装革履，显得既庄重又气派。

大使和留学生们合影留念（前排左1孙凤安，左3李飒，左5陈乃清，右2小孟，右3赖旭）

六点半联欢会开始，陈乃清大使致辞，并代表使馆党委向参加联欢会的全体同志们及家属致以节日问候。

晚会气氛非常热烈，广大华人、华侨和留学生代表欢聚一堂，共叙报国之志、爱国之情。出乎意料的是，交谈中我居然认识了一位同乡——英俊的使馆工作人员，老乡见老乡两眼泪汪汪嘛，于是我们多谈了一会儿家乡的变化。李飒听说他国遇老乡后便沉不住气了，硬拉着我与帅哥合影留念，拗不过，我就笑着说："你再找一位男生，来个四人行，岂不更好！"李飒又找来一位男士，四人高高兴兴地合了张影。

夜已深，人渐渐散去，老乡开车送我们回到住处。也许他害怕离别，也许他习惯了分手，反正在临别时他只说了句："好好照顾自己，再见！"便头也不回地离开了。望着他的背影，我不禁想起了自己与家人离别时那令人揪心的场面，不觉一阵心酸，眼泪掉了下来。是啊，聚散两依依，聚时欢喜，别时忧，这个城市，这个夜晚，这个时刻，充斥着多少离别的人？我不得而知。受这位老乡的影响，后来我与亲戚朋友告别时也学会了"华丽"转身，尽管这种做法有点自欺欺人，但是我觉得总比别人看见自己流泪的好。

6. 雕塑之城

联欢会散场已经很晚了，所以我们又在使馆教育处住了一宿。返程的火车票是第二天下午 6 点的，时间很充裕。第二天一大早，赖旭就打电话邀请钟声陪我们到附近转转。因为钟声来这里已经半年多了，学文学的，再加上他刻苦勤奋，我们称他为"挪威通"。

钟声把我们带到市中心。钟声边走边向我们介绍说，奥斯陆是"上帝的山谷"，建于 11 世纪，1814 年成为挪威的首都。它濒临曲折迂回的奥斯陆湾，背倚巍峨耸立的霍尔门科伦山，三面被群山、丛林和原野所环抱，既有海滨都市的旖旎风光，又富于依托高山密林所展示的雄浑气势。从奥斯陆乘火车或轮船就可以到达瑞典、丹麦、德国等，交通极为便利，进口商品一半以上在这里中转。

奥斯陆还是诺贝尔“和平奖”颁奖地，“和平奖”是瑞典发明家阿尔弗雷德·诺贝尔所创立的五个诺贝尔奖之一。诺贝尔曾是炸药的发明者，但他对自己的发明成果用于破坏而感到遗憾，所以他于 1895 年 11 月 27 日在巴黎的瑞典 – 挪威人俱乐部上立下遗嘱，从其遗产中拿出 920 万美元用于成立基金会，将基金所产生的利息每年奖给在前一年中为人类做出了杰出贡献的人。其目的就是表彰和鼓励那些在社会或科研领域做出过杰出贡献的人。

根据诺贝尔的遗嘱，诺贝尔和平奖不能与其他四个奖项一起颁发，所以诺贝尔“和平奖”就选在了素以和平著称的挪威颁发。按规定“和平奖”是奖给“为促进民族团结友好、取消或裁减常备军队以及为和平会议的组织和宣传尽到最大努力或做出最大贡献的人。”每年 12 月 10 日，奥斯陆的市政厅内都要举行令人瞩目的诺贝尔和平奖颁奖仪式。

漫步在奥斯陆街道，在海港码头后面，有一座类似古代城堡的红褐色建筑，这就是奥斯陆的市政厅。在大厅的南大门的两边各有三座劳动者雕像，分别是瓦匠、木匠、石匠和搬运工等，这些蓝领阶层的雕像被立在门前彰显了劳动者在国家中的重要地位，体现了政府对劳动人民的尊重。

它是 1950 年为庆祝奥斯陆建城 900 年而建造的，整体布局为 U 形，有两座方柱形的扁平塔，高 60 多米，塔上的钟直径为 9 米，是欧洲最大的一座编钟。38 件一套的编钟，每小时奏一次悦耳的报时曲。门口竖立一尊展翼欲飞的金鸽子，代表挪威是“和平之乡”。经钟声这么一介绍，我们都想到奥斯陆市政厅里面看个究竟。

我们买完门票，顺着两边的台阶往里走，只见大厅宽阔而又明亮，大厅和 6 个厅廊挂满了油画及雕塑，大厅的一侧还放置了一架钢琴，听说每年的诺贝尔“和平奖”颁奖典礼上，都会请世界著名的钢琴家为获奖者和来宾演奏和平乐章。漫步在这些大型壁画中，我仿佛进入了梦幻般的世界。顺着台阶再往上走，可见几个不同类型的房间，每个房间从家具摆设到人物壁画都各有特色，各有侧重，其中一些富有民族风情的壁画令人赞叹。整个市政厅参观下来，就像看到的一个朴素的建筑，里里外外都透着一种质朴的美。

从市政大厅出来，我们接着参观了挪威王宫。挪威王宫是哈拉尔国王的办公地点。它位于一片高地，正对面是市中心的主要街道——卡尔·约翰大街。环绕王宫的是林地和公园，穿过这里的公共大道可一直通往市中心。这座王宫的修建最早是由卡尔十四世国王提出来的。1823 年开始动工，直到 1848 年才竣工，当时正好赶上新国王奥斯卡一世和他的法国皇后约瑟芬继位登基大典。在平常的日子里，当哈拉尔国王在王宫中时，王宫的上空会飘扬起红地金狮的皇家旗标。如果旗标上有一个三角形的缺块，那就意味着国王此时不在王宫里，由王储临时替代其处理政务。

在王宫门前站着两个皇家警卫，他们手里拿着长枪，身着藏蓝色的制服，头戴长穗礼帽站在岗亭前，虽然一脸的严肃，但表情一点都不僵硬，我试探着跑上前和他们合影，他们并没有反对，于是我摆出各种 pose，与威严而又帅气的皇家警卫合张影。他们几个也跑上来合影，你来我去的既新奇又有趣。

从王宫出来，我们马不停蹄地直奔“维格兰雕塑公园”。到了公园门口，钟声指着一群雕像介绍说，公园内所有雕塑都是古斯塔夫·维格兰的作品，是奥斯陆最大的看点。据记载这个公园里面共有花岗岩石、青铜、铸铁等塑造的 192 组 650 个裸体雕像，是迄今为止世界上最大的雕塑公园，奥斯陆因此也被称为“雕塑之城”。它的结构是以公园中央的人生柱为中心，越往外人物越成熟，由中间的出生到最外面的死亡，犹如一部人生史，生动、形象地反映了生、老、病、死的人生规律。通过“生命之柱”、“生命之泉”、“生命之桥”和“生命之轮”等四个主题，反映了人生从儿童、青少年、中年到老年等各个阶段身体发育、感情变化以及人性的光芒。

跨过浮雕大铁门，沿着指示路线参观，我发现路边的雕像，大多属于抽象艺术，我既不懂绘画，也不会雕塑，所以观赏的时候只能走马观花看热闹，若不是停下来仔细观看铭牌注解，我根本不知道它们表达的是什么意思。

最先映入眼帘的是“生命之桥”，踏上“生命之桥”，我们仿佛进入了异彩纷呈的世界。桥的两侧矗立着 58 座人体青铜雕塑，这些雕塑均被安放在一条小河旁和石桥栏杆上，走走停停观赏着形态各异的塑像。只见男子肌肉发达，形体健美，阳刚十足。女人婀娜多姿，妩媚动人，孩童天真烂漫，老人温和慈祥。雕塑的表情也千变万化，有开怀大笑的、有怒目而视的、有含情脉脉的，还有悲痛欲绝的。

“愤怒的小男孩” 栩栩如生，它将小男孩由于没有满足自己的愿望而气得瞪眼、挥拳、顿足的神情刻画得非常逼真。

冬天的天空灰蒙蒙的，北风冷飕飕的，不一会儿的工夫儿我身上的羽绒服就被打透了，鼻子和手就被冻得冰凉冰凉的，我赶紧搓搓手，用双手捂在鼻子上暖暖鼻子，又在原地蹦了几下暖暖脚，然后继续前行。

穿过“生命之桥”，眼前呈现一片巨大的喷泉雕塑群。我们开始走进 “生命之源”，它象征着生命永无休止、源源不断。

“生命之泉”是由巨人托盆石雕、青铜雕和池底底座上的浮雕3部分组成。喷水池的正中，有6个身体健壮的男人托起一个硕大的铜盘；喷水池周围，有20多棵树，每棵树下都有一组雕像，千姿百态，有的蹲着，有的卧着，有的盘腿坐着，还有一组是大男人怀抱着柔媚女人的。底座上的石头浮雕共有60幅，它们更为详尽地表达了人生的历程——顽皮的童年，热恋的青年，沉思的中年，

愤怒的小男孩

孤独的老年，四个“人生乐章”构成生命的交响曲。

再往前走，有一座巨大的方形石台，登上台阶进入一个对开的镂空铸铁人形大门，一边刻着6个裸体男人，另一边则刻着6个裸体女人，两边大门都开着，我们走进黑色大门，来到了“生命之柱”前。它高17.3米，柱上共有121个石雕，它们首尾相接，相互搀扶着、扭曲盘旋直达柱顶，其中有的相互踩踏倾轧，有的相互搂抱扶持，好像走在通往天国的路上。表面看起来有点残酷，但这却是现实生活的真实写照。它所展现的是人类与自然博弈，与命运抗争的伟大精神。“生命之柱”周围还有数座表现友情、亲情和爱情的单座石雕，意味着每个人的成功与幸福，都离不开亲人和朋友的支持与关爱。

公园的第四部分是“生命之环”，由4个成年人和3个孩子手脚相连，形成一个大圆环。表示父母与子女心心相连，代代繁衍，生生不息，蕴含着人生的希望、再生的渴望。它揭示了人生归根到底就是寻求真爱！

从公园里出来，钟声告诉我们，这些雕塑的作者——维格兰出生在挪威南部沿海的一个小镇，父亲是个木匠，虽然他从没上过大学，但他特别喜欢雕塑。1888年，维格兰带着以圣经故事和古希腊神话为主题创作的大量群雕和浮雕的素描作品来到奥斯陆，雕塑家伯格斯里安看了后，认为他极有天赋，并对他进行了点拨。

维格兰后来又到巴黎拜访了艺术大师罗丹。41岁的维格兰向挪威政府提出：给我一片绿地，我要让它闻名世界。起初政府开始并没有意识到他的作品的艺术价值，为了满足他的请求，也为了增添公园的观赏性，便同意了他的请求。但谁都没料到，这些作品20年后果然震惊了世界。

1924年，奥斯陆市政府为感谢这位杰出的雕塑大师对挪威的无私奉献，将公园命名为“维格兰雕塑公园”。维格兰逝世后，按照他的遗愿，挪威政府将这座公园免费开放。

听完维格兰的故事，我对他更增一份敬意，我被他那独特的人格魅力所打动。我想，他留给后人的不单是一件件艺术瑰宝，更是一笔笔巨大的精神财富！

生命之泉　新摄汇 / 摄

7. 特隆赫姆相信真爱

5 月 17 日是挪威的国庆节，听说这一天城里有盛大的庆祝活动，所以我约 Marvin、Gilbert、John、邓丽媛、周姐一起去看热闹。我们九点钟出发，赶到市中心已经快到十点钟了。我们穿过熙熙攘攘的人群来到了广场南部相对僻静的地方。人们从四面八方汇集到市中心广场，人头攒动，热闹非常。十点整，游行开始，只见身着盛装的游行队伍激动地挥舞着红、白、蓝相间的国旗绕过圆形广场，迈着毫无秩序的方步沿着国王大街缓缓前行。身着灰色长裙的女市长站在临时搭建的观看台上挥动着小旗向台下的游行队伍和观众致意。参加游行的有医生、老师、学生、机关干部、消防官兵，还有退伍军人。游行的男子大都身穿小开襟黑色或黄色礼服、系绑腿、足蹬大皮靴，帅气十足，女人多数都身着传统服饰——布纳德，显得格外美丽。

我惊奇地发现几个身穿黄绿色军装的退伍老兵胸前还挂满了奖章、勋章，手拿拐杖，头戴高筒礼帽，颇有大将风度。我第一次看到这么漂亮的布纳德，上身微微收紧，下裙裙摆酷似灯笼花，远看特像英国公主穿的那种长裙，走近了才发现它与英国古典长裙还是有很多不同，因为不裙子的颜色偏重，而且裙子上还绣着各式各样的花朵，这样的裙子不仅生活中罕见，就连电视剧和电影中也难得一见。我从小长大就喜欢漂亮的裙子，看到这么漂亮的裙子心里更痒痒，恨不得马上买一件穿在自己身上。我忍不住问 Marvin：“这样的裙子大约得多少钱呀？”

他笑着回答说：“因为这种裙子是手工缝制的，做一件至少要花一年的时间，这里的手工费很贵，所以一件好的布纳德至少要四、五万元挪威克朗。每逢国庆节、元旦等重大节日，女人们都要穿上这种背带式长裙，里面再配上白色灯笼袖衬衣，显得十分庄重。”

“这么贵，我可买不起，还是省省吧。”我知趣地说。正说着，一群身着红色和蓝色毛呢长裙的女孩走过来，我好奇地凑到近前发现她们穿的裙子上绣着娇小的五颜六色的花朵，个个胸前都佩戴着漂亮的胸针，有几个还披着斗篷、头戴小帽，看见我对着她们拍照，她们不但不躲闪，还凑到镜头前双手抻起裙角摆出各种 pose 让我拍，我被她们团团围住，受她们情绪感染我的心情也格外激动。这群姑娘活泼可爱、光鲜亮丽，而又毫无矫揉造作之情，真让人赏心悦目。

平时清静的街道，呼啦啦一下子挤满了人。我的眼睛有点不够用，我像孩子似的，东张张，西望望，忙得不亦乐乎。孩子们在街道两旁的人群里窜来窜去的，嬉笑打闹着，别提有多高兴了。

一列列队伍仍不停地从我们面前经过，最后一列是红色队伍，也最吸引人眼球，他们头戴熊皮帽，身穿红上衣、黄条边、金纽扣，蓝裤子，足蹬大皮靴，身前交叉着白背带，身后挂着剑，个个英俊飒爽，像是安徒生童话里的“洋铁兵”。Gilbert 好奇地问：“这是警察，还是士兵？”

Marvin 回答说：“当然是士兵啦，不过他们现在穿的是挪威古代的军装。平时上衣是黑色的，只有节日的时候才换成红色。”

表演结束后，人们渐渐散去。

我们跟着人群往回走，在公交车站搭了辆车赶往郊外。40 分钟后我们到了

参加游行的皇家卫队

目的地。我们下了公交车，徒步走在乡村的小路上，空气是那么的清新，和煦的阳光照在嫩绿的草地上，暖洋洋的。一群无人看管的绵羊，个个又肥又壮，圆滚滚的，像白线球似的晃来晃去，甚至有几只连晃都不愿意晃一下，一边懒洋洋的趴在地上吃草，一边瞅着行人，自由自在、无忧无虑的，眼神里没有丝毫的恐惧，只有无限的满足。难怪中国小朋友来挪威都说这里的绵羊真幸福，直嚷嚷要穿"幸福绵羊"毛织的毛衣。

走过羊群，就见前面有一大片郁金香、迎春花和各种各样的野花，花色呈赤橙黄绿青蓝紫，五彩缤纷，煞是好看！

蝴蝶和蜜蜂穿梭于花草之间忙着采花粉和花蜜；小鸟"叽叽喳喳"唱着清脆悦耳的歌曲。看到这一景象，我颇为感慨："人人都说，照片和图画要比真实的风景美得多，因为那是经过加工的艺术。可在挪威，我却深深地感觉到，眼睛看到的比取景器中显示的影像美得多。以前，我总认为那些描绘风光的山水画大部分都是超越自然的，所以感觉很美，可到了这里，才知道，眼睛里所见的比画面更撩人心魄！"

一边想，一边悠闲地走着，忽然发现前面不远处有一堆蘑菇，鲜红鲜红的，煞是好看，有馅饼形的，有圆球状的，亮晶晶、圆溜溜的蘑菇头上还嵌着雪白的"面包屑"，长在绿油油的草地上越发引人注目。我跑上前，蹲在地上，小心翼翼地摘下一个放在手心里，正要把它们全部收入囊中，Marvin 从后面冲上前来大声喊道："stop!"。我吓了一跳，手不自觉地抖了一下，蘑菇差点掉到地上。看着我疑惑不解的表情，他一脸严肃地警告我说："这种蘑菇有剧毒，决不能碰，更不能吃，要知道蘑菇越漂亮，毒性也越大。"听他这么说，我慌忙将蘑菇扔在地上。就在鲜红的蘑菇落地的一刹那，我的脑海里浮现出了人食蘑菇中毒倒地身亡的情形，我不由得吓出了一身冷汗。

走过这片树林，穿过两条小路，我们来到了特隆赫姆海边。站在海边的石头上，举目远望，天是那样的蓝，海是那样的阔，若不仔细观察，根本望不到边，真是海天一色，浑然一体。海鸥在天空中自由地翱翔，偶尔有几只汽艇冲入海面宛若流星划过，还没等人们回过神儿来，汽艇就已经"飞"得无影无踪了。早春的海边，游人稀少。周围不见几个身影，站累了，就坐在石头上尽情地享受大自然馈赠给

球形毒蘑菇

饼状毒蘑菇

我们的礼物，男人们观海，女人们开始聊天，因为我们几个女生都是中国人，所以就开始讲国语，老外很自觉，听不懂，也不跟着瞎掺和。周姐在这里好多年了，已经完全融入了当地人的生活，她丝毫不掩饰内心的喜悦，激动地跟我们讲："你们知道吗？我现在感觉特别幸福，我想唱歌，更想跳舞来。我爱特隆赫姆！"

"你今天怎么这么激动？眉飞色舞的，是不是有什么情况啦？是不是在谈恋爱？快快如实招来。"邓丽媛跳起来拽着她的胳膊问。

"是的，我深爱着一个人。"

"这个人是谁？是不是你的老公？"我好奇地问。

"当然不是我老公了，我们已经离婚好几年了。他是我现任挪威男友，我们彼此欣赏，两情相悦。"

"那你为什么会跟老公分手？他不爱你了吗？"我有点疑惑不解。

"我曾以为小鸟飞不过大海，是因为她没有飞过沧海的勇气，五年以后我才明白，不是小鸟飞不过去，而是因为沧海的那一头，早已没了等待。尽管如此，小鸟还会快乐地活着，因为她知道生命是宝贵的。

尽管我明白自己已不再年轻，属于我的黄金时间不多了，可我还是要重活一回，因为好日子才刚刚开始啊。前半生，我过得很痛苦，也很无奈，后半生我要活出自己的精彩。于是我决定说服自己忘掉所有的不愉快，开始全新的生活。

前一段儿，我与同一办公室的 Tom 开始拍拖，他长我两岁，是个地地道道的挪威人，两年前跟妻子离婚后，始终孤身一人。因为有相同的遭遇，再加上我们都爱好文学，很快就坠入了爱河。也许是欧洲人的天性吧，他身体里每个细胞都非常活跃，周末不是拉着我去游泳、划船就是滑雪、野营。他喜欢蝶泳，每次游泳，他都是游一会儿就赶过来看看我，生怕我被水冲走了似的，一分钟都舍不得离开，让我充分体会到被人疼爱的滋味。

冬天滑雪的时候，因为我滑得慢，他担心我会被落下，硬是拉着我的手前行，生怕我摔一跤再也站不起来似的。在雪地里呆久了，脸和手都快冻僵了，他便会悄悄地捡些树枝在雪地里点火让我取暖，他则在一旁烤鱼、烤肉、烤香肠，烤好了，他总是先让我尝尝。他的烧烤技术绝对一流，经他烤制的食物味道好极了。

吃饱了，火也差不多快灭了，他就会走过来，默默地将我搂在怀里，我贴在他的胸前，听得见他的心在剧烈地跳动，此时我也会像他一样默默地体味着爱的甜蜜与温馨，随着一股股暖流流入心田，我的心都快要醉了。心贴着心，让人难舍难分，有时候我真希望就这样倒在他的怀里直到生命的尽头！我第一次尝到做女人的快乐，说真的，在这之前，我还不知道做女人还可以这么享受，因为从来没有人给过我这般关怀。接下来，我们都无法控制自己了，有了融为一体的冲动，是啊，有谁能抵得住这种诱惑呢？我宣告投降。

几个月后，我们开始同居，开始有了自己的爱巢，每每跟他在一起的时候，我才懂得什么叫爱的甜蜜与幸福！每次做爱之前，他总是轻轻地用手抚摸我的头和身体，同时还用力地吻着我的额头、鼻子、嘴唇……尽管每次做爱后，我都累得像摊泥，但是躺在他的怀里望着他那双深邃而又深情的碧眼的时候，疲劳早已跑得无影无踪，我的心里美极了，我深深地体验到做他的女人实在是太幸福啦！这种感觉无法用语言表达，因为在那一刻，所有的语言都变得苍白无力。我从心底里爱他，我知道自己无论如何也离不开他了，就好像铁被吸到吸磁石上。

有生以来我第一次陷入了爱的‘泥潭’，心想要往外拔，可手和脚却根本不听使唤，越陷越深。对此，我只能听之任之，每天做什么事情都静不下心来，满脑子都是他，我的智商几乎接近了零，我被他彻彻底底给俘虏了。每次送他回来的路上，一边走，一边回忆我们在一起的情景，我就忍不住想笑出声来，高兴得直想跳舞，有时激动得甚至想对着大海喊：‘我爱你！’

你们会问我怎么会喜欢上一个老外呢？其实理由很简单,外国人喜欢一个人，没有任何附加因素，‘因为爱所以爱。’爱情是没有国界的，不是吗？

没人能想到像我这样一个内向的女子，竟然变得如此自信、上进而又活泼、开朗，是 Tom 改变了我，改变了我的生活，是他给了我自信，给了我开始重新生活的勇气。我们彼此倾心，生活甜蜜无比。我记得美国诗人、作曲家，鲍勃·迪伦曾颇为动情地描述他对苏西的一见钟情，‘第一眼看到苏西，我就目不转睛。她是我见过最挑人色欲的尤物。她皮肤白皙，一头金发，是纯种意大利人。空气中瞬间充满了香蕉叶子的味道。我们开始交谈，我的头开始晕眩，丘比特之箭曾经在我耳畔呼啸而过，但是这一次它射中了我的心脏。遇见她就像是走进了《一千零一夜》。她的微笑照亮了一整条熙熙攘攘的街道。她就像是罗丹的雕塑被赋予了生命。接下来的整整一个星期，我都对她魂牵梦绕，我知道自己生平第一次坠入了爱河，即便三十英里外我仍能感觉到她的气息。'

我不是什么名人，普通得不能再普通了，想不出诗一般的话语，但我觉得此时此刻就像鲍勃·迪伦说的那样，活到快五十岁了，自己生平第一次坠入了爱河，即便几十英里外我仍能感觉到 Tom 的气息。"

看到她无限幸福的样子，我们羡慕极了。"周姐你要是不选择离婚和出国留学，可能一辈子都找不到这种真爱，由此证明你的选择是非常正确的。所以说有时候该放弃的一定要放弃，不能优柔寡断，只有放弃你才能有更好的选择机会。我很佩服你的勇气和胆量！其实我来国外三年多了，老公外边早就有别的女人了，因为孩子小，所以我一直纠结要不要结束这种有名无实的婚姻。只是我还没有鼓足勇气。"邓丽媛颇有感触地说。

听完邓丽媛说的话，我心里突然掠过一丝阴影。开始鲍勃·迪伦爱罗西爱得死去活来，但到最后还不是爱上别的女人了吗？鬼才相信相信男人永不变心呢？其实，渡边淳一早已把男人的本性揭露得淋漓尽致，他在《男人这东西》中写道：男人是一种超乎大家想象的充满性欲的动物，男人在得到女人之前可以呈现出一种难以置信的亲切善良的一面，但是男人同时又是这样一种动物，当他得到某种东西以后，便会非常迅速地减少对对方的关心。不是说男人这种方式好不好，男人本来就是这样一种动物。但是男人还有另外一面，在他得到之后热情下降的同时，也会展开思考，这是男人的优势。

因为渡边淳一没写男人展开思考会思考些什么？我出于好奇，采访了几个男友，他们告诉我，他们在得到心爱的女人之后热情下降的同时，要么把爱的温度降到冰点各奔东西，要么再添一把火把爱情之火烧得更旺！于是我做了总结：男人掌握着爱情的主动权，他们控制着爱情的温度和保鲜期。

可大多数女人呢，一旦爱上男人便不能自拔，智商迅速下降几乎变成零。女人是慢热式，而男人却是爆发式。男人已经跑得无影无踪了，女人还在原地傻傻地等待。我害怕真爱，害怕自己有一天因爱得不能自拔，而最后被男人抛弃，所以我很喜欢精神恋爱，别人无法占有你，你也不用得到别人，这样既可以保持男女之间恋情的温度，也可以使双方拥有足够的自由空间。

后来有人反驳我说，精神恋爱更具有杀伤力。我无言以对。也许是吧，如果一个男人心里一直装着自己心爱的女人，却没有机会让他展露兽性，他将如何面对生活、如何面对别的女人呢？除非是禁欲主义者，那他还是男人吗？不是男人，还跟他谈什么恋爱？我无法想象，更不敢再往下推理。哎，想那么多干嘛，何苦为难自己，一切随缘吧！

人被击倒了不可怕，重要的是站起来以后怎么办！周姐终于摆脱了不幸的婚姻，又重新找到了自己的幸福，我为她感到骄傲的同时也增强了自信心。我想，假如有一天我被击倒的话，我也会像她那样勇敢地站起来，擦干眼泪，忘掉痛苦，去追寻属于自己的那份快乐与幸福。

一个月后，网上有贴心人通知："6 月 21 日是夏至，所以从今天起挪威开始有极昼出现，大家一定要调好时间！"看到这一消息之后，我做好了充分准备。尽管我心里早有准备，可晚却无论如何都睡不着，因为我的宿舍的窗帘太薄了，只是薄薄的一层涤纶布，所以一束束光线透过布帘照得屋里亮堂堂的，我的眼睛被光线晃来晃去的怎么都睡不着，更睡不实，没办法我只好把被蒙到了脑袋上，这样做光线是不见了，可是憋得我出不来气儿，没多久，我又把被揭开了，来回地折腾，过了好长时间总算是睡着了，等我醒来时瞅瞅表，发现表的时针正好指到 3，我拉开窗帘望望窗外，看见外面亮得很，我睡得迷迷糊糊的，心想"这是早晨，还是晚上？"一开始，我以为是下午 3 点钟呢，所以后悔昨晚没设闹钟，结果睡过了头儿，耽误了正常上班。起来洗了把脸之后，脑子开始逐渐清醒，猛地想起今天是极昼开始的第一天呀，没准是凌晨呢，为了鉴别时间我只好下地将正在充电的手机打开，不看便罢，一看我心里只觉着好笑，只见手机上清清楚楚得标着 6 月 22 日早晨 3 点过 5 分， 真是虚惊一场。看时间还早，于是我又翻身睡了个回笼觉。自从有了极昼出现，我每天晚上都被阳光折磨得睡不好觉，我终于明白夸父为什么追日了，原来谁整天工作不睡觉也受不了。晚上睡不好，白天上班自然心烦，连续几天不爽。好不容易熬到了周末，我决定约俄罗斯朋友——Olig、周姐、李良碧和杨恒到我宿舍吃饭。下班后，大家一起动手，做了几个简单的菜，酒足饭饱过后已经是晚上10点多了。有人建议我们出去走走，于是大家一起到楼前的草地上散步。我发现有不少大学生坐在草地上或坐在椅子上谈天说地、玩游戏，还有人搭起了帐篷在外面野餐，他们自由地享乐，肆无忌惮地狂欢，我们不经意的闯入并没让他们注意力分散，而是各干各的好像一切都没发生一样，大家仍然你玩你的，我玩我的，乐在其中。反正没人看热闹，于是，我们尽情地拍照、嬉戏、玩耍，折腾累了我们便坐在"绿毯子"上聊天，感觉十分惬意。呆到将近12点，天逐渐变暗，不过还可以看见钻进树林里的太阳，可最让人不可思议的是，当太阳躲起来的时候，天还依然亮着。我们懒散地坐在楼前的小山坡上看这一奇怪的"白夜"，凌晨1点我们共同见证完了"日不落"之后，才各自散去。我们身后留下了几个没尽兴的，继续玩，继续喝啤酒、侃大山……

这一晚我看到了不一样的夜空，也看到了不一样的人群，看到了不一样的生活。让我不解的是，这里的人像这里极昼的天空一样很奇怪，好像"别人穿什么，吃什么跟他们无关！他们只知道做自己想做的，享受自己该享受的。"

看到这些，不禁让我想到了中国人这方面的陋习，中国有句俗话"谁人背后不说人，谁人背后无人说"，也许某些中国人就喜欢背后讲究人，我不得而知。但我心里想，"这样说来，那些喜欢说三道四的人岂不是很吃亏，整天净忙活谈论别人的闲话了，哪有心情安排好自己的生活！短短的一生，大部分时间都活在对别人的不满里，岂不是枉活一世？尽管以前我极赞成但丁的'走你的路，让别人去说吧！'也经常把这句话挂在嘴边，但今天更想说别人走别人的路，与你何干！"

我不是崇洋媚外，也不是说挪威人什么什么都好，但就"懂得享受生活"这一点还真得向他们学习。毋庸置疑，每个民族都有精华和糟粕，要懂得"取其精华，去其糟粕。"正像毛主席所说的"古为今用，洋为中用。"，所以从某种意义上说，我们也应该向挪威人学习，像他们那样懂得尊重别人，尊重自己，享受爱情，享受人生！

（二）难忘的德国

1. 路德维希二世与新天鹅堡

德国作家黑塞说:“旅游就是艳遇”。在古代艳遇是男子得到美女芳心的含义，但随着时代的变迁，妇女地位的不断提高，它不再只局限于男方对女方单方面的感受，而是被延伸到男女双方的感受。既然是“艳遇”，自然是美丽的邂逅，不是人们事先安排好的，是偶遇，当然就是可遇不可求。旅行中的艳遇，在陌生的地方撞到陌生的心仪者，再加上同游美景感情便自动升温，因此旅游中的艳遇超乎想象，更具魅力，更令人期待。

起功和老牛在德国留学快大半年了，好多地方还没去呢，正好假期我去德国，于是我们决定一起自助游德国。起功事先做好了功课，他告诉我们，德国有四条经典旅游线路：童话之旅，浪漫之旅，古堡之旅及阿尔卑斯之旅。他问我俩选哪条线路，因为我俩谁都没做过旅游功课，所以单从字面上理解我们自然选择了浪漫之旅。

我们德国之行游的第一站是浪漫之旅的最后一战——天鹅堡。早晨起来搭乘第一班巴士前往富森——新天鹅堡所在地。刚上车不一会儿，天就下起了小雨，望着窗外的雨滴，我忽然想起自己刚刚忘带雨伞了，一问他俩也没拿。没有雨具照相机会被淋湿的，心想这下子可糟了，但愿下车的时候雨能停。可事与愿违，车开到了目的地——富森，雨仍下个不停，人走得差不多了，手里捧着相机愣在那儿不知如何是好，正在这时起功脱下外衣递给我说：“快用衣服把相机包起来，雨天路滑我帮你拿，小心别把你的心肝宝贝摔坏喽！”

“那你咋办呢？不冷吗？”我不无担心地问。“别担心，我的体格棒着呢！”

他边说边拍了拍瘦弱的胸脯。因为没有雨具，我们只好硬着头皮冒雨沿着山间小路前行。也许是我们的诚心感动了老天，没走多远雨就停了。雨过天晴，阳光将撒满雨滴的树枝和叶子照得亮闪闪，煞是好看，零零落落之间，心里仿佛也注入了一缕阳光，越走心情越爽。

越走越高，行人也越稀少，随着山路逐渐变窄，两边的风景也越来越美，走在阴面处，透过树枝间的缝隙可以瞥见来时山脚下的店铺和人群。越到高处，树林越密，山下的风景只能在没有树的空当才能看见，游人已无法分辨，登山之人只有三三两两，更能感觉山间的空旷与寂静。雨后的山坡呈墨绿色，树干更青、树叶更娇嫩、野花变得格外娇艳，大有呼之欲出、吹之欲滴之势。淘气的我爬到低矮的小树桩上，凝视眼前的山和树，感受那种清新和自然。见周围没有别人，起功伸长脖子喊了起来“嗨嗨”，老牛也不示弱，发出了“吽吽”声，这一喊不要紧，整个山坳里都萦绕着“嗨嗨”、“吽吽”声，声音穿过枝叶，消失在远处的森林中。侧耳听，这种“嗨嗨”、“吽吽”声此起彼伏，听起来是那么悦耳，仿佛置身于维也纳音乐大厅。

转过山腰，眼前突现一片新绿，平原上排列着清一色灰瓦白墙的村落，远处是一片淡蓝色的湖。湖面和房屋的尖顶在阳光的照耀下闪闪发光，十分耀眼。周围山上的树木呈现让人愉悦的彩色，金黄、苍绿、橙红……

新天鹅堡在群山环抱之中，建在三面绝壁的山峰上，背靠阿尔卑斯山脉，矗立在石山高原上。城堡高约 70 多米，四角为圆柱形的尖顶，顶上设有了望塔。面对清澈透明的湖水，鸟瞰四周缓缓起伏的树林，幽静的自然景色与新天鹅堡梦境般的外貌遥相辉映，更显得尤为神圣而庄严。

城堡入口是游客最为集中的地方，略显嘈杂。多数游客都选择去城堡旁边的铁桥上拍照留念，趁我和老牛照相的工夫，起功悄悄地去排队买票，回来发给每人一张，于是我们三人随着人流进入新天鹅堡。

新天鹅堡顾名思义，里面到处都有“天鹅”的影子，门把手是天鹅头部的造型，卧室用水从天鹅口中流出，最显著的位置放着一尊用白色大理石雕刻的天鹅。这些天鹅千姿百态，形象逼真，仿佛被赋予了鲜活而富有灵性的生命。

古堡大门的入口、窗户、列柱廊等全都是半圆头拱门，最后面一堵墙壁上的拱门的屋檐下及窗下还设有串联的小圆头拱。数间国王起居室都是哥特式的建筑。主卧室是城堡的精华所在，床幔上方雕刻着欧洲 50 多个著名城堡的原形，做工精细，具有浓浓的巴伐利亚风格。床身是精雕褐木，棉被是黄蓝色交错精绣。

由于路德维希二世酷爱歌剧，因此城堡内建有好多歌舞大厅。大厅的四壁绘满了油画，远看以为不过是不同主题的油画，近看才知道是歌剧里的精彩场面和布景——不得不佩服这巧妙的设计。在国王的起居室与保安室之间有人工钟乳石洞，这是汤霍瑟传说中的女神维纳斯之洞窟，内有小瀑布与水池，采用当时尖端科技的电灯及回转式的彩色玻璃建造。

国王宫殿铺的是马赛克地板，上面有动物和植物的图案。室内解说员告诉我们，1867 年路德维希二世参观完瓦特堡以后，就下定决心要自己建造一个跟瓦特堡一模一样的宴会厅。由于路德维希二世对于理查·瓦格纳歌剧的深刻印象，瓦格纳的作品常使他心中燃起了创造一个实现他梦想的空间。于是建筑师朱利斯霍夫曼就以瓦特堡为模板设计了新天鹅堡中的宴会和歌手的大厅。依照国王的愿望，这个大厅的家具甚至比在瓦特堡中的还要豪华。广阔的空间、微细的雕刻、讲究的选材、精美的壁画、高档家具，无不展示着皇家风范。

路德维希二世一直暗恋茜茜公主，在他入住尚未完工的新城堡时，茜茜公主送了一只瓷制的天鹅祝贺，于是路德维希二世就将此城堡命名为新天鹅堡。路德维希二世从此对天鹅更加宠爱， 城堡内许多地方装有天鹅饰品。来到窗边，凭窗远眺，蓝天、白云、高山、农田和湖水尽收眼底。远处的阿尔卑斯山的积雪在阳光的照射下熠熠生辉。

从城堡出来，我们坐在一片草地上歇息。起功颇为动情地给我们讲故事说，历史上的茜茜公主非常美丽，大有倾国倾城的容貌，路德维希二世一直非常喜欢表妹茜茜公主。听说茜茜远嫁奥地利后，他悲痛欲绝，为了排解心中的烦闷，他从瓦格纳的《天鹅骑士》中获得灵感，请画家帮助设计世间最美的新天鹅堡。天鹅堡 1869 年动工，倾全国财力历时 17 年终于建成。它可能是迄今为止世界上唯一没有军事目的、只有情感寄托的城堡。对现实的不满，使得路德维希二世越来

新天鹅堡　　邵继文 / 摄

越厌恶宫廷生活。随着越来越不被人理解，变得越来越少言寡语，慢慢地他开始把自己封闭起来，在内心建起了一个童话世界。在这个世界中没有邪恶，即使有，也会被“圣杯骑士”消灭，而“圣杯骑士”就是他本人。

当这个城堡落成的前夕，这个富于幻想的年轻国王最后一次视察了这个城堡的工程进度，返回慕尼黑的途中，却消失在夜幕里，第二天清晨在慕尼黑的斯坦贝恩湖边，人们发现了路德维希二世及其精神病医生古登的尸体。听说就在5天前，巴伐利亚国家医药委员会刚刚宣布路德维希二世患有精神病。当时他只有41岁，终生未娶。路德维希的死给他的家人留下了1500万马克的债务，也给世人留下了未完的梦（路德维希二世死后，工程随之停止）。

老牛和我被路德维希二世的凄美的爱情所打动。

我们收拾一下心情继续上路。转眼来走到了玛丽安桥，它横亘在两座山崖之间，让天堑变成了通途。人走在桥板上，板子随着脚步不停地晃动并发出咯吱、咯吱的声响。我猛一低头感觉快要坠入深渊，仗着胆儿挺起胸站在桥上向远处眺望，山下的美景一览无余，一时间竟忘了恐惧，也忘了尘世间所有的烦恼。

2. “偷心”的城市

新天鹅堡的清新典雅、完美绝伦令人销魂。我想在天鹅堡多呆几天，于是跟老牛和起功商量，谁知老牛的脑袋摇得像拨浪鼓似的，说德国好玩的地方多着呢，接下来还要去海德堡呢。海德堡文化底蕴更深、也更浪漫。很多文人墨客对海德堡情有独钟、倍加宠爱，因此有人称它为“偷心”的城市。诗人歌德“把心遗失在海德堡”，马克·吐温说海德堡是他“到过的最美的地方”。其实，何止歌德，不知有多少人把心里美好的部分都留给了海德堡。雨果也曾说过：“我来到这个城市10天了……而我不能自拔。”

在这样一个轻而易举就纠缠了情感的地方，好像每个人都会变成诗人，无数艺术家在内卡河畔汲取了创作灵感，从而使这座小城成为那个时代最浪漫的神殿。

一听他这么说，我立刻改变了主意，决定还是去海德堡体验一下浪漫吧。我们一大早起来洗漱完毕，就急忙往书包里装面包、香肠、苹果、矿泉水，冰箱盒里还有啤酒，我就顺手拿了两瓶塞在书包两侧的小兜里，看见我装啤酒，起功佯装生气地说:“一个女孩子不拿饮料反倒喜欢啤酒成什么体统，快把啤酒放回去！我们今天不仅要走很远的路，还要爬很高的山，背着啤酒上山多累呀，再说啤酒喝多了怎么下山呢？”

“我偏不放回去，虽说背包沉了点，但我有的是力气，再说喝这点啤酒不会醉的，拜托您老人家放心吧，我不会拖你后腿的。”我笑着解释说。一看拗不过我，他只好听之任之。

我们乘坐的公交车恰好路过海德堡大学，于是我们临时决定去海德堡大学校园转转。海德堡大学是德国最古老的大学，也是世界历史最悠久的大学之一。说是校园其实既没有院墙，也没有围栏，城市与大学是融为一体的。我们顺着哲学家小径往上走，来到了旧海德堡大学的一个僻静处，正好看见一对恋人正手拉手悠闲踱步。起功上前用德语跟他们打招呼，并请求他们能做向导，两人欣然接受。男生比较健谈，他说一段话，起功翻译一段，他热情地介绍说：“很多人都知道海德堡著名的‘哲学家小路’，但很少有人知道这里还设有一所‘学生监狱’——是用来惩罚有过失的学生的监狱。”

“‘学生监狱’头一回听说，快带我们进去看看。”我好奇地问。

“我们这里的‘学生监狱’，是校方用来处罚调皮捣蛋学生的场所。”男向导一边带路，一边讲解，不知不觉把我们带到了一座楼前。这是一座很陈旧的三层小楼，小楼大门上的小铜牌写着‘学生监狱’几个字样。从外面看，建筑格局与常见的德国民居没什么两样，只是最上层的窗户安着钢筋，给人以戒备森严的感觉。

小楼的大门紧闭着，四周静悄悄的。门旁的一个木牌上写着‘按铃即开’四个字。老牛按下门铃，门‘吱嘎’一声打开了。走进去，对面是一个很大的天井，因为狱中没有厨房，所以学生要自己打水喝。女向导凑过来跟我们说：“这所监狱始建于 1712 年，直到 1914 年时才因第一次世界大战而关闭，当时由于入学的学生小，正是淘气的年龄，经常发生学生酗酒闹事、在巷子里追杀邻家的猪、鸡，打碎居民的窗户玻璃、路灯等事件。校长很头疼。按照德国的法律规定闹事的学生还不够关押的年龄，警察奈何不了他们。学校迫于社会压力便设立了校内‘监狱’，用来惩罚那些滋事的学生。学生监狱按照学生所犯的罪行轻重被关禁闭 2 到 4 周不等。入监后的前两天不给吃饱，只给少量的水和面包，之后可以自己从外面带入食物或由家人、朋友送饭、送菜。学生在入狱期间白天可以去听课，下课后要乖乖地呆在监狱里。有意思的是，学生们经常聚在牢房里谈天说地、作诗、绘画等，小犯人相处得很好。因此，这里很快就变成了学生的‘乐园’。有些学生还故意违反校规，希望能到这里‘关押’几天。”

三楼才是真正的监狱，不过也就四间牢房和一间厕所。每间房内有一张铁床，一张桌子和一个板凳。牢房不到十平米。四面的墙上和天花板上都被涂成了五颜六色，画得满满当当。小犯人有的在墙上写下了自己的姓名，被关押日期，并画下自己的侧面像，有浪漫的诗句，也有幽默风趣的图画。颜料主要是炉灰，其他颜色是从外面带进来的。墙上依然保留着部分调皮生写的话，比如有个医学院的学生郑重其事地写到“实习医生诊所开始营业了!1902 年 8 月 2——12 日，舒马赫医生。”

昔日的牢房门现在已经被拆下来放在房间里供游人参观，门上镶满了小“犯人”的照片，最有趣的是，每间牢房都被命名为“皇家饭店”、“别墅”甚至“皇宫”，几个大字工工整整地刻在门框上。看来即便蹲监，学生们也能找到乐趣。

参观完大学监狱后，我们直奔海德堡公园。沿着海德堡石铺路缓缓上行，道路蜿蜒曲折，道路两旁的咖啡馆、纪念品馆鳞次栉比，好多家的门或窗前悬挂着缀满鲜花的白木花篮，既清新又高雅。我拿出相机趁老牛和起功回头张望的瞬间“啪”的一下按动了快门，我们一家挨一家的门口照个不停，当我站在挂有男女接吻头像标牌的咖啡馆门前刚要摆姿势时，里面走出一个中年男子，他好奇地望着我，起功拿着相机走上前跟他嘀咕了两句，听完起功的话那男子笑着朝我走来，我心里有点慌。起功摆手示意让我停下来和这位男子合张影，我才站稳了脚步。照完合影，那男子主动伸出手与我握手告别，然后又凑到起功跟前十分自豪地说:

“这家咖啡店是我开的，当年海德堡大学的男女学生经常光顾，尤其是被‘关押’过的犯人出狱后常常在这里聚会。里面很幽静的，你们如果累了不妨进来喝一杯。”因为要赶路，我们婉言谢绝。

穿过俾斯麦广场，天忽然下起了小雨，我们顶着雨来到了一座老桥。这座老桥由九个拱门组成，桥头有两座圆塔，守卫着入城的城门。桥旁还有一个猴子铜像，猴子手里拿着面镜子，身体下面还有两只小老鼠。我走到铜猴像旁边仔细观察发现猴子周身黑乎乎的，猴的前爪和镜子部分金光闪闪的，想必是总被游客抚摸的缘故吧，猴前爪光溜溜的。尽管并不知道这有什么含义，但我还是鬼使神差般地摸了摸猴的爪子和铜镜，然后脑袋伸进铜像内只露出大半个身子，起功抢下

我与咖啡店老板合影

了这个镜头。

起功拿着相机，我感觉轻松多了，我只管往前走，没走多远看见桥上有座雕像，我好奇地停下脚步仔细观看，因为不认识德文，所以下面的解释也看不懂，这时老牛和起功也凑过来，起功看完翻译说："原来他就是选帝侯卡尔特奥多，那北面的是智慧女神雅典娜喽。书中介绍海德堡古桥是海德堡集美景和灵气为一身，是海德堡的象征。""你咋知道那么多？莫非你是智多星不成？"我非常羡慕地说。"不敢当，不过是出来前多做了些功课罢了。"他谦虚地回答。

穿过狭窄的小巷，沿着湿滑而又陡峭的山路小心翼翼地往上爬，过了好一会儿才到古堡。站在古堡上俯瞰山脉环绕中的海德堡城，只见远处山顶上云雾缭绕，一栋栋被雨水刷洗过的青砖红瓦的房屋点缀在万绿丛中，古老美丽的内卡河静静穿城而过，如同一幅幅画卷展现在我的眼前……

从山顶上下来，我们走进一座红褐色古城，古城门早已没了围墙，老牛指着一片废墟告诉我们："这残留的城门是佛烈德利希五世为了庆祝伊丽莎白皇后的生日下令在一天之内建成的。虽然城墙内、外多处已经损毁，但城门依旧耸立，有人说情侣若在城门前留影，则会缔造美满姻缘。你们要不要来张合影？"我们相视一笑权作回答。

走进城堡，在左边不太显眼的地方是一间美术馆，门口站着保卫人员，与他打过招呼后，我们走进一间稍显阴暗的房子，里面陈列着 各式各样的城堡绘图，整个海德堡古城的设计图纸也完好无损地保存在馆内。接着进入城堡的大酒窖，里面摆放着世界最大的"大酒桶"。讲解员用英语解释说，这个酒桶名字叫卡尔·路德维希，假如酒窖里这些大小不同的酒桶都装满的话，总共可以贮藏 28 万公升的葡萄酒。当初建造这么超大的酒桶，主要目的是大量储存葡萄酒以满足城堡中的贵族们饮用。如今这个大酒桶再也散发不出往日醇美的酒香，只能静静地躺在那里无奈地听着游人不自主的惊叹了。

讲解员一边走，一边继续说："在许多人的心目中，海德堡是浪漫德国的缩影。800 多年间，有许多诗人和艺术家来到这里都曾经被海德堡的美丽所吸引。19 世纪德国浪漫主义在海德堡发源，海德堡不仅是德国浪漫主义的精神圣地，而且也是众多诗人和艺术家的创作灵感的源泉。城堡主要用红褐色的内卡河砂岩筑成，城堡内部结构复杂，包括防御工事、居室和宫殿等。它始建于13世纪，历时400年才完工。因建筑风格不断变化，形成了哥特式、巴洛克式和文艺复兴式的三种风格的奇妙混合，为德国文艺复兴时代建筑的代表作。17世纪时城堡曾两度被法国人摧毁，城堡主人选帝侯家族也迁居曼海姆，被遗弃的城堡后来有一部分得以修复重建，至19世纪末主体建筑才恢复原貌并能使用。如今这座历经战乱和天灾的古堡早就没了往日的辉煌，尽管古堡大部分已坍塌，但其恢宏的气势、独特的建筑结构仍然吸引着游客不断涌现，似乎由于它的沧桑而更具有魔力。”

听完讲解，我们顺着小路来到了内卡河。站在河边仰望，一侧山腰上矗立着一座石筑古堡的遗迹，虽然大部分已经坍塌，但不加雕饰的废墟好像更具魅力。起功触景生情颇为感慨地说：“不知道谁说的，我记不清了只记得这样一句话‘有一种失去是因为无知，有一种丢弃是因为愚昧。有一种保留是因为博大，有一种存在是因为文化。’用在这里再恰当不过了，现在这座城堡早已经没了往日的风采，但它却真实地记录了历史和文化，可以说它的残存中仍不失伟大。”

参观完，我们沿着哲学家小路下山，大家又累又渴，带的水全部喝光了，只剩下我背包里的两瓶啤酒了，我伸手拿出一瓶启开后“咕咚”、“咕咚”一口气喝了大半瓶，半瓶酒下肚立刻神清气爽。喝完一大口，抬头见他俩半好奇、半期待的眼神，随口问了句：“要不要喝一口？再不喝可就没有机会了，我马上就喝没了。”一听这话起功瞅瞅老牛，老牛瞅瞅起功谁也不吱声，我一看急了，一改往日的斯文，拿起酒瓶就要一口干，起功急忙跑上前抢过啤酒瓶，把剩下的酒一股脑儿全干了，这还不算，他又从我的书包侧兜掏出第二瓶打开来，刚要放在嘴边，老牛急了，从起功手里抢下瓶子就跑，跑出好远他才停下来，站在那儿一顿牛饮，转眼间两瓶酒被喝个精光。喝完了啤酒老牛来了精神，用手指点着我异常兴奋地说：“小鬼有你的，数你能玩花样，哪有上山带啤酒的，不过你还别说，下山喝啤酒真是别有一番滋味。走起路来轻飘飘的像采在云朵上一样，有种腾云驾雾的感觉，什么苦哇、什么累呀全不见了，这种感觉真好。下次爬山我一定带两瓶啤酒，海德堡的沧桑美连同你的啤酒会永远记在我心里的。”

因为两瓶啤酒的调剂一天的疲劳不见了，一路小跑“飞”到了山脚下。停在山脚下，望着掩映在青翠茂密山林中的灰砖红顶的城堡，似有似无、若隐若现，显得分外妖娆，我不禁再一次感叹设计者的神笔与大自然神功的完美结合。

3. 美丽的莱茵河畔

按预先订好的行程，接下来本该去慕尼黑。但每天都起早贪黑，马不停蹄地看一个又一个景点我有点疲惫，所以我决定给自己放假，歇一天，睡个懒觉再说。起功看我一副不耐烦的样子非常生气，说票都是预定好的，不去会浪费的，任凭他百般劝说我就是不肯动地方。老牛气得要命，说我是资产阶级作风，说小资就小资吧，我睡我的，不去理会他们，我蒙头睡到下午两点，醒来后发现去别的城市已经来不及了。

起功建议我到曼海姆大学看看，然后再到莱茵河畔散散步。一听说要去他所在的大学，我非常高兴，简单收拾收拾，我们关好门，顺着街道往北走没多远就到了大学校园。

它坐落在巴洛克式的城堡中，是古老与现代的结合体。不巧的是当时学校大楼正在装修，楼前搭满了脚手架，所以我们只能小心翼翼地从侧面的门廊往里面走。尽管大楼正在施工，但一点也没影响我们的游兴，起功一边走，一边跟我介绍说：“我们曼海姆大学可以说是德国的哈佛大学。”

“你们曼海姆大学？曼海姆大学怎么忽然变成你们的啦？你刚来多久啊！瞧把你美的。”我忍不住打断了他的话。

“入乡随俗嘛，我就那么一说，别打岔，想不想听下面的内容？”起功故弄玄虚地说。

“当然想听了，我不捣乱了，你继续讲吧。”我赶紧回答说。

“它的前身是贸易大学，第二次世界大战几乎将曼海姆城堡全部毁掉，只剩下外围城墙依然屹立。二战结束后曼海姆经过修葺作为国家经济大学再度开放，并于 1967 年正式更名为曼海姆大学。大学饱受战争的蹂躏，至今墙面上还留有战争的痕迹——正面和侧面准确地说是四面墙壁上还留有弹孔，也许是想作为历史的见证吧，所以弹孔至今仍保持原样，没做任何处理和修复。”

出于好奇走到墙体附近仰头观察了半天，我发现弹孔的空洞很深，估计子弹已经钻进了墙体。面对黑洞洞的弹孔，我突发奇想，如果墙要是有生命的话不知道它的心该有多疼呢！这样想着，我的心也跟着抽搐了一下。虽然我不能确定第二次世界大战期间总共消耗了多少颗子弹，其中有多少颗子弹射进了门窗，有多少颗子弹打中了树木，又有多少颗子弹打死了多少无辜的老百姓，但有一点我能确定，那就是这场战争给我们的地球造成了极大的伤害，给自然，给人类，乃至给整个世界都留下了难以治愈的创伤。

穿过校园，顺着小路来到了莱茵河畔。一看到莱茵河，我的心狂跳不止。想起了德国诗人荷尔德林的经典名句：“人，诗意地栖息在大地上。”我不能确定是否他因为看到莱茵河而诗兴大发。但当我看到莱茵河的那一刻我确信“诗意”是他活着的真正理由。我记得上大学的时候《莱茵河之恋》很流行，我依稀记得几句歌词：

河流在细诉千百样旧情
河流在细诉声声叮咛
凝视你忧郁的眼 我真不知道
你的心可会平静
河流像替我轻奏曼驼铃
悠悠地细唱心中恋情
摇着那小小花伞 看山色青青
你的歌可更动听
莱茵河畔像诗那样美
莱茵河畔清新的意境
童话式的堡垒添心中幻想

公主的恋歌今天最动听

莱茵河畔 像画那样美

莱茵河畔 美丽又宁静

……

我当时听得如醉如痴，梦想着有一天能亲眼看看莱茵河。当真正看到莱茵河的时候，我感到它并没有我想象的那样神奇与美丽，也许是期望值太高了吧！

尽管如此，踏上莱茵河畔的林荫小路，我的心仍十分激动。见到满眼绿色的草垫，我忍不住倒在了它的怀里，草地上软软的，我仰望着蓝天，沐浴在午后的阳光里，悠闲地听着潺潺的流水声，还有偶尔飘来的蛙鸣声。看我赖在那儿不走，老牛也凑过来，一屁股坐到草地上。见我俩都不起来，起功只好也跟着我们一起坐在地上养神。就这样呆了半个多小时，身上已经被晒得热乎乎的，我伸了伸懒腰，慢慢站了起来，居高临下地瞅着他们两个东倒西歪的模样感觉很搞笑，故意提高嗓门喊他们起来继续往前走，可他们假装听不见，谁都不肯起来。

没办法，我只好一个人顺着羊肠小道往前走，走着走着，就看见一群头戴漂亮的赛车帽，身着天蓝色弹力紧身运动服的男子自行车赛车手由远而近，不一会儿的工夫来到我面前，然后疾驰而过，他们个个精神抖擞、帅气十足，我瞪大眼睛驻足观看。这时，他俩也从后面赶上来，起功拍着我的肩膀笑着说：“瞧你看他们的眼神完全被他们迷住了。你知道他们骑的车是啥牌子的吗？猜猜它多少钱。”

“不知道是啥牌的，但不过就是辆自行车嘛，再贵也超不过200欧元。”

“才疏学浅吧。他们骑的都是奔驰赛车，在这儿买还要2000多欧元呢。”

“那么贵呀！”

“质量好，当然就价格高了。我们德国人做事一向非常严谨，在很多领域尤其是在汽车制造业和其他机械行业在全球名列前茅，不仅拥有一流的技术，一流的设备，还拥有一流的产业工人，所以他们生产出来的产品绝对让人信得过。”起功夸赞说。

“你怎么一夜之间就变成德国人了？瞧你把德国夸的，难道你忘了德国鬼子犯下的滔天罪行了吗？”我对他这么羡慕德国鬼子有些不满，反驳他说。

“入乡随俗嘛，到了德国当然就要和他们打成一片了。正是因为德国人知道自己的罪行不可饶恕，才公开道歉，才悔过自新，重新做人，才树立了当下这般高大形象。犯了错误，改了就是好同志吗！不要抓着过去的小辫子不放嘛。”他辩驳说。我感觉他说的话也有一定道理，所以就没再言语。

一晃两个小时过去了，人渐渐多起来。有成双成对的恋人，有手挽着手的中老年夫妇，有一群可爱的大学生，也有独自漫步者，他们散落在“插满”野花的绿地上。远处还有两伙儿人在路边支个铁架、点着木炭肆无忌惮地烤着羊肉串，随着缕缕青烟升起和一阵阵“滋滋”的烤肉声，也飘来了一股股浓浓的肉香，馋得我恨不能马上过去吃上一口。

又往前走了一程，感觉脚有点疼，于是我们找了个僻静处停下来。好在这里随处都是可以休息的绿地，我在就近找到了一张长椅，脱掉凉鞋躺了下来，他俩则坐在离我不远的草地上。我们优哉游哉地望着蓝天白云，头顶上的蓝天如洗，白云似棉花锦簇，没有高楼遮挡，只有树影婆娑。这，在他们当地居民看来，日子与平常好像没有什么两样，早已经司空见惯，他们尽情地享受生活，不像我们一站接一站地旅行，他们是轻松的，而我们却累得筋疲力尽。

想看、想拍照的欲望让我累，出发前收拾行囊让我烦，如果一直待在一个地方，哪儿也不去，可能不累，可是我会厌倦，变得目光呆滞，接着会很快变老。

你也许会说，美容会让你变得年轻，能延缓面部衰老，但是如果不经常锻炼是缺乏神采与活力的，那是瞒不住和无法掩盖的呆滞与苍老，与皱纹的多少无关。

日复一日，年复一年，面对一样的人群，重复一样的生活，对我来说有什么意义？是我太认真，还是太挑剔？

不敢想，也不再想了。稍停一会儿，老牛告诉我们，莱茵河被称为德国的“父亲河”，是德国境内最长的河流，仅次于伏尔加河和多瑙河，全长1320公里，发源于瑞士境内的阿尔卑斯山脉，在荷兰的鹿特丹附近入北海。莱茵河可以说是一条真正意义上的欧洲之河。

莱茵河分为上、中、下三部分：从河源到瑞士的巴塞尔为上游，从巴塞尔到德国的波恩为中游，从波恩至入海口为下游。莱茵河自古以来就是西欧的南北交通大动脉，是世界航运最发达的国际河流。莱茵河通过多条运河与多瑙河、塞纳河、罗纳河、易北河等河流相通，形成四通八达的水上航运网，莱茵河同世界上孕育了人类文明的其他大河一样，是成就欧洲乃至整个西方文明的一个重要源头，可以说莱茵河塑造了欧洲的两大民族，德意志和法兰西。

莱茵河是世界上最繁忙的水道，站在莱茵河畔，你可以见到20多个国家的航船。

据说“莱茵”在公元前4世纪居住在这里的凯尔特人的语言，是“清澈明亮”的意思。但是，二战结束后，随着德国开始大规模的重建，大量的工业废水排入河内，使河水水质急剧恶化，周边生态也遭到破坏。在莱茵河污染最严重的20世纪70年代，河水闻着有“一股苯酚的味道”。70年代初，自美茵茨至科隆这段约200公里的莱茵河段中，鱼类完全消失，局部地区水中溶解氧几乎为零。

莱茵河畔小憩

后来，在多方共同努力下，莱茵河经过半个世纪的治理，才又重新成为了一条鲜活的生命河。

起功听他讲完，也打开了话匣子，莱茵河曾是无数作家、画家和音乐家等艺术家的创作灵感的源泉。法国作家雨果曾经这样描述过莱茵河：莱茵河集中河流的万般面貌于一身，它像罗纳河一样迅速敏捷，像卢瓦尔河一样雄浑宽阔，像缪斯河一样峭壁夹岸，像塞纳河一样迂回曲折，像台伯河一样历史悠久，像多瑙河一样庄严高贵，像尼罗河一样神秘莫测，像美洲的河流一样金光闪闪，像亚洲的河流一样蕴涵着寓言与幽灵……

席勒也曾赞叹："莱茵河与世界上其他大河不同，它是平静、安详的河流，高贵而秀丽，有如淑女。"

正说话间突然传来一阵鸟鸣，一股股凉风吹起，风穿过秀发，穿过手臂，润润的、痒痒的，如同有人用扇子轻轻扇风十分惬意，这时，我抬头看见橙红色的太阳从不远处的树缝中缓缓下沉，瑰丽无比。

在这诗一般美妙的景色面前，我们的语言显得极度匮乏，此时用唐代诗人孟浩然的《听郑五弹琴》来形容一点都不为过。

"阮籍推名饮，清风坐竹林。半酣下衫袖，拂拭龙唇琴。

一杯弹一曲，不觉夕阳沉。余意在山水，闻之谐夙心。"

此时虽无人弹琴，但潺潺的流水声，悦耳的鸟鸣，不就是一首悠扬的琴曲吗？坐在绿色"草毡"上喝着德国啤酒，望着夕阳映照下缓缓行驶的船只和悠闲的人们，我羡慕不已。异国他乡，好友相伴，谈天论地，互诉衷肠，其乐融融，岂不美哉？

（三）音乐帝国——奥地利

1. 萨尔兹堡

我从新天鹅堡回来，按计划接下来我们就应该去奥地利。旅行本身就是轻松愉快的事，我不想马不停蹄把自己弄的筋疲力尽，于是我不顾他们的反对，蒙头在床上躺了大半天，又在莱茵河畔的草地上歇了小半天，整整耽搁了一日，再加上老牛临时有事，因此我们不得不推迟原计划。

磨刀不误砍柴工，休息过后，人格外精神，我和起功从德国坐火车前往奥地利。因为萨尔兹堡是音乐大师莫扎特的出生地，也是电影《音乐之声》的拍摄地，所以我们选择先游萨尔兹堡。

下了火车，从车站信息服务台拿了两张免费地图。与德国迷宫一样的城市交通图相比，萨尔兹堡的地图要简单得多，有点像德国小镇的地图。从图上看，萨尔兹堡被一条东西走向的萨尔兹河分成南、北两岸。我和起功穿过萨尔兹河上的小桥，来到了位于老城莫扎特的故居。我漫步在莫扎特走过的石板路上，想象着当年他在这里散步的情形。

莫扎特的故居是一幢六层小黄楼，和各国的名人故居一样，这栋看似普通的黄色小屋也因为莫扎特曾经在这里住过而变得与众不同。1756 年的 1 月 27 日，莫扎特出生在这栋楼里，他和父母曾住在三层一个两间半的屋子里，父亲是王侯宫廷乐师，由于家庭的熏陶和遗传基因的双重作用，莫扎特很小的时候就显露出了极高的音乐天赋，因为他即兴演奏和作曲都十分出色，所以被誉为“神童”。1944 年这座住宅在一场轰炸中被摧毁得只剩下楼梯过道与“舞蹈家大厅”。之后莫扎特基金会将其按原样复原。1996 年 1 月 26 日举行了重修后的落成典礼。

莫扎特在这里完成了他年轻时代的大部分作品。这幢小楼有20多间房屋，每间不过十几平方米，分别陈列着莫扎特父母和他本人的画像，一些古老的油画，一架破旧的小钢琴和几个壁炉。其中一个房间非常怪异，在那里一切都是颠倒的，房顶是整个萨尔兹堡俯瞰模型，地面却是星空点点，屋顶向下，墙壁上的画全部是倒过来的。

莫扎特广泛采用各种乐曲形式，成功地把德、奥、意等国的民族音乐和欧洲的传统音乐有机的联系在一起，为德国民族歌剧奠立了基础，创造出一种现实主义音乐剧的新体裁。他扩充并革新了器乐作品的内容，使交响曲和室内乐曲的形式格外严谨。莫扎特在创作上以其不倦的努力和探寻，把18世纪的音乐艺术提到一个新的高度，并为后来的音乐的进一步发展奠定了基础，为西方音乐的发展开辟了崭新的道路。莫扎特一生中共创作了75部作品，留下了《费加罗的婚礼》、《后宫诱逃》、《魔笛》等著名歌剧。此外还创作有大量交响曲、协奏曲、钢琴曲和室内乐重奏，以及于1792年完成的传世经典《安魂曲》。

从莫扎特故居出来，我们参观了萨尔茨堡大教堂。大教堂广场构成了大教堂的前庭。在广场的中央矗立着圣母柱。

从教堂出来，我们接着参观圣彼得墓园。墓园里安葬着莫扎特的姐姐——玛利亚·安娜·莫扎特，同时也安葬着莫扎特好友奥地利作曲家约瑟夫·海顿的弟弟米歇尔·海顿。所以，这座小小的墓园，也可以称得上是萨尔兹堡曾经的“名人聚集地”了。与中国墓地不同的是圣彼得墓园让人感觉墓园更像一座宁静的花园，穿行在墓地中你不会有丝毫的恐惧。

起功说，圣彼得墓园是“世界上最美丽的墓园”。步入葱茏的墓园，在小径上轻轻走过，看着藤萝缠绕的镂花十字架，鲜花绿草围绕着的圣母像，听着啾啾鸟鸣，便知这“世界最美”当之无愧。由于墓地置身于花，丛中，像我这样做过功课的人知道这里是一座墓园，不知道的人信步走来，一定误以为走进了花园。

看着藕荷色和白色的小花在逝者身旁静静地绽放，仿佛墓碑也有了活力，也许这就是永生，逝者把生命转给了植物，让生命得以永生。生者看到鲜花环抱着的墓碑，会想起亲人生前的美好往事， “看到亲人快乐地活着”， 死者在九泉之下也会倍感欣慰的。

我非常好奇这里都埋着什么人，于是驻足仔细读了读碑文，有子女寄托哀思的，有丈夫写给亡妻的，有父母写给子女的，其中不乏海誓山盟的佳句。字句不多，各具特色，绝无雷同，其中一个碑文写得很有趣："因为我来了，这个世界才多了一分色彩。"

听说，在墓园只要你怀着一颗虔诚的心，安安静静的，不大声嚷嚷，不去打扰逝者，是可以拍照的，所以我在这里拍下了部分奇特的墓碑。

站在圣彼得墓园，时间似乎变得缓慢起来，生命的节奏以另一种形式呈现着。很奇怪，即使一个人行走在墓地，也不会觉得后背发凉，阴森恐怖。因为这个地方没有争吵，没有烦恼，没有阴魂，只有安详与宁静。

有时候我觉得年老真是一种悲哀，死亡更令人恐惧，可每个人都会老，然后死去，无一例外，除非这个人还没到年老色衰时便离开了这个世界！

生活早晚都会变成一种回忆，只是等待着死亡的降临，然后骨灰被装进坟墓，最终走进地狱或步入天堂。所以我们得学会珍惜自己所拥有的一切，跟自己喜欢的人在一起，做自己喜欢的事儿，自由自在，轻松快乐……

2. 音乐之都——维也纳

早就听说过着维也纳金色大厅，到维也纳当然不能错过金色大厅，所以这次我提前做了些功课。

从萨尔兹堡赶到维也纳已是下午五点半了，觉得去金色大厅还早，于是我们决定先去圣斯蒂芬大教堂。教堂是欧洲旅游的主要看点。尽管不同时代、不同国家、不同城市的教堂结构和内部装饰各不相同，但有一点是相通的，那就是它们都是统治阶级统治人民的工具。我虽说不是虔诚的基督徒，但每当走进教堂我都会想，为什么世界上会有那么多人信奉上帝？难道上帝真能主宰生命，真能死而复活吗？

圣斯蒂芬大教堂像欧洲一些教堂一样属于哥特式建筑，教堂屋顶镶嵌着菱形彩色琉璃瓦，玻璃窗画射进了五彩缤纷的光线，让圣坛增添了神秘的色彩，另外137公尺高的尖塔也是其建筑特色，我们沿着塔楼内狭窄的回旋梯拾级而上，欣赏维也纳迷人的市景风貌。

从圣斯蒂芬教堂出来，我们看到沿途有很多石雕和行为艺术家，边走边慢慢欣赏雕塑和行为艺术表演，遗憾的是等我们走到著名的奥地利金色大厅已经快九点了，节目接近尾声，所以只好在演播厅外面转了转，在门口照了两张相就顺着原路返回了宾馆。白准备好几天，没看到重头戏，心里很不爽，这真是满心希望而来，满脸失望而归。

想亡羊补牢，所以第二天我们早早就起了床，匆匆洗漱后乘地铁赶往维也纳市立公园。市立公园也叫“维也纳音乐公园”，它是一个风光秀丽、音乐氛围较浓的公园。美丽的维也纳河从公园旁流过，园中林木繁茂，绿意盎然。公园里有一个湖，湖水澄清如镜，站在湖边可以清楚地看见水下的鹅卵石，被垂柳染绿的湖面倒映着白云和婆娑的树影，湖边有成群的野鸭游来荡去，可能鸭子习惯了与人和睦相处，看见我们并没有惊慌逃窜，而是慢腾腾地迈着鸭步，悠然自得，权当我们不存在似的。湖边宽阔的草地上坐着三三两两的游人，有的在聊天、看书、写生或嬉戏，一切都显得那么轻松和自然。当他们休息够了离开草地的时候，没丢下任何垃圾，这与国内开放式公园相比反差极大。有时候，我在想，什么时候我国的老百姓也能像他们一样，养成良好的习惯，自觉地爱护和保护环境呢？

音乐公园始建于1862年，面积有6.5万平方米，公园的最大亮点是能看到维也纳籍的舒伯特、施特劳斯、海顿、莱哈尔、布鲁克纳、雷哈、罗伯特·施多尔茨等等一大批著名音乐家的塑像，其中金光耀眼的约翰·施特劳斯塑像是游人留影最多的地方，不过这里伫立的并不是“圆舞曲之父”约翰·施特劳斯的塑像，而是与其同名的儿子“圆舞曲之王”约翰·施特劳斯的塑像，由于父子同名，所以音乐史上有老施特劳斯和小施特劳斯之分，音乐公园里游人排队留影最多的地方是小施特劳斯的塑像面前。

施特劳斯塑像由于豪华无比而成为维也纳的标志，也是音乐公园的镇园之宝。

塑像全身镀金，在阳光下金光闪闪，正在拉小提琴的施特劳斯身着燕尾服，卷发、爵士胡，姿态优雅、潇洒而高贵，大音乐家的浪漫、绅士的气质和贵族的素养体现得淋漓尽致。这尊大于真人的金像竖立于一上圆下方的台座之上，台座下面是平整的台阶，像后是一堵巨大的白色大理石拱门。整个塑像的组合就是一个音乐与美术有机结合的圣坛，白色的石拱门上是一圈精美的浮雕，15 个裸体的女神和男神纵情飞舞，飘逸的头发和柔软的躯体好像是随着音乐的节拍在波动，人物刻画得栩栩如生。

这些女神亦大于真人，导游说这是一群崇拜施特劳斯的音乐青年的形象，但由于浮雕中有几个裸体而欢快的小天使出现，所以我称这是一群女神，至于其中哪一位是艺术女神缪斯我就说不出了。塑像后面绿树茂密，前面花团锦簇，环境静谧含蓄，静观此像，仿佛从施特劳斯的提琴中听见了《蓝色的多瑙河》或《维也纳森林的故事》中的优美旋律，仿佛看见了多瑙河之波，仿佛进入了维也纳森林神秘而深邃的梦幻境界，非常惬意。

起功先跑到施特劳斯雕像下面，学 John 施特劳斯的模样假装拉小提琴让我给他照相，我按动快门记录下了他难得放松的表情。

接着我们又来到了 美泉宫，讲解员介绍说， 美泉宫是茜茜公主的夏宫。茜茜公主就是奥匈帝国伊丽莎白皇后，她出生于巴伐利亚的一个贵族家庭，年少时就嫁给了奥地利皇帝弗朗西斯·约瑟夫。

相传，1617 年马提阿斯皇帝到维也纳西南部狩猎，偶然在这里发现了一个泉眼。让人感到惊异的是，喝了这里的泉水，人会变得更漂亮，美泉宫因此得名。1696 年列奥波德一世皇帝命令当时奥地利著名的建筑师费舍·冯·埃尔拉赫在此地设计一座皇帝的游乐宫。建筑师好大喜功，设计方案恢宏气派，规模和豪华程度与法国的凡尔赛宫相比有过之而无不及。可惜皇宫财力有限，等到 1730 年美泉宫落成时，结果大打折扣。尽管如此，它那 1441 间厅堂和 2 平方公里的园林，足以显示出哈布斯堡王朝的气派。

美泉宫中的蓝厅，又叫蓝色中国沙龙，因中国蓝白色瓷器而得名。在当时，中国瓷器非常少见，连皇帝都无法随心所欲地获得，因此这里巧用 230 块白底蓝色的绘画模仿陶瓷的风韵挂在墙上。另外，宫中还有一个圆形和一个椭圆形中国厅，墙壁上镶嵌着大小不等的中国漆画，镀金边框的支柱上托放着中国的青花瓷瓶。

奥地利国王——弗兰茨·约瑟夫一世青少年时期，几乎每年夏天都来这里度假。1848 年加冕奥地利帝国皇帝，年仅 18 岁。他再次选择这个最喜爱的宫殿作为自己的寓所。他与茜茜公主大婚之后，仍然住在这里。他在这个宝座上坐了 68 个春秋。在他执政期间，维也纳变成了世界一流名城。他下令拆掉城墙，建起豪华气派的环城大道，并请欧洲最著名的建筑大师建起辉煌的建筑。美泉宫的一侧，是过去的御辇陈列馆，陈列着哈布斯堡王朝从 1690 年以来使用过的六十多辆御辇，其中最珍贵的一辆 8 套马车重达 4 吨，是专门用来举行婚礼和加冕典礼的御用马车。

美泉宫背面是一座规模巨大的宫殿花园，占地 2 平方公里，里面有典型的法式园林。在碎石子铺成的平面上，是一片片格局优雅、精雕细琢的花坛和草坪。花园两边高大的树木，被修剪成一面面绿墙。绿墙里面，掩映着 44 座古希腊神话故事中的人物，个个活灵活现。在花园尽头，是一座 1780 年修建的海神喷泉。再向东，便是赫赫有名的“美泉”。从海神喷泉处沿着之字形土路走上一个斜坡，就来到了美泉宫的最高处——凯旋门。这座凯旋门是海岑多夫为了纪念特蕾西娅女皇 1757 年战胜普鲁士的腓特烈大帝的军队而建的。站在这里，人们可以把美泉宫以及部分市区壮丽的景色尽收眼底。海神喷泉的西侧，是 1757 年修建的世界上第一座动物园。1883 年又在动物园旁边修建了一座欧洲最大的热带植物温室。

回来的路上，起功颇为感慨地说：茜茜公主的命运很坎坷，她嫁到奥地利皇室之后便搬入了美泉宫，开始时皇帝百般宠爱茜茜公主，没过多久茜茜怀孕了，可是她的女儿刚一出生就被婆婆抱走了，她的婆婆认为她没有能力带孩子。过了两年，茜茜第二次怀孕又生了个女儿，女儿又被抱走了，她伤心极了。从小在蜜罐子里长大的公主，仿佛一下子从天堂掉进了地狱。宫廷里的人觉得她很笨，根本不把她放在眼里。出访意大利时，那里的人不但不欢迎她，甚至还对他充满敌意。

只有到了匈牙利，她才见到一张张充满友善的脸。从那时起，茜茜对这个国

施特劳斯的雕像

家充满了好感，她开始学习马扎尔语。1857年，她又一次来到布达佩斯。在此期间，她的一个女儿夭折了。一年以后，茜茜为奥地利帝国生下了王位继承人——鲁道夫王子，和前两次一样，孩子依然被人从她身边带走了……她开始发烧，恶心，食欲不振，精神几乎崩溃了。一晃七年过去了，茜茜生了三个孩子，陆续进行了几次正式出访，目睹了一场血淋淋的战争。婆婆依然令她憎恶，丈夫开始对她冷淡。

在宫廷的虚假的生活中她会感觉很不自在，用她自己的话说，好像是阅兵场上的一匹“披上了马具”的马。茜茜不得不日益忍受着失去自由的苦恼，不过从这时起，茜茜公主不再把自己置于被动的境地。她开始对宫廷循规蹈矩的生活进行反抗，她强迫性节食和疯狂地运动。她为了在产后恢复窈窕的身材，每天早晨5点起床，练剑、游泳、做体操，还坚持洗冷水澡，茜茜变得成熟而完美，摄影师为她留下了一张张美丽的倩影。她还组织一场场舞会，有意识地在歌舞音乐中消耗自己的精力。可就在这时她病倒了，1861年，她患上了肺结核，宫廷医生建议她去海滨疗养，那里充足的日光有助于她恢复健康。在接下来的两年里，奥地利民众再也没在公众场合见过他们的皇后。茜茜公主在有温泉的城市、希腊的岛屿和娘家之间辗转治病，并最终从死神手里逃了出来。

在她重返维也纳的那一天，10个管弦乐队，一万多名手持火把的运动员欢迎她。久别胜新婚，约瑟夫答应茜茜公主可以随意挑选陪伴自己的宫廷女官、并可以管教自己的孩子。身为奥地利皇后，茜茜与那些维也纳贵族不一样，她发自内心地热爱匈牙利，她欣赏那里的音乐、马匹、骑士，欣赏布达佩斯的巴洛克式建筑，以及那里的色彩和节奏……不过她在内心深处对这块土地的热爱还和一个传奇式的人物——安德拉希伯爵有关。安德拉希参与了反抗奥地利统治的斗争，革命失败后，他逃出匈牙利。安德拉希风流倜傥，始终有上流社会的女人围着他转，人们称之为“英俊的绞刑犯”。流亡十年之后，安德拉希获得大赦，重返匈牙利。在骨子里，茜茜和安德拉希是一类人物，彼此欣赏，相互吸引，却又不能进一步发展两人之间的情感。安德拉希以一种谦恭的态度爱着奥地利的皇后，茜茜则对他怀着深深的依恋之情。

1866年面对拥有“铁血宰相”俾斯麦的普鲁士一天天的强大，约瑟夫皇帝意识到需要安抚近邻匈牙利，他和安德拉希伯爵坐到了谈判桌前。这时，茜茜成了这两个彼此敌视而又都对她另眼相看的男人之间的调停人。

在酝酿建立奥匈帝国的过程中，茜茜做出了很大的贡献。茜茜在这个过程中始终表现得雍容大度和开明、善良，从而获得了匈牙利民众的尊敬。于是在帝国建立之初，匈牙利将格德勒的古堡庄园整修后送给新国王约瑟夫和伊丽莎白王后作为夏宫使用。夏宫自然环境优美，周围是一望无际的森林，深得茜茜的喜欢。在此后的几十年里，她几乎都居住在这里。

根据奥地利和匈牙利统治者之间达成的协议，奥匈帝国在1867年正式建立。匈牙利宰相安德拉希伯爵将一顶王冠戴在了茜茜的头上，匈牙利人选择了她，她从此成为匈牙利女王。

但为了孩子，茜茜公主还是从匈牙利回到奥地利。她给丈夫下了最后通牒：必须在母亲和妻子中间做出选择。

约瑟夫这次终于站在了妻子一边，他和母亲摊了牌。孩子们彻底回到了茜茜的身边。然而，对于他们的独生子鲁道夫来说，已经为时过晚！孤独、恐惧长期缠绕着他，与父母陌生以致不能沟通，政治抱负无法实现，鲁道夫越来越消沉，最后他和情妇双双自杀。

白发人送黑发人，悲痛中的茜茜没有勇气赶到出事地点。直到王子下葬时，人们才看到悲痛欲绝的茜茜。从此，茜茜陷入了无法摆脱的痛苦之中，她性格变得更加内向，不爱交际和不易接近。为了消磨时光和排解心中的苦闷，茜茜开始沉溺于书写情诗。不仅如此，她还把更多的时间用在了旅行上，不停地寻找能够使她无拘无束生活的地方。茜茜到处游历，越来越像她的父亲，喜欢作诗、骑马、欣赏犹太人……

她和丈夫见面的次数越来越少，因为丈夫与伯爵夫人的绯闻，让她难以接受，她感觉身心俱疲。最终，她听从太医的建议，开始了像她父亲一样的旅行。她开始了横贯欧洲的旅行，她在苏黎世、卢塞恩等地逗留，最终到了日内瓦。茜茜非常热衷于沿着日内瓦莱蒙湖漫步或是在山间行走，她最爱这一片宁静的土地。

当她游历完毕准备乘船离开日内瓦时，中途不幸被人刺杀身亡。茜茜公主去世八年后，她的丈夫也孤独离去。他死时躺在教堂的地下墓室里，身边正是他的皇后茜茜公主。他们的婚姻被人们认为是一个美丽的童话，但事实却与之相差甚远。相比生前的聚少离多，也许死后他们就可以在另一个世界甜蜜幸福地生活。

到了奥地利我才弄清，茜茜公主并不爱表哥路德维希二世，她爱的是安德拉希，路德维希二世只能算是茜茜公主众多爱慕者之一吧。我想不管谁爱上了谁，是两情相悦，还是一厢情愿，只要真心付出都是难能可贵的。我心里的谜团终于被解开了，我松了一口气。实际生活中茜茜公主、路德维希二世两人没有机会走到一起，尽管他们俩都拥有令人艳羡的金钱和地位，但始终没有真正得到自己心爱的人，或者更确切地说，他们都未能如愿以偿。他们的结局都很悲惨，让人觉得很遗憾。但是有时候我在想，这个世界上能有多少人一生都是平平安安，幸福快乐的呢？所以说，人生如戏，幸福的人是相似的，不幸的人各有各的不幸！

有时候，也许就是因为“我需要的是我得不到的。”使得人们永远不能满足现状，反过来也就是因为“我得到的是我不需要的。”便给人们继续追求下一个目标找到了借口。对有些人来说，人生就是一个不断追求，不断自我更新的过程，追求完美是人生的最大乐趣。可到头来能有多少人的人生能完美无缺的呢？由此看来，对于一般的人来说尽善尽美只能是水中月，镜中花，只能是人们心中的美好愿望罢了！

（四）多情浪漫的法国

1. 凯旋门与埃菲尔铁塔

海明威说过，“如果你有幸在年轻时到过巴黎，那么以后不管你到哪里去，它都会跟着你一生一世。巴黎就是一场流动的盛宴。”

我年轻时没去过巴黎，人到中年才到了巴黎，我充分感受到了它独特的魅力，它的美是自然、文化与艺术交融在一起的，是别人永远无法超越的，它的美不仅表现在自然景色清新优雅，历史建筑宏伟壮丽，甚至就连饮食都别具一格（酿酒像是做诗，炒菜如同作画，一桌法国大餐看起来简直就是一幅精美的油画，叫人爱不释手），更别说美人儿有多么令人销魂啦，所以说巴黎是视觉、听觉、味觉的盛宴一点都不为过！巴黎人，更确切地说是巴黎女人更具魅力，无论走到哪里，你一眼就能发现哪位是法国女郎，因为法国人那种美是由内到外的，是遮不住的。正像海明威预言的那样，我人离开了法国，可浪漫却不经意尾随而来，再也没有离开过我，我的人生从此掀开了新的篇章。

2006 年我去了两趟法国，住的都是我最要好同学——曾庆香（我们亲切地称她为阿香）安排的，第一次住在阿香的宿舍，第二次在香榭丽舍大街附近，恰巧是起功到法国来时住的同一个房间！我们在空间上再一次发生交集。

阿香能讲一口流利的法语，还温柔体贴，所以我的法国之旅有她陪同，既轻松自在，又浪漫温馨。刚到巴黎，我还真有点像刘姥姥逛大观园，见什么都新鲜。

我第一次是从德国乘“欧洲巴士”去的法国。阿香到客运站接我，因为半年多没见面了彼此都非常激动。我们从客运站出来没走几步就到了巴黎的地铁站，地铁站实在太大了，她领着我从这个口转到那个站口，在人群中穿来穿去，弄得我眼花缭乱。到了售票口，阿香说她有月票让我买张周票就可以了，我手里拿着20欧元对里面的男售票员用英语说买张周票，售票员接过钱笑眯眯地望着我不肯出票，阿香忙上来解围说了句法语，售票员才肯卖给我一张票。买完票阿香拉着我的手开玩笑说："瞧他瞅你的眼神，美女就是不一样，到哪里都受欢迎。但是你要记住巴黎人是不讲英语的。巴黎是国际化大都市，国际游客每天都有几十万甚至上百万，但是法国人总认为自己的语言是世界上最美的，所以没有多少人愿意讲英语。地铁站的售票员如果讲英语，大概他也该下岗了。"

巴黎人对他们的地铁系统是十分自豪的。经过一个世纪的发展，目前巴黎地铁无论从其覆盖的范围、管理的完善程度，还是运行的效率来看都可以说是世界一流的。巴黎地铁每天的客流量超过600万人次，仅从这个数字您也可以想象这个庞大的地下交通系统的发达程度。无论您站在巴黎市区的哪一个位置，离您500米内肯定有个地铁站。所以乘地铁是巴黎人的一种特殊的生活方式。当有人告诉你一个地理位置的时候，总是说地铁某站。乘地铁是很容易的，到巴黎的车站取一个免费的地图，您不用别人陪同就可以游遍巴黎所有的名胜。

在地面上您可能辨别不清方向，一上地铁，您就不会迷路，这是千真万确的！初到巴黎的人看到地铁的标志有些是M，有些是Metro，有些又是RER，总感到有些疑惑。其实，巴黎的地铁分成两个系统：在二环之内的叫Metro，地铁站入口有的用一个M作标志，有的用Metro作标志，这个系统一共有14条线，用数字表示，也就是M1到M14；超出二环以外的，叫作RER，一共有5条线。阿香说："像你这样要在这里住上一周的买周票最划算了。中国人刚到巴黎，不知道如何买到合适的交通票，也难怪，中国的公交票规则和欧洲的太不一样了。到巴黎戴高乐机场后，如果要去市区的话，记得在机场地铁售票处先买一张巴黎观光票（Paris Visit），一天的16.75欧，两天的26.65欧，你可以拿着观光票任意乘坐巴黎市内的地铁公交。要知道戴高乐机场到市区的单程票都得8欧呢。其他的巴黎通票（比Paris Visit更划算）需要到市区地铁站买，机场没有。

在市区的一环和二环使用的单张票价格是1.3欧元，买10张票9.6欧元。拿着票可以从任意一个地铁口检票上车，中间可以倒几次车，但出了检票口就不能再用了。出来旅游能省则省，该花的钱花，没有必要花大头钱。对不？”听她这么一说，我不得不佩服阿香，她变得越来越成熟了。

从地铁站出来不远便是凯旋门。来到凯旋门下面，我感到有点失望，心里嘀咕：“从小就听说过凯旋门，想象着它不一定有多美、多气派呢，到跟前才明白，它不过就是大门上面多几个雕像罢了。”阿香看出了我表情的变化，凑上来笑着说：“我第一次看到凯旋门，也很失望，但听了关于它的故事后才开始对它产生了好感。要知道巴黎有三座凯旋门：小凯旋门；大凯旋门；新凯旋门（大门塔）。我们面前的是大凯旋门，我手里有一本介绍它的法文小册子，我翻译成汉语讲给你听。”

凯旋门是拿破仑为纪念 1805 年打败俄奥联军下令修建的，建成于 1836 年，是古老巴黎的象征。它只有一个拱门，门的每一面上都有一幅浮雕。凯旋门的四周都有门，门内刻有跟随拿破仑·波拿巴远征的 386 名将军的名字和 96 场胜战的名字及法国战事史。最负盛名的是面向香榭丽舍田园大街、由著名雕刻家吕德设计雕塑的《马塞曲》。凯旋门的拱门可以乘电梯或登石梯上去，石梯共 273 级，上去后第一站有一个小型的历史博物馆，里面陈列着介绍凯旋门建筑史的图片。另外，还有两间配有英、法两种语言解说的电影放映室，专门放映一些反映巴黎历史变迁的资料片。再往上走就到了凯旋门的顶部平台，站在平台上你可以清楚地看到十二条林荫大道从广场辐射延伸，十分壮观。

凯旋门的正下方，是 1920 年 11 月 11 日建造的无名战士墓，地上嵌着红色的墓志：“这里安息的是为国牺牲的法国军人。”墓前有一长明灯，每天晚上都准时举行一项拨旺火焰的仪式。每年的 7 月 14 日国庆节，举国欢庆时法国总统都要从凯旋门通过；每当法国总统卸职的最后一天也要来此向无名烈士墓献上一束鲜花。

读到这儿阿香突然合上了手册，深情地说：“随着岁月的流逝，凯旋门，这个曾经是拿破仑帝国军队胜利的标志已成为现今法国爱国主义的标志。

在拿破仑病逝 19 年后，也就是 1840 年 12 月 15 日，法国七月王朝儒安维尔亲王率军舰前去圣赫勒拿岛，将拿破仑的遗体接回祖国。90 万巴黎市民冒着严寒，满怀深情地参加了隆重的葬礼。拿破仑的遗体由仪仗队护送，穿过这个他生前曾经无数次经过的凯旋门，最后被重新安葬在塞纳河畔的荣军院。不管岁月如何变换，一代又一代法国爱国者都会自发地前来观瞻，也有不少外国游人前来欣赏的。我之所以喜欢凯旋门不仅仅因为它是胜利的象征，更因为它是当代爱国者的加油站！它和巴黎圣母院、卢浮宫、埃菲尔铁塔一样，均被列为巴黎的四大地标性建筑。”

听了阿香这一番话，联想到当年拿破仑手持战刀、骑在战马上的模样，他虽然个子矮小，但气势却咄咄逼人。人们常说“浓缩的都是精华”，不无道理！

不管时代如何变迁，但凯旋门依然保存完好，不仅如此，十二条放射状的街道四周也保持开阔的视野，周围没有一个高大的建筑物遮挡，这使得凯旋门至今仍然能放射出耀眼的光芒。它不只是拿破仑时代胜利的象征，更是当代法国人引以自豪的历史性建筑。看着凯旋门，我想象着200多年前，那些不时挨皮鞭抽打的建筑工人使用破旧的工具，衣衫褴褛一锹一镐地、一层一层地建着凯旋门……

想到这儿，我突然对这座“大门”的建设者肃然起敬，冰冷的大理石门柱似乎有了温度变得鲜活起来，刹那间，我发现它是那么宏伟壮丽。

从凯旋门出来，沿着香榭丽舍大道缓缓前行。只见街道两旁茂密的梧桐树的枝叶把柏油路遮上了一大半，夏天不仅能挡住太阳的灼烤，还能为行人遮风挡雨。我们漫步在香榭丽舍大道上已经接近中午，但我却丝毫没有感觉到闷热，有的只是丝丝的凉爽与惬意。它不愧为“法兰西第一大道”。看着大道中央的车水马龙以及大道两旁树枝遮掩下的自在悠闲，我慢慢体会着巴黎人的悠闲与浪漫……

穿过香榭丽舍大街，我们直奔举世闻名的埃菲尔铁塔。在清澈透明的蓝天下，在温情脉脉的塞纳河相依相偎下，站在碧绿的草坪上仰望高高的埃菲尔铁塔，我觉得它并不像我的法国同事John说的那样丑陋，相反我却觉得它具有一种独特的魅力。

阿香指着埃菲尔铁塔神情专注地告诉我，如果说巴黎圣母院是古代巴黎的象征，那么埃菲尔铁塔则是现代巴黎的标志。埃菲尔铁塔的塔身为钢架镂空结构，高324米，重9000吨。有海拔57米、115米和274米的三层平台可供游览，第四层平台海拔300米，设有气象站。顶部架有天线，为巴黎电视中心。从地面到塔顶装有电梯和1711级台阶。埃菲尔铁塔共用钢铁12000个金属部件、259万只铆钉，极为壮观。

1889年适逢法国大革命100周年纪念，法国政府决定隆重庆祝，政府一直想建造一个超过英国“水晶宫”的博览会建筑，于1886年开始征集设计方案。在700多件应征方案里，桥梁工程师居斯塔夫·埃菲尔的设计被选中：一座象征机械革命，在巴黎任何角落都能望见的巨塔。

但在定稿的时候，这项方案遭到了包括著名作家左拉和小仲马在内的法国各界人士的抗议，人们不愿见到这样一个奇怪的铁皮建筑遮住巴黎圣母院、凯旋门等历史遗迹的光芒。

政府不顾各界人士的反对，力排众议，最后决定于1887年1月28日正式开工，历时两年大功告成。铁塔建成后，引起了全世界的轰动，一举成为巴黎乃至整个法国的最具代表性的建筑。浪漫的巴黎人给铁塔取了一个美丽的名字——“云中牧女”。而现在的法国人则称埃菲尔铁塔为“首都的瞭望台”。

听她这么一说，我迫不及待地想登到顶上一睹巴黎的“风采”。阿香说她看过好多次了，不陪我上去了，她想在草坪上坐着休息休息，顺便帮我照看照看东西。反正有时间，我决定一个人顺着旁边的阶梯往上爬，尽情地欣赏周边的风景，可刚走到阶梯入口，就有人前来阻止，说是有门票才可以登楼梯。于是我花了5欧元，买了张门票顺着楼梯一直爬到了顶层。从顶上俯瞰，整个城市尽收眼底碧绿的塞纳河，卢浮宫、凯旋门，塔下面缩小版的游人，还有一栋栋像积木似的建筑物……

一直看得眼睛发酸，我才又顺着原路返回，到刚才那片草地上去找阿香。可环顾四周，到处都是坐着或躺着休息的老外，就是不见阿香瘦小的身影，我心想：“如果找不到她，我分文皆无，一句法语也不会，这可怎么办呢？”越是这样想，心里越没底，我一边大声喊阿香，一边往草坪中央走，可找了半天都不见她的身影。此时正值晌午，太阳火辣辣的，我连饿带累，小腿发酸，一

直插云霄　新摄汇 / 摄

屁股坐到了地上。

坐在地上眼睛向四处搜索，突然发现远处灌木丛旁有一个小人正抱着我那粉红色的书包睡大觉呢。原来她在那儿，我急忙跑过去，蹲下去轻拍两下她的头，她像小猫一样被惊醒了。她迷迷糊糊地从身底下掏出书包递给我，我顺手打开书包，不看还好，一看早晨刚买的一双达芙妮皮鞋已经被她的身体压得扁扁的了，简直惨不忍睹，我真是哭笑不得。看到这双变了形的皮鞋，阿香很不好意思，直说对不起。望着阿香无辜的表情，想象着她那生怕被人偷走而把包紧紧搂在怀里的可怜模样，我忍不住“扑哧”一声笑了起来。我想：阿香真是太有才了，连做的错事都与众不同。

虽然这件事已经过去好几年了，但是为了纪念这段难忘的往事，我至今还保存着这双“扁二鞋”。

我第二次去巴黎是去看国际摄影展，因为去过一次，巴黎已不再陌生，再加上香榭丽舍大街还有我购物时认识的法国店员，虽不会说法语，但从他们的眼神和动作我也能略知一二，所以我没用阿香陪同，自己优哉游哉地逛街，吃法国大蜗牛、鲜鹅肝、鱼子酱，坐在咖啡厅喝杯咖啡，在酒吧独自一个人饮白葡萄酒，一个人彻彻底底地享受了一次浪漫的孤独。

当时虽然我还不太懂摄影，但这丝毫没有减少我对摄影大师们的崇拜和对其作品的痴迷。但当时我无论如何都没想到几年后我居然疯狂地迷上了摄影。

2. 卢浮宫

第二天，我和阿香从她宿舍附近地铁站乘地铁又在凯旋门附近的的地铁站下了车，出了站口，沿着香榭丽舍大街往前走没多远儿就到了卢浮宫。一到卢浮宫门口我就被门前的玻璃金字塔给吸引住了，它远远看去像极了埃及金字塔。于是我和阿香去近前看玻璃金字塔。阿香对我说，八十年代初，法国总统密特朗决定改建和扩建卢浮宫，为此，法国政府广泛征求设计方案，应征者大都是法国及其他国家的著名建筑师。最后由密特朗总统出面，邀请世界十五个声誉卓著的博物馆馆长对应征的设计方案遴选抉择。结果，有十三位馆长选择了华裔建筑师贝聿铭的设计方案,即用现代建筑材料在卢浮宫的拿破仑庭院内建造一座玻璃金字塔。

设计方案刚一公布，即遭到各方质疑，许多人担心这一现代作品会破坏卢浮宫的古典氛围。但当时的法国总统密特朗全力支持贝聿铭的方案，并称玻璃金字塔是其“14 年任期内最骄傲的成就”。自 1989 年建成以来，玻璃金字塔逐渐成为卢浮宫的标志性建筑，挑剔的法国人也慢慢接受并开始称赞这一建筑创举。如今玻璃金字塔成为卢浮宫中与《蒙娜丽莎》画像和断臂维纳斯雕塑相提并论的三大必看热点。大部分游客宁可挤在玻璃金字塔前排长队，也不愿从游客相对较少的另外两个入口进馆参观。

听完她的介绍，我们乘扶梯来到了售票处，阿香拉着我的手说：“每个月的第一个周日卢浮宫是免费对公众开放的，所以刚来的时候我跟几个同学免费参观过两次，所以就不进去‘复习’了，走马观花游完卢浮宫也得大半天。等买完票你进去参观，我回学校看看书，四点多钟在正门门口集合，我们不见不散。”说完，便扭头先走了。

我买完票，拿了份英文卢浮宫资料随着人群往里走，忽听讲解员走过来问是否需要讲解，我点点头，于是我跟随着讲解员和几个老外缓缓前行，讲解员告诉我们，卢浮宫与列宁格勒博物馆、梵蒂冈博物馆一起号称世界三大博物馆。它建于 1546 年，收藏品达 40 万件。卢浮宫整体建筑呈“U”形，分为新、老两个部分，老的建于路易十四时期，新的建于拿破仑时代。宫内收藏的三件最著名的作品是断臂“维纳斯”、“蒙娜丽莎”和没有头的“胜利女神”。

卢浮宫始建于 1190 年，当时只是菲利普二世皇宫的城堡。为了保卫北岸的巴黎地区，菲利普二世于 1200 年在这里修建了一座通向塞纳河的城堡，主要用于存放王室的档案和珍宝，同时也存放他的狗和战俘，当时被称为卢浮宫。后来卢浮宫才被作为皇宫，从此它便成为完全不同的一座建筑物了。在以后的 350 年中，随着王室贵族们要求的增加，又建了华丽的楼塔和别致的房间。

16 世纪中叶，弗朗西斯一世继承王位后，便把这座宫殿拆毁了，他下令由建筑师在原来城堡的基础上重新建一座宫殿。弗朗西斯还请当时著名的画家为他画肖像，他崇拜意大利画家，购买了当时意大利最著名的画家法埃洛的绘画，包括《蒙娜丽莎》等珍品。弗朗西斯一世的儿子亨利二世即位后，把他父亲毁掉的部分又重新建造起来。亨利喜爱法国文艺复兴时期建筑艺术的装饰，对意大利式的建筑并不感兴趣。直到亨利四世继位，他花了 13 年的工夫建造了卢浮宫最壮观的部分——大画廊，这是一个长达 300 米的华丽的走廊，亨利在这里栽满了树木，还养了鸟和狗，甚至他还在走廊中骑马追狐狸。

路易十四是法国历史上著名的国王，他被称为太阳王。他登基时只有 5 岁，在卢浮宫做了 72 年的国王，是法国历史上最长的时代。路易十四把卢浮宫建成了正方形的庭院，并在庭院外面修建了富丽堂皇的画廊。他购买了欧洲各派的绘画，他一生迷恋艺术和建筑，致使法国的国库亏空。

路易十六在位期间，爆发了著名的 1789 年大革命，在卢浮宫“竞技场”院子里建立了法国革命的第一个断头台。1792 年 5 月 27 日，国民议会宣布，卢浮宫将属于大众，于是成为了公共博物馆。

到了拿破仑时代，拿破仑在这座建筑的外围修建了更多的房子，他还在竞技场院里修建了拱门，并把欧洲其他国家所能提供的最好的艺术品都搬进了卢浮宫。拿破仑不断地向外扩张，并称雄于欧洲，于是几千吨的艺术品从所有被征服的国家的殿堂、图书馆和天主教堂运到了巴黎。拿破仑将卢浮宫改名为拿破仑博物馆，巨大的长廊也布满了他掠夺来的艺术品。在卢浮宫里，拿破仑的光彩持续了 12 年，一直到滑铁卢战役惨败。对拿破仑来说，每一幅天才的作品都必须属于法国。这使德国人、意大利人、西班牙人和荷兰人极其反感。拿破仑失势后，他们来到卢浮宫，约有 5000 件艺术品物归原主。但由于法国人的外交手段及法国人的说服力，仍然有一些从其他国家掠夺的艺术品被留在了卢浮宫。

卢浮宫宫殿共收藏有 40 多万件来自世界各地的艺术珍品。馆内的工作人员将这些艺术珍品根据其来源地和种类划分区域，分别在六大展馆中展出，即东方艺术馆、古希腊及古罗马艺术馆、古埃及艺术馆、珍宝馆、绘画馆及雕塑馆。其中绘画馆展品最多，占地面积也最大。卢浮宫区有 198 个展览大厅，最大的大厅

拜倒在石榴裙下　　新摄汇 / 摄

长 205 米。显然，用一天两天的时间根本无法欣赏完全部的稀世珍品。

卢浮宫内游人很多，但大多数欧美人是不需要导游的，因为好多作品下面都有英语和法语注解，他们看完注解就能知道大概了，所以我在卢浮宫内看到有些人先抬头看雕像，然后再低头认真浏览下面标牌上的注解，神情非常专注，相信一路下来肯定有很多收获。不像我图省心，走捷径，一路让导游带领下听得多，看的时间短，匆匆忙忙，走马观花的。

很多绘画和雕塑面前游人不多，讲解员讲得既细致，又轻松，等到《蒙娜丽莎》画像附近讲解员不得不停了下来，因为画像前早已堆满了观众，所以讲解员示意大家在一旁等候，待游人散去后，她才走到《蒙娜丽莎》画前继续解说，她告诉大家这幅画是拿破仑派人从意大利运来的，是全馆唯一加了玻璃罩的画，由此可见它的珍贵程度。我不懂绘画，反复揣摩始终悟不出这“神秘的微笑”的绝美之处。但讲解员仍自顾自地继续解说，达·芬奇率先冲破了把人画成木乃伊一般的传统表现手法，他赋予了人物生命的活力和人性的光芒。尤其是蒙

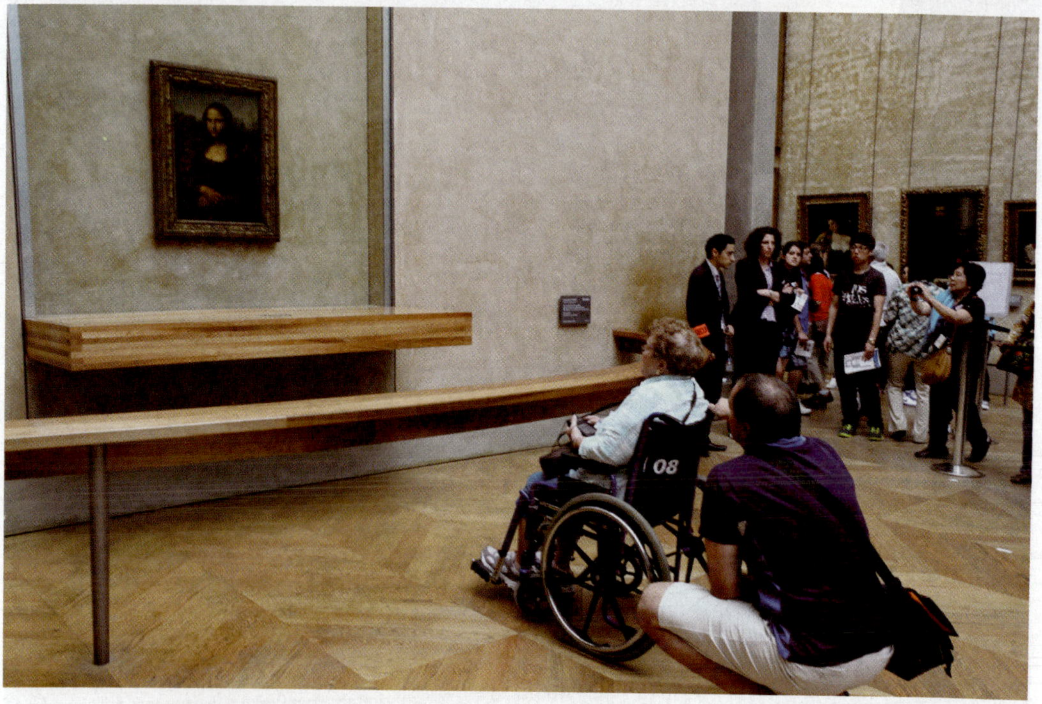

近观蒙娜丽莎　新摄汇 / 摄

娜丽莎那神秘的微笑，既有欣喜，又有悲伤，既有惆怅，又有希望，令人回味无穷。

当来到断臂维纳斯雕像面前时，我注意到看维纳斯雕像的人比看蒙娜丽莎画像的还要多，见此情景讲解员先是微微蹙了蹙眉，然后站在稍远的位置用手指着雕像说，这尊是从希腊米洛岛买来的缺臂石雕——维纳斯。据说1820年2月，在爱琴海的米罗斯岛上，一个农夫在一座古墓旁种地时挖掘到一尊女性雕像。她分成上、下两截，并与刻着名字的台座、拿着苹果的手腕以及其他断片等一道散落在附近的田地中。后来，有另一农夫从田间经过看到了这些断片，他认为这是非常值钱的东西遂将它原地掩埋，并报告了在岛上的法国领事。领事听后即付定金，通知当时设在君士坦丁堡的法国大使。

几乎与此同时，在爱琴海搞测量的一位法国海军军官对此表示了更大的关注，他是一位希腊艺术的爱好者，当他看过这些雕像的片断之后，认为它们是一个整体，并断定这就是维纳斯的雕像，他立即通知农夫，法国政府决定把它买下，要他别再到处声张。随即赶往君士坦丁堡，向大使面陈详情，大使最后决定派专人前去交易。不料岛上的长老决定将雕像卖给在土耳其任职的一位希腊要员。当法国人兴致勃勃地赶到岛上时，正赶上土耳其人把维纳斯雕像往船上搬运，见此情景，法国人大怒，双方僵持不下。正在这时天空乌云密布，顷刻间狂风四起，土耳其人只好将船停靠在码头。也许是天公作美，为法国使者争得了斡旋的时机，他们软硬兼施，终于把雕像转运到了法国船上。

雕像顺利运抵巴黎，当法国获得这尊雕像时，全国一片沸腾，为之欢呼。当时的登记名称是“在希腊群岛中的米罗所发现的维纳斯像”，被陈列于卢浮宫特辟的专门展室中，并被列为卢浮宫的镇馆之宝。

维纳斯是罗马神话中的爱与美神，也是象征丰饶多产的女神。传说她在大海的泡沫中诞生，在三位时光女神和三位美惠女神的陪伴下，来到奥林匹斯山，众神被其美貌所吸引，纷纷向她求爱。宙斯在遭其拒绝后，遂把她嫁给了丑陋且瘸腿的火神赫斐斯塔司，但她却爱上了战神阿瑞斯，并生下小爱神。

从雕像被发现的第一天起，就被公认为是迄今为止希腊女性雕像中最美的一尊。雕像残缺的上肢构成了一种独特的美。

这时前面的游人渐渐散去，我走到维纳斯跟前近距离地观看，只见她端庄秀丽，肌体丰腴，椭圆形面庞上长着挺直的鼻梁，下巴丰满。她那微微扭转的姿势，使半裸的身体构成了一个十分和谐而优美的螺旋形上升体态，富有韵律，极具魅力。女神的腿被富有表现力的衣褶所覆盖，仅露出脚趾，更衬托出了上身的秀美。她的表情和身姿是那样的端庄，又那样优美，流露出女性柔美和妩媚。她的嘴角略带笑容，却含而不露，给人以矜持而富有智慧的感觉。尤其令人惊奇的是她的双臂虽然已经残断，但那雕刻得栩栩如生的身躯，仍然给人以浑然完美之感。这种美不是希腊大部分女性雕像中所表现的"感官美"，而是一种古典主义的理想美，充满了无限的诗意。在她面前，几乎所有的人体艺术作品都会黯然失色。可能这残缺的断臂更能引起人们的好奇与遐想，这也正是她独特的魅力所在吧。

参观完卢浮宫我的脑袋都大了，不到一天时间灌进这么多内容，我还真有点吃不消。晚上阿香按约定时间来卢浮宫正门接我回家，我感觉筋疲力尽，哪儿都不想再去了，决定躺在床上好好睡上一觉。

3. 塞纳河的情人

塞纳河曾吸引无数艺术家为之动情，徐志摩曾赞美塞纳河为，"流不尽的浪漫情怀。塞纳河被人性的博爱感动了，它把《悲惨世界》的故事溶化在浪涛中，奔向大西洋 ......"

河流穿过城市不足为奇，但像塞纳河这样具有文化底蕴的，却十分罕见。

如果说巴黎是一座历史悠久的文化名城，那么穿城而过的塞纳河就是她的灵魂。在塞纳河上泛舟，可以从不同的角度看到巴黎圣母院、艾菲尔铁塔、卢浮宫、凯旋门、协和广场、香榭丽舍大街等雄伟壮丽的历史建筑，还可以寻访巴尔扎克、莫里哀、大仲马、雨果、毕加索等人的遗迹。几乎所有的巴黎人文景观，都与塞纳河有着或多或少的联系。难怪有人称它是一座巨大的历史文化展览馆和建筑艺术长廊。

我的朋友去巴黎时曾大发感慨，打电话激动地对我说："塞纳河像个美人儿，美得令人神魂颠倒，它的美不仅仅表现在蜿蜒的河水，也表现在横跨其上的36座桥梁，这些桥就像怀抱着情人儿的英俊男子，显得威武雄壮，如果把塞纳河看成个美人儿的话，那架在河上面的桥便是她的情人。有了这些桥不仅给交通带来了便利，也为塞纳河增添了无穷的魅力。这些桥每天抱着柔媚的女人，生怕有更多的干扰，为了让自己最心爱的女人幸福和快乐，他们甘愿让无数车辆在自己身上碾过，让万千人在自己身上踩踏，毫无怨言地为自己心爱的女人遮风挡雨。桥深深地、默默地爱着自己的女人。"

我和阿香一起来到了塞纳河畔，眼睛望着缓缓流淌、清澈见底的河水和充满艺术气息的桥，忽然想起了朋友对塞纳河的感叹，我忍不住停下脚步，驻足观看。早就听过无数人赞美塞纳河，今日一见果然名不虚传，所以从心底里更添了几分爱意。

塞纳河全长有780公里，是一条货运的通衢。它将巴黎同大海及大海港勒哈佛尔连接起来。塞纳河桥中最有看点的当属新桥、亚利山大三世桥、艺术桥和蜜蜡波桥。

新桥，别看它名字叫"新桥"，实际却是塞纳河上现存的最古老的桥梁，之所以叫这个名字，是因为它是塞纳河上第一座石拱桥，之前的均是木质结构。新桥始建于1578年亨利三世时期，等到完工已是亨利四世，建建、停停历时将近30年，因为一座桥见证了两个世纪，所以还有人管它叫跨世纪桥。

在新桥上曾发生过公主与乞丐的凄美的爱情故事，法国导演卡拉斯据此将其拍成电影《新桥恋人》。在这个无人问津的小桥上，在这些街头流浪者中间，同样有着纯真的爱。当全城的人们都入眠之后，他们可以尽情享受自己的都市了，爱是不分高低贵贱的，爱永远是美好和幸福的！

新桥两侧有半圆形露台，里面随弯就势嵌了许多石椅，供路人小憩。由于这里曾经是《新桥恋人》的拍摄场地，所以影片上映之后，年轻人纷纷到这里来"体验生活”，情侣们坐石凳上既可以欣赏美景，又可以亲吻和拥抱，最主要的是恋人们坐在凹进去的椅子上看着来往的行人，不会太扎眼，也不会影响别人正常通行，一来二去，这儿渐渐地成了约会的好去处，所以今天的法国人更喜欢称它为“恋人桥”。

紧挨着新桥的是爱情锁桥，原名为巴黎艺术桥，又称爱情桥，建于19世纪初，是巴黎第一座铁桥。这座桥有二百多年的历史，铸铁材料，形似一个纤瘦内向的女子。我们顺路来到了艺术之桥，它是专为行人而建的，桥上种植着花木，桥栏杆上竖立着艺术家弗朗西斯·加佐的作品，有塞纳河上花园之称。站在艺术桥上，只见桥北是卢浮宫，桥南是法兰西研究院，桥东是大法院，曾关押过路易十六王后，桥西就是王桥了，视野开阔，水天一色。步行桥上常有摄影师或画家在桥上寻找灵感，艺术家的作品经常在桥上展览，正可谓“桥如其名”。好多人都说在这座桥上亲吻自己的爱人，并把刻着双方名字的爱情锁锁在两侧的围栏上，两人就会忠贞不渝，幸福地度过一生。

我对此心存疑虑，如果两个人真心相爱还用铁锁来锁住真情吗？另外，如果把爱上了锁就一定能天长地久？笔者愚钝，心想如果在纯洁的爱情上安了把锁就如同在纯真的心灵上安了一把枷锁反倒成了桎梏。

这样想着，竟忘了别人的存在，“看过电影《巴黎圣母院》吗？再往前走可以看到巴黎圣母院了，这里是艺术家的天堂，是艺术大师们寻找灵感、创作精品的绝佳去处。前面那几个人正在写生，左手边的桥栏杆上挂的画没准儿就有他们的作品。”阿香的话打断了我的遐想。

我们聚精会神地欣赏着艺术家们的作品，突然一只毛茸茸的大手抓住了我的右手，我抬头瞅了一眼，是一个梳着卷发的老外，可我并不认识他，还没等回过神来，那人一边抓着我的左手，一边说：“I love you！ I love you！”

我有点丈二和尚摸不着头脑，还没等回过神来，那人已经把我按到了小凳上，陌生的“画家”坐到我对面开始画个不停，来往的行人好奇地停下了脚步，没多久身边就围了一群人，我的脸开始发烫。阿香站在我身后半开玩笑地说道：“我来这儿半年多了，从没像你这般受宠，你一来法国就开始沸腾了！”

巴黎艺术桥

“你还有心乱开玩笑，快问问他是不是免费作画？他画完了别再让我出高价买回来。”我有点惴惴不安。

阿香跟“画家”叽里咕噜说了一大堆法语，我一句都听不懂。她翻译说，这位画家一见到你，突发灵感，想为你免费画张像。听了这话我有点将信将疑，忐忑地坐在板凳上让他“照葫芦画瓢”，他很快就画完了，并把它作为纪念送给了我。我十分感动，暗笑自己以小人之心度君子之腹。

告别了画家，我们顺路来到了亚历山大三世桥。这是一座跨越塞纳河的拱桥，连接右岸的香榭丽舍大街地区和左岸的荣军院和艾菲尔铁塔地区，被认为是巴黎最华丽的桥梁。该桥全部是钢结构构架，107 米的桥身仅有一个钢构桥拱。它是以沙皇尼古拉二世的父亲亚利山大三世的名字命名的。

刚一踏上亚历山大三世桥就感觉眼花缭乱的，只见大理石桥头的石柱上雕刻着镀铜骑士，威武的将士们骑在彪悍的战马上显得英姿飒爽。桥梁骨架外面金色

亚历山大三世桥　　新摄汇 / 摄

的栏杆上缀满了花形雕饰，花环丛中的美女若隐若现，勾人魂魄。桥上的路灯安装在铜锈色的雕塑灯架上，灯旁有蜡台相拥。一百多公尺长的桥身两侧设有成排的青铜路灯、展翅欲飞的小天使、水神和飞马，新艺术风格造型的动植物与花卉图腾点缀其间。大桥的桥面上还有 32 座四周环绕着神态各异的小天使的雕塑的路灯，桥身装饰得精致和华丽，整个桥外形雍容华贵。

站在桥上还可以清楚地看到埃菲尔铁塔。桥旁有宽广的林荫大道，路边铺满绿茸茸的草坪，绿树成行，鸟语花香，行人悠闲地漫步。

接下来我们又游览了蜜蜡波桥、兑换桥、阿西维什桥、圣母桥、圣米歇尔桥、双倍桥以及好多叫不上名字的桥，每座桥都各具特色，千姿百态，万种风流。

欣赏这些桥就如同欣赏一幅幅历史画卷，卷内不仅仅有优美动人的画面，也保留着那个时代独特的文化气息。

塞纳河的桥多少年来，一直默默地守护着他的女人，忍辱负重，为的就是不让自己的女人受一丝一毫的伤害，使自己的女人一直保持清纯与美丽。

好几天没有我的消息，起功有点儿担心，接连发了好几个邮件，向阿香打听我的下落。只可惜，我们每天玩得很晚，也很开心，没时间打电话，更没空儿看邮件。临返回德国的前一天晚上，阿香打开电脑，看到好几封起功的来信，看完邮件之后阿香抿着嘴偷偷笑，我丈二和尚摸不着头脑，问她笑从何来，她告诉我说，“起功第一封信说很担心你，第二封信说很想念你和我，到了第三封就变味儿了，说你被法国帅哥迷住了，把他给忘了。语气酸溜溜的，明显是在吃醋！”

听阿香这么一说，我才觉得自己是有点过分，到法国这么久了，连个平安到达的邮件都没发，更别说打电话了。我赶紧给他回了封信，向他道歉，并告诉他返程的日期，希望他能到长途客运站接我。他好像没消气儿，冰冷的口气回复说，让我按照他发给的地址自己找回去。

我真有点懊恼。返程的大巴要晚上九点多才能到德国，人生地不熟的，我又不会德语，我本来就是个路痴，再加上天黑，我更难辨别方向，我真后悔当初没有好好记线路图，也后悔自己一时贪玩儿竟然忘了报个平安，让他白替我担心。

唉，都是我不好，想到这里我赶紧收拾行囊，准备第二天返回德国。

4、科尔马小镇

我从巴黎乘欧洲大巴返回德国已经很晚了，曼汉姆客运站外面黑漆漆的，什么也看不清。我走出车门，准备下去取行李，出乎我意料的是起功竟然站在大巴下面，笑着冲我摆手，我激动地跑过去，来了个大大的拥抱。随后我们一起取行李，我无法按捺内心的激动，暗自佩服他的迁就与大度，暗暗责备自己的任性与自私。

他没有像信里说的那样绝情，也没再跟我计较法国“神秘失踪”之事，我窃喜。

回到住处，收拾东西时发现我那开线的白色皮兜已经被他缝好了，并且擦得干干净净的，有几件衣服也已洗得干干净净整整齐齐地叠放在衣柜里。我非常感动，不停地对他说：“太谢谢您了，你对我可真好！”他抬头望了望我，回答说：“有什么好谢的，好好休息吧，明天我再带你到附近的小镇——科尔马去玩。”一听说去小镇，我差点跳起来，上前吻他一下算是给他的奖励。

我不大喜欢到大都市去旅游，因为除了高楼，就是熙熙攘攘的人群，闹哄哄的，不经意间会徒增很多烦恼。所以我更喜欢去乡村小镇，坐在草地上与小镇上的居民聊天，尝尝当地特色小吃，享受享受小镇那份清幽与宁静，过过神仙般的日子。

不知道为什么，起功我们认识的时间不长，可我们配合得非常默契，他能读懂我，我庆幸认识了这样一位好朋友。

我们从斯特拉斯堡乘火车不到一小时就到了科尔马（Colmar）。科尔马是一座中世纪的老城，位于法国阿尔萨斯西南的莱茵河谷地，距离小镇不到500米就是德国边境，在先后两次世界大战中，德国都是从这里进攻法国的。因为留有德国人的印迹，因此它具有德法两种风情。

科尔马是上莱茵省的首府，属于阿尔萨斯地区。据说，在17世纪以前，阿尔萨斯地区全部受罗马帝国（德意志的前身）的统治，以说德语为主，当时罗马帝国的领土范围包括了今天德国的全境和周边一些国家地区。在欧洲著名的三十年战争后，阿尔萨斯实际归属于法国的统治，直到普法战争后，法国战败，阿尔萨斯再次归属获胜方——普鲁士。第一次世界大战后，法国战胜德国，阿尔萨斯又重新回到法国怀抱。二战初期，纳粹德国再次占领这里。随着德国二战的战败，阿尔萨斯再度回归法国的怀抱，并形成了今天两国以莱茵河为界的版图。随着战争结局的变化科尔马不断地改变着自己的归属地位，小镇居民的命运随着城市归属地位的变化也在不断地更迭。

战争的暂停和结束期间，两国居民开始私下接触与交流，随着时间的流逝，两国之间的风俗习惯和文化逐渐相融，科尔马小镇便形成了今天这种独特的复合风格。

如果说城市也有混血的话，那科尔马就是一个典型的混血儿，因为小镇曾经有德法两个国家人的“优秀基因”，小镇不但刻有两个国家历史的烙印，而且还保留着各自的传统文化和风俗习惯。很多居民一直在延用德语姓氏，保留了德国的传统习俗，例如吃饭时要先喝啤酒，再喝葡萄酒；每到圣诞节时，会点上蜡烛，吃烤鹅大餐；不喜欢用白色、黑色或咖啡色的包装纸装礼品；过生日时不能提前祝贺等。

我发现这里的地名很多具有德语后缀， -heim 或者 -burg，许多当地人一直说德语，而不讲法语。而另一部分人坚持说法语，而不肯讲德语。

一个拥有德国身躯、法国心脏的孩子，天生就与众不同，一段抹不掉的悲凉身世，必定会造就卓尔不群的气质。这就是科尔马的精髓部分，也是最耐人寻味的部分。

出了火车站向东走没多远就到了城中的运河，河道中精华的部分，莫过于“小威尼斯”了。威尼斯真是一个被美化了的名词，只要有水的地方，人们都愿意将其冠名——威尼斯……不过，科尔马的“小威尼斯”更具有多重色彩。

小威尼斯是这一地区的灵性的来源，它蜿蜒曲折犹如一条缠绕在一个美丽姑娘身上的温柔的缎带，运河的小桥两端上都一脉相承的有鲜花装点房屋，在运河的任何一个位置按动快门，都是一幅无与伦比的清新画面。科尔马城中的鲜花，特色的建筑、绘画、雕塑，都会不经意间闯入我的镜头。使我的画面不再单调，照片拍得很棒。

有水的地方是有生命力的，浪漫而又不失细腻。河道有宽，有窄，宽的地方偶尔会有平底舟穿梭其中。桥上的游客拍河道，船上的游客拍小桥，各玩各的，偶尔赶上桥上和桥下游客对拍的，大家总要摆摆手或相视一笑。也就是这种不经意的“撞脸”，无意间会给你增添几分惊喜，你镜中有我和船，我镜中有你和桥，接下来的旅程自然就少不了“撞镜”，此时游人会不自觉打个招呼，说声“hello!”。

科尔马的建筑也很有特点，房子的上半部分由木制框架构成，墙体上布满了棕褐色的横、竖和斜形条纹，科尔马的这种木筋屋是法国古城当中保留最为完整的，鹅黄、砖红、草绿的木屋犹如动画片里的彩色城堡，穿行在街头小巷如同走进了童话世界。街边和路旁小店飘来的咖啡苦香和法国大餐香甜的味道，又让人真真切切地嗅到了法国美食的芳香。

小桥流水，亭台楼阁，处处充满了怀旧的优雅情致，姹紫嫣红不时闯入眼帘。而一个个歪歪扭扭的房子，可爱的倾斜尖顶，这些极具德式风格的建筑让人感觉恍若置身于德国小镇。偶尔有小船轻轻划过让人感觉好像又走进了意大利威尼斯水城，田园的风格，历史的积淀，点点滴滴异域风情的点缀，混合而不杂乱，眼花而不缭乱，也许这就是混血城混合而精致的生活写照。

无论是洋房墙角随意摆放的自行车和待售的大大小小的工艺品，还是街角窗台的鲜花营造的点滴温馨与浪漫，无不体现出当地人的艺术修养与情怀。一个法国小镇，竟然可以把德式建筑保留至今，并发挥到极致，足见法国人的智慧与胸怀。也许是血缘的关系，科尔马人既浪漫又严谨，既宽容又善良，我由衷的敬佩这两个优秀人种的结合体！

穿梭在弯曲狭长的鹅卵石小道，可见好多白色小洋楼，窗台外摆挂着开满鲜花的花盆，也有墙上吊挂花篮的，洋房因为花的点缀而变得生机盎然，同时鲜花也因为有白色洋房陪衬而显得分外美丽。这哪儿像两三百年的老宅子啊！单纯从外表来看，丝毫没有历史沧桑的痕迹。比起盲目游走于欧洲各大景点，在这样的街头漫步，才能真正体味到欧洲的闲情雅致和丰富的文化生活。在小镇中漫步，一路观赏周边的风景，一路欣赏俊男美女们的那份优雅和淡定，这绝对是一种享大的精神享受。

我们两人一起往前走着，忽然看见前面小巷中缓缓驶出一辆黄色“甲壳虫”，在积木房子前摇摆着身躯，差点撞着一个刚从胡同口走出来的金发红衣美女，我看见被吓到了的女子不但没有愤怒，还冲着司机莞尔一笑，有点让人费解。转而一想，也许这才是欧洲魅力所在吧，这也是我喜欢欧洲的真正理由，宽容和善待他人是欧洲人普遍具有的美德。没有脚本，没有包装，没有虚构，只有意外的巧合，那么轻松，那么自然，又那么美好。

科尔马一个在旅游地图册上不够显眼的小圆点，它却有着鲜为人知的故事。像其他小镇一样，这里同样有教堂，博物馆，还有老房子，只是里面发生的故事不尽相同罢了。

如果说科尔马的“木筋屋”是外面“引进来”的，那么位于环形路口的自由女神像则是“走出去”的代表。

很多人都知道自由女神像是美国的标志性建筑，但是很少知道自由女神像的故乡。我也是到了科尔马才知道它的故乡以及其创作者巴托尔迪的。在科尔马的环形路口，我看到了屹立着法国科尔马的自由女神像。

我们怀着无比崇敬的心情来到了巴托尔迪博物馆，这座博物馆是由巴托尔迪的故居改建而成的，里面收藏了他的大量作品或模型，以及他生前所用的家具和其他私人用品。

据博物馆工作人员介绍，当时，为庆祝美国独立战争100周年，法国政府准备赠送美国一份礼物，巴托尔迪接到任务后，决定塑造一座象征自由的塑像。他以自己妻子为原型，于1884年5月完成了自由女神像的创作。

法国政府将这尊象征着独立自由的女神像分成350块，用了214个包装箱运到了美国，从而表明了他们对美国的友好和对英国的不满这一明确立场。

从博物馆出来，我们来到了人头街，人头街上有一栋建于1609年初文艺复兴时期的建筑叫“人头屋”，这是老城区最著名的古建筑，据说它曾是17世纪著名商人博格的故居。该建筑以其正面的105颗人面头像雕刻而闻名。头像表情各异，生动有趣。现在一楼已变成餐厅，显得非常热闹。

望着五花八门的美食，闻着诱人的美味，我和起功忍不住走进餐厅，要了一瓶白葡萄酒，在靠近窗户的地方找了个空位，起功用德语点了两份地道的阿尔萨斯大餐，一边喝白葡萄酒，一边吃着大餐，一边欣赏美景，我们陶醉在梦幻般的世界里！！

起功动不动就说我真是秀色可餐，可面对这样的美酒美食，他也禁不住诱惑，一改腼腆儒雅的风范，开怀畅饮，这一次终于让我看到了他的另一面。

后来，他对我解释说，大多数男人谈恋爱的时候都会哄女人说秀色可餐，可秀色毕竟当不了饭菜，填不饱肚子呀。所以有时候人们还得回到现实，只有先吃饱了，喝得了，才能再去欣赏美色。

结束了德法之行，我准备6月10日飞回挪威。因为老牛临时有事，只有起功一个人送我到机场。我们一大早乘火车去法兰克福中央火车站。记得那一天正赶上世界杯，法兰克福赛场是B组的英格兰对阵巴拉圭。我们一下火车就感受

别了法兰克福

到了非同往日的狂热气氛，走出检票口看到车站附近挤满了脸上涂鸦，披着各国国旗的球迷，一向呆板的德国人也一改常态开始异常活跃，一股空前的热浪席卷法兰克福，不同宗教、肤色、种族的球迷聚集在法兰克福火车站，无所顾忌地享受着世界杯给人们带来的欢乐。因为再过几个小时英国就要大战乌拉圭，所以有些前来助阵的英国球迷已经疯狂到了极点，个别人甚至完全失去了理智，竟然身披英格兰红十字国旗躺在街道中间的铁轨上。闻讯赶来的德国警察软硬兼施、费了九牛二虎之力才把他们从铁轨上撵走。

我站在那儿看了半天热闹，不忍离去。

过了好长时间，起功看看表说，时间不早了，劝我继续赶路。我才依依不舍地离开了火车站。

从火车站到达机场后，我们又等了好长时间才开始安检。听到广播后，我拿起书包，拖着小行李箱，跟起功说声“再见”转身就走了。径直走了一百多米，我猛一回头，看见他站在原地一动不动地望着我，我朝他挥挥手，然后又送他一个飞吻，转身飞快地跑开了。

后来起功跟我说，他们班女同学去看他，走的时候都泪流满面的，只有我笑嘻嘻地走了，他很不舒服，心里也很不是滋味。

我一直瞒着没告诉他，其实我何尝不难过呢？只不过我是把光鲜的一面留给了他，痛苦却留给了自己。

把灿烂的笑容献给朋友，把痛苦和悲伤埋藏起来，这是我的本真，可能这是我优点，也是我最大的缺点。也许是我太软弱的原因吧，我害怕有人爱上我，我也害怕再爱上谁，我害怕分手，害怕受伤，害怕有人看见我流泪，更害怕自己再为真爱而一发不可收。因为我知道坠入爱河容易，爬上岸太难，忘记一个人更是难上加难！

我不知道上帝为我这一生准备好的那个人是谁，所以我一直都在寻找那个最爱我的人。曾经自以为找到了今生的最爱，结果我最爱的那个他跑掉了，我心碎了。从此我不再相信爱情，也不再寻找所谓的爱，我再不受感情掌控，但这并不意味着我没有感情，除非有奇迹发生，否则这辈子我不会再爱任何人！

（五）神秘的国度——意大利

1. 艺术的摇篮——佛罗伦萨

自从读了诺贝尔文学奖得主亨利克·显克维支的《你往何处去》以后，我就不再喜欢意大利，尤其是不再喜欢罗马。因为这部小说再现了基督教兴起与罗马帝国瞬间衰落的历史真相，描写了罗马暴君尼禄统治时期，罗马的异教徒与基督徒之间惨烈的斗争。灭绝人性的尼禄为了观看火烧罗马的景色，便下令焚烧罗马城，事后嫁祸于基督徒，然后又派人到处搜捕基督徒，并把他们押到斗兽场让猛兽吞食。他还下令将基督徒黎吉亚公主裸体缚于牛角上，然后令勇士与牛搏斗……

尼禄毫无血性的行为残忍无比，简直令人发指。可能是受这部小说的影响吧，所以我对罗马没了好感，对罗马斗兽场更是深恶痛绝。尽管不喜欢罗马，但毕竟是申根国家，来一回不容易，所以我还是决定实地看一看，感受一下被蹂躏过的罗马今天的艺术氛围，于是我从法国参加欧洲团乘大巴去了一趟意大利。

到了意大利，司机兼导游首先把我们带到了佛罗伦萨的领主广场，首先参观了海神喷泉。在海神喷泉的中间有海神——尼普顿的雕像，雕像竖立在八角形喷泉中间高高的底座上，底座装饰着被铁链锁住的神话人物，水池四周是形态各异的青铜雕像。其实这座海神塑像是19世纪的复制品，原作已经被国家博物馆保存。

一路走，一路看，大理石雕像、青铜雕像台比比皆是，整个领主广场宛若一个硕大的天顶艺术博物馆，人们可以在蔚蓝的天空下自由地呼吸，自在地欣赏人类的艺术宝库。

广场上最引人注目的是科西莫一世骑马雕像。它是由菲迪南一世·德·美第奇为纪念他的父亲第一任托斯卡纳大公——科西莫一世而建。据介绍，美第奇

渴望和平　　新摄汇 / 摄

家族是13世纪到17世纪时期是欧洲势力最为强大的名门望族之一。美第奇家族对意大利文艺复兴的历史有着不可磨灭的贡献。

时至今日，虽然科西莫一世已不在人间，但美第奇家族的荣耀及美名早已载入史册，只是时过境迁，广场少了往日的达·芬奇，米开朗基罗等大牌艺术家，多了前来观赏的游客；少了点往日的优雅与宁静，多了些浮躁与喧嚣。

广场中央矗立着米开朗基罗的大理石雕像——大卫。他充满自信地站立着，英姿飒爽，左手拿石块，右手下垂，头向左侧转动着，面容英俊，炯炯有神的双眼凝视着远方，仿佛正在向地平线的远处搜索着敌人，随时准备投入一场新的战斗。大卫的身体、脸部的肌肉紧张而饱满，体现着外在的和内在理想化的男性美。米开朗基罗创作大卫时，所使用的石头并非一座完好的大理石，就是在这块带有瑕疵的石头上，历时3年，雕成了一个英雄的大卫。

穿过广场我们来到了老桥。自从在巴黎游览了数十座桥之后，我对桥就有了一种特殊的感情，每每遇到桥都要停下来，要么在桥上小憩，呼吸一下从桥下飘来的新鲜空气，要么举目远望，看一看周边的风景、建筑和来来往往的人群，仿佛不这样做就会缺点什么似的。

可踏上老桥上，感觉与以往所见的桥有很大区别，我没有嗅到丝毫的现代气息，仿佛时光在倒流，又重新回到了文艺复兴时期。也许是佛罗伦萨太喜欢那段时期了吧，所以一直不肯跟着时代的脚步前进。老桥建了毁，毁了建，来来去去的，就有了许多动人的故事。

老桥也叫韦基奥旧桥，是佛罗伦萨市内一座中世纪建筑，横跨于阿诺河上。它建于1345年，是欧洲出现最早的大跨度圆弧拱桥。老桥也是佛罗伦萨著名的地标性建筑物之一。几个世纪以来，老桥遭受过无数次水灾和战争的破坏，但仍然近乎完整地保留下来，实属万幸。老桥的两侧是大大小小的铺子，一道长廊从河对岸的彼提宫延伸过来，像彩虹一样从桥上的商铺顶上掠过河水，再转向沿着河岸一直延伸到市政府的大楼。

老桥周围哥特式的建筑精美绝伦，听说在“美第奇”之后就没再改变过，被洪水冲坏的，都要照原样修复。就连暴君希特勒战败离开这里时，都没忍心炸毁，可见老桥有多么金贵。

从桥上下来，又经过好多商铺，我们来到了圣母百花大教堂，熙熙攘攘的街市的喧闹声即刻便被关在了门外。进入教堂里面参观的人放慢了脚步，有说话的也自觉自动地压低了声音。它是天主教佛罗伦萨总教区的主教堂。教堂建筑群由大教堂、钟塔与洗礼堂构成。

它的拱顶采用新颖的“鱼刺式”的建造方式，从下往上逐次砌成。大教堂于1436年完工。

百年之后，米开朗基罗在罗马圣彼得大教堂也建了一座类似的大圆顶，却自叹不如：“我可以建一个比它大的圆顶，却不可能比它的美。”

大穹顶内部为16世纪佛罗伦萨画家乔尔乔·瓦萨里所绘的巨幅天顶画《末日审判》。中殿北墙上有乌切洛所绘《乔凡尼·阿古托纪念碑》和为纪念但丁诞辰200年所绘的《但丁与神曲》等。

教堂的钟塔高85米，最初于1334年由大画家乔托(吉奥陀)设计并监工，因此又称“乔托钟塔”，属于哥特式建筑，由六层方型结构向上堆叠成柱形，外墙铺白色大理石，纯净优雅。

圣乔凡尼洗礼堂位于大教堂西边数米，7世纪即已建成，11世纪改建成今天的白色八角形罗曼式建筑。佛罗伦萨的孩童均在此受洗，包括但丁、马基雅弗利等名人。洗礼堂三扇铜门上刻有《旧约》故事的青铜浮雕，其中两扇为吉伯提所作，被米开朗基罗赞为“天国之门”。

走出圣母百花大教堂，导游考问大家意大利文艺复兴时期的艺坛三杰是谁?有说达·芬奇的，有说米开朗基罗的，还有说拉斐尔的。导游听大家答对了很高兴，就多给我们讲了两句，他说，这三位杰出的画家分两个画派，达·芬奇和米开朗基罗属于佛罗伦萨画派，拉斐尔则属于罗马画派。但不管哪个画派，他们的艺术生命都离不开佛罗伦萨，因为佛罗伦萨是他们的发祥地。达·芬奇是意大利文艺复兴时期天才画家、科学家、发明家。他是人类历史上绝无仅有的全才，他最大的艺术成就是他的杰作《蒙娜丽莎》和《最后的晚餐》等作品，体现了他精湛的艺术造诣。他还擅长雕刻、音乐、发明、建筑，通晓数理化、天文地理等，既多才多艺，又勤奋多产，保存下来的手稿大约有 6000 页。

达·芬奇生于托斯卡纳的芬奇附近。他从小就有艺术天赋，14 岁到佛罗伦萨拜师学艺，成长为具有科学素养的画家、雕刻家。他 14 岁时，父亲受一个贵族的委托，要画一幅盾面画作为他们家族的标志，父亲想让小芬奇试试，他凭借自己丰富的想象力，用了一个月的时间，画成了一个吓人的妖怪美杜莎，父亲进他的房间之前，他把窗户遮去一半，将画架竖在光线恰好照在妖怪身上的地方。当父亲推开门，一眼就看到了这个面目狰狞的妖怪，吓得大叫起来。小芬奇则笑着对父亲说："你把画拿去吧，这就是它该产生的效果。"

米开朗基罗生于佛罗伦萨附近的卡普莱斯，父亲是奎奇市和卡普莱斯市的自治市长。13 岁进入佛罗伦萨画家基尔兰达约的工作室后，转入圣马可修道院的美第奇学院作学徒。1496 年米开朗基罗来到罗马，创作了第一批代表作《酒神巴库斯》和《哀悼基督》等。1501 年他回到佛罗伦萨，用了四年时间完成了举世闻名的《大卫》。1505 年在罗马，他奉教皇尤里乌斯二世之命负责建造教皇的陵墓，1506 年停工后回到佛罗伦萨。1508 年他又奉命回到罗马，用了四年零五个月的时间完成了著名的西斯廷教堂天顶壁画。1513 年教皇陵墓恢复施工，米开朗基罗创作了著名的《摩西》、《被缚的奴隶》和《垂死的奴隶》。1519 – 1534 年他在佛罗伦萨创作了他生平最伟大的作品——教堂里的美第奇家族陵墓群雕。1536 年米开朗基罗回到罗马西斯廷教堂，用了近六年的时间创作了壁画《末日审判》。

米开朗基罗的艺术不同于达·芬奇的充满科学的精神和哲理的思考，而是在艺术作品中倾注了自己满腔悲剧性的激情。这种悲剧性是以宏伟壮丽的形式表现出来的，他所塑造的英雄既是理想的象征又是现实的反映。这使他的艺术创作成为西方美术史上一座难以逾越的丰碑。

拉斐尔·桑蒂生于乌尔比诺镇，父亲是乌尔比诺大公的御用画师，同时也是拉斐尔的第一个老师。拉斐尔 7 岁那年母亲去世，11 岁时父亲又去世了，拉斐尔成了孤儿。这时大公的妻子收养了他。16 岁时，拉斐尔离开家乡，来到北意大利安布利亚地区的裴路基亚城，从师于佩鲁基诺。一天，佩鲁基诺对拉斐尔说："我不想让这小地方拖住你，你要到大师云集的佛罗伦萨去，你可以独立工作了。”这时拉斐尔才19岁。他从老师那里学到了色彩感觉与透视原理，绘画技巧相当成熟，才能已经超过老师。

虽然拉斐尔只活到三十七岁，但他却给后人留下了大量的绘画作品，主要代表作有壁画《西斯廷圣母》、《真理的辩论》、《雅典学派》等。

在异国他乡听到这么多感人的故事，我的心情难以平静。我想，达·芬奇、米开朗基罗和拉斐尔等艺术大师们尽管很有艺术天赋，也非常勤奋，但毋庸置疑他们的成功与佛罗伦萨这块风水宝地以及美第奇家族是密不可分的。

我羡慕他们生活在那个崇尚个性、崇尚自由和崇尚艺术的时代，更羡慕他们那个时代能有美第奇这样爱才、养才的开明家族，使艺术家们能专心创作，不必为养家糊口之类的生活琐事劳心费神。什么时候我能像他们那样只需静心创作，别的什么也不用操心呢？我期待那一天早日来临！

2. 昔日辉煌的罗马

尽管早就有精神准备，可到了罗马还是让我很失望，街道不整洁不说，人也没有想象的那样精神。历史古迹大多都只剩下了残垣断壁，早已不见往日的辉煌印记，只能从剩下的残存一片片古建筑中追寻、拼凑和想象着旧日整块建筑的原形。走在没有大树遮荫的马路上，空气干燥，尘土飞扬，顿时我的游兴大减。

我耐着性子跟着导游往前走，先参观了万神殿。万神殿曾被米开朗基罗赞叹为“天使的设计”。由于608年它被献给教会作为圣母的祭堂，所以它是罗马时代独创的建筑物中保存得最好的。乍一看，它正面的16根圆柱有点像古希腊的建筑。但其的内部装饰远胜于外部的造型。殿堂内部的设计比例均衡，它的直径与高度相等，约43米。大圆顶的基座从总高度一半的地方开始建起。殿顶圆形曲线继续向下延伸，形成一个完整的球体与地相接。据说这是世界建筑史上的奇迹，表现出古罗马的建筑师们高深的建筑知识和非凡的数理推算能力。

从万神殿出来，我们直奔罗马斗兽场。导游带我们走到斗兽场的西侧，让大家安静下来后，向大家介绍说，古罗马斗兽场位于意大利首都罗马市中心威尼斯广场的东南面，是古罗马帝国和罗马城的象征，是罗马古迹中最卓越、最著名的代表，目前已经列为当今世界八大名胜之一。当年这里是罗马帝国暴君尼禄的御花园，斗兽场建在一个小湖之中，湖边建有高120英尺的尼禄镀金铜像。

斗兽场是韦帕芗皇帝为迎接从耶路撒冷凯旋而归的官兵而下令建造的，它建在罗马皇帝尼禄的“金宫”原址之上，由战败后沦为奴隶的八万犹太和阿拉伯俘虏修建而成。有文字记载它是“古罗马帝国专供奴隶主、贵族和自由民观看斗兽或奴隶角斗的地方。”

角斗是斗兽场的主要节目，是罗马人最喜欢的娱乐的活动。当时的罗马贵族大多都喜欢观看格斗。打斗者带有戟或短剑。大部分斗士都是奴隶和犯人，也有为了挣钱而自愿前来格斗的，但他们都受过专门训练。古罗马最有名的是决斗，决斗的一方是持三叉戟和网的角斗士，另一方则是一手持刀或短剑，一手拿盾的罗马武士。带网的角斗士要用网缠住对手再用三叉戟把他杀死，另一角斗士带着头盔，手持短剑盾牌，拼命追赶想战胜他的对手。最后，失败的一方要恳求看台上的人饶他一命，看台上的观众主宰着败者的命运，假如他们挥舞着手巾，意思是可免一死；假如这些人的手掌向下，那就意味着必死无疑。

斗兽场在建筑史上堪称典范，以庞大、雄伟、壮观而著称。虽然现在我们只能看见大半个框架，但其雄伟之气魄、磅礴之气势犹存。场中间为角斗台，也是椭圆形，长86米，宽63米，相当于一个足球场那么大。角斗台下是地窖，是过去关押猛兽和角斗士的地方。斗兽场表演区地底下隐藏着很多洞口和管道，可以储存道具和牲畜，当角斗士开始表演时，便将其运到地面上。

罗马斗兽场是欧洲，乃至全世界保存至今的最古老、最宏伟的斗兽场和竞技场。在文艺复兴时期，罗马大兴土木，斗兽场的许多石块被挖去建造宫殿和教堂。此后又经过多次修整，才使这座古老而雄伟的建筑得以保留至今。斗兽场从始建至如今，已有近2000年的历史了。斗兽场工程竣工之时，举行了为期100天的庆祝典礼。古罗马统治者组织、驱使5000头猛兽与3000名奴隶、战俘、罪犯上

残缺不全的罗马斗兽场　　新摄汇 / 摄

场“表演”、殴斗，这种人与兽、人与人的血腥大厮杀居然持续了100天，直到这5000头猛兽和3000条人命互相残杀、同归于尽。

无怪乎有人说，只要你在角斗台上随便抓一把泥土，放在手中一捏，就可以看到印在手掌上的斑斑血迹。

位于斗兽场西侧的君士坦丁凯旋门，是古罗马凯旋门中最大、最著名、也是保存最完好的一座，据说法国巴黎的凯旋门就是以它为蓝本加以设计、构建的。

导游讲完之后，大家自由活动。我边走，边看，边拍照，多耽搁了几分钟，从里面出来晚了，导游和其他游客似乎不太高兴，我装作没看见，跟着大家一起继续前行。没走多远就到了罗马市内最大的喷泉——特莱维喷泉，因为电影《罗马假日》风靡全球后，特莱维喷泉也跟着出了名。

特莱维喷泉又叫许愿池，池中有一个巨大的海神，四周环绕着西方神话中的诸神，雕像神态各异，栩栩如生。喷泉的主体在海神的前面，泉水由各雕像之间、海礁石之间涌出，流向四面八方，最后又汇集于一处。

许愿池是力量的象征。罗马人有这样一种说法，只要背对喷泉从头顶上抛硬币，如果硬币被抛进水池，那么掷币者就能再来罗马。很多游客在喷泉边排着队往里抛硬币，我好奇也加入了这支队伍，只可惜投了三枚硬币全部落空，我只好悻悻离去。

从许愿池往前走没多远，就到了圣彼得大教堂，它是由米开朗基罗设计的，是罗马天主教的中心教堂，欧洲天主教徒的朝圣地与梵蒂冈罗马教皇的教廷，是世界五大教堂之首，也是全世界第一大圆顶教堂。

登上教堂正中的圆穹顶部可眺望罗马全城，在圆穹顶内的环形平台上，可俯视教堂内部，欣赏圆穹顶内壁的大型镶嵌画。其中有比较著名的米开朗基罗的“哀悼基督”雕像，拉斐尔的《雅典学院》等。

彼得是耶稣的12个门徒之一，也是耶稣最亲密和忠诚的门徒。据说圣彼得就埋在这座教堂内，1940年梵蒂冈的发掘者声称，他们在圣坛下发现了彼得的遗骨。罗马天主教神学界把彼得确认为其教堂的第一任首领和罗马第一任大主教。在彼得大教堂内有圣彼得的铜制雕像，传说人们触摸他的右脚能得到神的保佑，并获得好运。所以我摸了摸他的右脚，希望自己也能沾上好运。

在公元前64年罗马皇帝尼禄的统治时期彼得到罗马并且殉难在此地。他的死亡是罗马大火后的许多基督教徒殉难者之一。一边听导游介绍，一边回忆我看过的《你走向何方》，我发现他讲的跟这部书中描写的极其相似，不知是真有其事，还是一种巧合？

据说圣彼得大教堂——是由米开朗基罗亲自为罗马教皇尤利乌斯二世设计的，其正面那座高大耸立的雕像，也是这座建筑最具标志性的特色。然而，由于当时的财务困境和教皇的心境变化，很遗憾米开朗基罗放弃了他剩下的计划，而这一转折也困扰了他的余生。

为他感到遗憾的同时，我不禁联想到自己周边的人，亲戚、朋友、同学、同事，每个人可能都有自己的梦想，或多或少，或大或小，可哪个人敢保证一生所有的梦想都能实现自己呢？米开朗基罗尚且如此，何况我们这些凡夫俗子呢？

3. 威尼斯漂浮的梦

有人说，“上帝将眼泪流在了意大利，造就了威尼斯，就好像一个漂浮在碧波上的浪漫的梦”。威尼斯“因水而生，因水而美，因水而兴”，是世界上唯一没有汽车的城市，全市共有轮船、汽艇5000多艘，用做主要的交通工具。威尼斯的美离不开清澈滑润的河水，悠悠荡荡的小船，离不开千姿百态的小桥，更离不开雍容典雅的古建筑。也许是艺术家辈出的缘故吧，欧洲的好多城市或多或少都带有一定的浪漫色彩。威尼斯如同一座飘浮在水面上的若隐若现的梦城，它的浪漫除了表现在小桥、流水、人家的柔媚外，更多的还在于贡多拉独一无二的韵味。

威尼斯的外观像一只海豚，面积不到7.8平方公里，有118个小岛，177条运河，这些小岛和运河通过404座桥相接。这些桥宛若一个个仙女千姿百态，它们有的像嫦娥奔月，有的似仙女下凡，有的粗犷，有的精致，有的灵动，有的乖巧。别致而又小巧的石桥或木桥横跨街心，所有的桥举架都不是很高，但丝毫没有妨碍行船。桥梁和水街纵横交错，四面贯通，桥上行人熙熙攘攘、水上鸽子与海鸥自由自在地飞翔，船是这里的主要交通工具，小船上身着各色服装、不同肤色的游客用不同的语言唱着欢快的歌儿，碰到好的船老大也会来一段贡多拉小调，人在桥上走，船在水中游，好似天上人间。

我们乘船从一个又一个圆弧形的桥洞中穿梭，来到了利亚德桥，又称商业桥。船夫放慢了速度，用手指着桥拱说，利亚德桥为单孔拱桥，全部用白色大理石筑成，建于1592年。利亚德桥是威尼斯的象征，大桥长48米，宽22米，离水面7米高，桥的中部建有厅阁，横跨在大运河上。

穿过利亚德桥，我们来到了雷雅托桥，它原本是一座木质桥，不幸的是，1444年，观看费拉拉公爵婚礼的民众采塌了这座古老的木桥，雷雅托桥开始重建，并且桥上开始设立店铺。1508年，雷雅托桥被改建为大理石桥，公开向外征集设计方案，米开朗基罗等大建筑家都曾投稿，最后大桥以安东尼·达蓬特的设计蓝图建造。雷雅托桥中央高大的人字形屋顶两侧，分别有6个对称的“桥洞”，是雷雅托桥著名的商业街外廊。据说世界第一间银行就创立于此，是《威尼斯商人》拍摄的背景地。

最后游览的是令人肝肠寸断的叹息桥，它是一座拱廊桥，属于巴洛克风格。它的外观很奇特，过桥的人被完全的封闭在桥梁里。叹息桥的左端是威尼斯的市政宫，也是当年威尼斯共和国法院和总督府的所在地，叹息桥的右端是当年威尼斯的重犯监狱，是一个封闭的石牢，粗粗的铁栏杆封闭着一个不见天日的地狱，据说进了这个监狱，几乎没有人能够活着出来。

叹息桥建于1603年，叹息桥两端连结着威尼斯共和国总督府和威尼斯监狱，是法院向监狱押送死囚的必经之路。桥呈房屋状，上部穹隆覆盖，封闭得很严实，只有向运河一侧有两个小窗，当犯人在总督府接受审判之后，重罪犯被带到地牢中，在经过这座密不透气的桥时，只能透过小窗看见蓝天白云、流水和人家，很多犯人经过这里都会触景生情，不由自主地发出叹息声，桥因此而得名。

随着人流步行来到了叹息桥。我见到过无数大大小小的桥，踏上这种生离死别的桥我还是第一次。我弯下腰把脸贴在桥窗上看着桥下来来往往的船只，一幅

能歌善舞的贡多拉船夫　　新摄汇 / 摄

叹息桥

诡异的画面出现了：不知什么时候一艘贡多拉悄然滑入桥洞，望着船上的两男四女，就好像我的父母、俩姐、一个哥和一个妹，想象着过去死囚告别亲人的场景。“惊人的相似，不会这么巧吧，难道今天是我的末日吗？”想到这儿，大热天的我突然打个寒战，顿时一股莫名的惆怅涌上心头。我叹了一口气，拉着同伴刘静的手慌忙离开了叹息桥。

穿过小巷我们来到彩虹桥旁的小码头排队等候上船。排队候船的人很多，等了好久才有两艘船靠岸。我与导游和另外5个人上了第二艘船。威尼斯的小船新颖而又别致，像娇小玲珑的女人。7世纪时，第一任总督将这种船命名为“贡多拉”。“贡多拉”是威尼斯独特的黑色小船，船头和船艄向上翘起，像美女蛇轻松自在而又优雅地浮游在水面上。我们乘坐的是一艘漂亮的贡多拉，它的船头系着红段子，像其他船夫一样，我们这艘船的船夫也穿着黑白相间的横条针织上衣，黑裤子。船夫带领我们沿着“威尼斯最长的倒S型水街”，自由地划行。河水碧绿碧绿的，摸上去像乳汁一样滑润，我手伸进水里轻轻地划了几下，发现手也跟着滑润起来。船夫一边摇船，一边用英语讲解，不知道是我们没做通工作，还是他本来就不爱唱歌，总之他一直都没能亮起歌喉。

随着贡多拉继续前行，耸立在空中的铅笔形的、球形的银灰色或砖红色的水上建筑，所有的建筑地基都淹没在水中， 如同一幅幅精美绝伦的画卷，由远而近迎面向我们扑来。导游介绍说，沿岸的近200栋宫殿、豪宅和七座教堂，多半建于14至16世纪，有拜占庭式风格、哥特式风格、巴洛克式风格、威尼斯式风格等。 这些保存完好的各具特色的古建筑，雄伟壮丽、清新典雅，像一棵棵不老松虽然经过岁月的侵蚀仍然魅力不减。我不得不佩服古代意大利人丰富的想象力与创造力。这不禁让我想到我国近代的建筑五十年、一百年早就破烂不堪了，而威尼斯的古建筑经历了几百、几千年的岁月仍然能较好地展现在世人面前，真是奇迹。是古代人的节奏缓慢、精益求精，还是现代人节奏太快、 偷工减料，总之我有点疑惑不解。

正想得入神，忽然飘来一阵悠扬的歌声。我好奇地抬起头，只见对面的贡多拉上一位金发女郎正用她那动听的歌喉，唱起了意大利民歌。美妙的歌声，伴随着充满激情的手风琴声和满船人的欢笑声，构成了独特的生命乐章。歌声、乐声、笑声、欢呼声，声声入耳，五音不全的我忍不住也跟着哼唱起来。一边哼着小调，我一边从包里拿出相机拍下了这难得的画面。街道两旁满眼都是古老的房屋，房屋的门窗、走廊上雕刻着精美的图案和花纹，底层大多为船库。保存异常完好的建筑能够让我们感受到这里昔日的荣耀，近距离地亲近古建筑，如同穿越时空一下子就回到了意大利文艺复兴时期，亲身感受那个年代浓浓的文化与艺术气息。在威尼斯游览你既能享受现代生活，又能体验古代文明，就像一个人跨时空生活了几个世纪，我真的好想再活几百年。

从船上下来，穿过琳琅满目的店铺我们来到了圣马可广场。站在圣马可广场向四周眺望，纵横的街道在这里化作蜿蜒的小河，一个个水道，一座座教堂和一处处广场，井然有序，错落有致，毫无保留地记录着水城辉煌的历史文明。广场呈梯形，东西长 170 多米，东边宽 80 米，西边宽 55 米，总面积约 1 万平方米。广场南、北、西三面被宏伟壮丽的宫殿建筑环绕，东面耸立着高 98.6 米的圣马可钟楼和教堂，西面是总督宫和圣马可图书馆。圣马可广场的入口有两根高大的圆柱，东侧的圆柱上挺立着一只展翅欲飞的青铜狮，是威尼斯的城徽——飞狮。

自古以来，圣马可广场一直是威尼斯的政治、宗教和传统节日的公共活动中心。1797 年拿破仑占领威尼斯后，垂涎这里的景色，赞叹圣马可广场是“世界上最美的广场”，因此曾下令把广场旁边的总督府改为行宫，至今人们还把它叫做拿破仑宫。圣马可广场是每年嘉年华最热闹的地方，但是平常人也不少。广场上有数不清的鸽子飞起飞落，它们并不怕人，游人可以随意在它们中间穿行。

和总督宫毗邻的是圣马可大教堂。雄伟、壮丽的圣马可大教堂始建于 829 年，是中世纪欧洲最大的教堂，是威尼斯建筑艺术的经典之作。圣马可大教堂融合了东、西方的建筑特色，它原为一座拜占庭式建筑，15 世纪加入了哥特式的装饰，如尖拱门等；17 世纪又加入了文艺复兴时期的装饰，如栏杆等。从外观上看，它的五座圆顶是来自土耳其伊斯坦堡的圣索菲亚教堂；正面的华丽装饰是源自拜占庭的风格；而整座教堂的结构又呈现出希腊式的十字形设计。圣马可教堂最引人注目的是，内部墙壁上用石子和碎瓷镶嵌的壁画和大门顶上雕的四匹金马。大教堂是东方拜占庭、古罗马、中世纪歌德式和文艺复兴等多种艺术综合体。在广场上格外显眼的钟塔建于15世纪。每到整点的时候，两个机械人就会用槌自动敲钟报时，城市各个角落都能听见钟声。虽然威尼斯的人民一般是正统天主教的信徒，但是威尼斯地区是脱离宗教之外的，并且在反宗教改革期间没有制定处死宗教异端的法律。在18世纪时，威尼斯曾是欧洲最浪漫的城市，对于艺术、文学及建筑都拥有巨大的影响力。

返回途中，我们碰巧遇到几个中国人，三个中年男子，一个三十多岁女子，本来在异国他乡看到同胞应该高兴才是，可是他们的行为令人鄙视，所以只能远远地躲着他们。在众多游客中，他们的打扮显得非常“抢眼”，在旅游的环境中显得不伦不类。男子清一色的黑西装，足登发亮的黑皮鞋。女子一袭粉色连衣裙，口涂鲜红的口红，脚底下穿着两寸高的高跟鞋，他们几个在船舱中挤来挤去，最后停在了我和同游伙伴刘蕊的身边，还没等我回过神来，那女子斜靠在了其中一位男子的怀抱里，男子不顾周围的眼神，先是与她拥吻，然后是毫无忌惮的打情骂俏。船上导游的讲解我一句都没听清，我很不耐烦地瞥了他们一眼。他们若无其事地瞅瞅我，没有丝毫的歉意，安静了几秒钟接着又是一阵大声吵闹。船马上要靠岸了，他们仍然余兴未消，站在甲板上侃大山，我和小刘准备下船，跟他们说了好几遍“借光，让一让”，可他们假装没听见，就是不肯让路。无奈，我们只好强压怒火，耐着性子等着他们“演完戏”，尾随其后下船。

走出船舱，没了吵闹声，耳朵一下子恢复了清净。刘蕊颇为感慨地说：“一些中国富人率先跨出了国门周游世界，其中部分人修为不够，在国外乱扔垃圾、大声吵闹，甚至违法乱纪，简直跟周围文明的环境格格不入。他们给自己戴了一副隐形面具，以为没有熟悉的人看见，便可以胡作非为。他们不懂或者根本没有想到自己的不良行为会对中国人的形象造成多么大的影响，外国人看到的某个中国人的不良行为，不会说张三或李四素质太差，而会说中国人素质低，不管有多少钱都摆脱不了低俗。所以我们得检点自己的行为，不能像他们那样出来给中国人丢脸。”

“英雄所见略同，无论到哪儿都得让人尊重才行。”我拍拍胸脯回答说。正说着，我无意间看到了码头边小店琳琅满目的纪念品，五颜六色的很是吸引人，走过去，我挑了一件带长绒毛的淡橙色的面具，试戴效果棒极了。面具挡住了我的脖子和脸，我想除非他有特异功能，否则没人能辨出我是谁，而我却能通过面具的大眼睛看到周围的一切，很有趣。我爱不释手，一个面具40欧元，太贵了，我刚开始觉得不值。站在门口犹豫半天，最终还是买下来了。因为它让我淡忘了心中的烦恼，所以现在想来，当时面具买得巨划算，这个超值的面具让我明白了这样一个道理：戴着假面具把自己隐藏起来唯唯诺诺地活着，既虚伪，又无聊，去除面具还原一个真实的我，讲真话，做实事儿，活着才更有乐趣。

（六）邂逅北极光

1. 不幸的遭遇

雨过天晴的一个夏日周末，我像往常一样睡个自然醒，吃过早餐，看了一会儿书之后，和杨恒、赖旭、施齐艳约好一起到白房子聚餐。按照不成文的规定，到白房子聚餐，需要每人至少拿一道菜。我们手里拎着各自炒好的菜，沿着小路往白房子走，走出没多远，我忽然发现旁边的草堆里有几个白蘑菇，走到近前发现旁边还有一小堆，我忍不住停下来采下两个举起来跟她们炫耀，赖旭凑到跟前瞅瞅蘑菇吓唬我说："别是毒蘑菇，吃了中毒可就糟了！"没等他说完，我赶紧把蘑菇扔到了地上。杨恒从地上捡起蘑菇看了看，然后慢悠悠地说："先别扔，我来鉴别鉴别。噢，我认识，它不是毒蘑，以前我们就采过这种蘑菇，洗干净之后再加点羊肉清炖可好吃啦！"听她这么一说，我心里别提多高兴啦，我已经大半年没吃蘑菇了还真挺馋的，不花钱的美食得多弄点。于是我说服他们一起动手采蘑菇，人多力量大，四个人七手八脚很快就采了一大兜子。到了白房子，叶子、小熊、周姐等平时常来的中国留学生早就到齐了，看到我们几个采回这么多蘑菇，他们特别高兴，大家伸手一起摘蘑菇，摘完洗净后，把蘑菇放到羊肉汤里用文火炖半个小时，就出香味了，馋得我恨不能马上就吃上一大口。利用煮饭的工夫我们一起查了一会儿《圣经》，聊聊天，大约又过一个小时左右，羊肉炖蘑出锅了。我们每人盛一小碗，香喷喷、热乎乎的羊肉炖蘑不一会儿都被我们吃光了。大家光顾着吃羊肉炖蘑菇了，我们自带的菜剩了不少。酒足饭饱后，有人建议出去溜达、溜达，照几张相，于是我们跑到室外去拍照，越走越远，越照越起劲儿，就忘了时间。大家玩得正酣，突然施齐艳莫名其妙地冲我吼了起来："说好出来玩一会儿就走的，你瞅瞅都玩多长时间了？你还去不去办公室？你不去我自己先走了。”

看她暴怒的样子我不敢惹，只好与大家道别，跟她一起去教学楼。施齐艳是我们中最有学问的女生，在北大读的博士，清华读的博士后，人绝顶聪明，就是不会打理生活，每天吃的除了挂面就是方便面，偶尔在挂面里加两个鸡腿或大虾算是改善生活了，到这里半年多只用了半桶油，剩下的一半送给了我，说自己总也不会做菜，留着也没啥用。碰到对脾气的留学生她总要拿自己做例子提醒他们，读完研究生应该先找工作，工作后拿了两年工资再读博士，否则一直在校园读书就是一个“赤贫”分子，很难翻身。有些人听听就算了，可有的还真往心里去，比如说，我儿子就是其中的代表，对她崇拜得五体投地。平时她很少与人交往，总觉得与人聊天会浪费时间，因为我们投脾气，住的又近，所以晚饭后常常一起出去散步，不过超过 40 分钟她准会生气，我已经习惯了。我觉得她是个天才，人又善良、朴实，所以也愿意迁就她，不过，她发完火就好，不跟人记仇，这一点也是蛮好的。

我耐着性子把她送到办公室，这时她的脾气已经全消了，她有点后悔刚才在那么多人面前跟我发火，带着歉意笑着让我进去坐坐。我还是第一次进她的办公室，一进门便看见桌上那一摞厚厚的数学书，草纸上写满了密密麻麻的公式和符号，干巴巴的，一看就头疼，没呆上一分钟我就赶紧溜了。

也许是命中注定我该有一劫，想躲都躲不过去。

我从她那儿出来，过了两座楼就到了我自己的办公室，因为是周末，所以整座大楼都没有人影，空荡荡的，有点吓人，我把办公室门插上，一个人坐在书桌前静静地看了一会儿书。

傍晚时分，我从学校出来，独自漫步在附近高大而又茂密的树林中，只见迎面的夕阳像个巨大的橙子挂在树梢上，黄里透着红把周围的天空映得红彤彤、黄灿灿、亮晶晶，在空旷静寂之中，我感觉黄昏美极了。

像我一样，许是奔波了一天的缘故，光线里已经没有了热量和力气，却充满了梦幻的色彩。天上的晚霞红艳艳，空气的每一个粒子，都染上了颜色，跳动着，舞动着，分分秒秒都有奇异的变化。华丽的金，鲜明的橙，沉醉的红，神秘莫测……

挪威夏季的傍晚是柔美的，妩媚的，我也是柔媚的，身着藕荷色的波西米亚吊带长裙穿行在树丛中，裙子下摆随着脚步飞舞，我的心也跟着一起飞舞，此刻的我感觉自己如同下凡的仙女袅娜多姿，感觉一切都是那么美好。

可回到家里还不到十分钟，我就感觉脚迈不动步了，脑袋迷迷糊糊的，躺在床上没几分钟就开始呕吐，来来回回去了好几遍卫生间，隔壁的菲律宾小伙子见我折腾得不成样子，急忙呼叫113把我送到了附近的医院。

到了医院，我脑袋疼得厉害，眼皮根本抬不起来，大夫直接叫人把我推到了抢救室。临出院时医生非常严肃地对我说："你的检验结果是蘑菇中毒，幸亏来得及时，否则再晚一步命都保不住了，多危险呢，下次可别乱吃蘑菇了！"听他这么一说，我还真有点后怕。

菲律宾小伙回来后告诉我说，你当时躺在抢救室里，面色苍白，血管瘪瘪的，护士费了好大的劲儿才把针扎进去，输了两瓶液体之后，才看见你睁眼睛，吓死我了！

就在我住院的同时，施齐艳和杨恒也出现了同样的反应，只是她们的症状要轻很多。也就是从那天起，我长了记性，再也没去采蘑菇。

奇怪的是经历了一场大病，我好像好多事情都想开了。疾病对一般人来说是一种磨难，但这次疾病我来说却是一笔巨大的财富。冥冥之中似乎是命该如此。病后不久，我和杨恒、武英的妻子和女儿去了一趟挪威的北角。武英是材料系的教授，与施齐艳同租一个公寓，因为我总去找施齐艳散步，所以跟武英也混熟了，他的妻子和女儿来挪威探亲，邀请我和施齐艳以及附近几个好朋友到家里聚餐，我和他的妻子很谈得来，酒席间就多聊了两句。武英妻子埋怨说，她们母女来特隆赫姆快一个月了，哪儿都没去过，武英就知道天天忙工作，对她们一点儿都不上心，她觉着很郁闷。一听说我和杨恒要去挪威北部旅游，她和女儿——洋洋也想跟着去，于是我们相约8月末一起去北极。

2. 因祸得福

每个人的生命里，或许都会有这样一段极为精彩的时光——它曾如诗如画，如梦如幻，极为美妙，而又极为真实，每每回忆起来都觉太过璀璨以致无法相信到底是不是现实，其中的每一段记忆都会留下深刻的烙印以致成为永恒。对我而言这段时光就属于奥（Å）。

“尽头”总会让人感到凄凉和绝望，而挪威北部带来的却是神秘的遐想。夏天，太阳像贪玩的孩子从早玩到晚一刻不停歇，甚至半夜三更你都可以趴在草地上享受它的光芒，而到了冬季，奇异的北极光给单调的极夜增添了梦幻般的色彩。

远离城市的喧嚣，行走在挪威北部绝妙的仙境中，上帝似乎一夜间把我此生应该见到的所有美好与神奇一股脑都展现出来了，我被周围的景色迷住了，忍不住沉迷其中，醉得一塌糊涂。

我不知道是否真的有天堂，但如果说真有的话，我想也比不上 Reine（雷讷）和 Å（奥）。

时至今日，每每看到挪威北部小镇 Reine 和 Å 的照片我都会非常激动，仿佛自己一下子又回到了从前，回到了那令人难忘的圣地，好像又闻到了那沁人心脾的花香，又看到了那令人万分激动的北极光。

要不是我在挪威亲眼所见，我还不能够相信挪威不止有茂密的森林，还有极为罕见的北极光。时常听挪威的好朋友说：“如果你看到了北极光，你就是这个世界上最幸运、最幸福的人。”我无论如何都没有想到自己在离开特隆赫姆之前还能看到北极光，而且是在那么一个小小的 Å 村，因此 Å 便成了我的发祥地，打那儿起我就加入了世界上最幸运人的行列。

我们四人按照约定，于 2006 年 8 月 30 日出发，一路向北部挺近，先是从特隆赫姆做夜车，在车上睡了一宿觉，第二天上午 9 点多钟到达了北部终点站 Bodo（博德），然后改乘每天一班的渡轮去 Lofoten（罗弗敦岛）。

八月末，挪威的天气开始变凉，去 Lofoten 的人开始逐渐减少。上了船，我发现船上的座位有一大部分是空着的，有客人的座位上坐着的也大都是高大的欧洲人，我们四个瘦瘦小小的十分显眼。这些欧洲人非常有教养，他们或静静地望着窗外，或低头看书，或插着耳机听音乐，偶尔也有聊天的，但声音很低，生怕妨碍别人似的。我找了个靠窗户的位置坐下来，隔着窗户看外面的景色。

船在峡湾中穿行，一望无际的大海波光粼粼，偶尔有海鸥飞过来，船内的几位爱鸟旅客就会往空中撒面包屑，这时便会招来好多的鸟来争食，船舱里自然会热闹一番。没了面包屑，鸟就会走开，人们又恢复了平静。因为海水出奇的蓝，窗外的景色出奇的美，我生怕错过哪个好景，不敢打盹，瞪大眼睛往外观瞧，不知不觉三个多小时过去了，船很快到达了 Lofoten 码头。

我们下船改乘公交车赶往第一站——Reine。到了 Reine 已经接近傍晚，街道上看不到人影，我和杨恒分头到村民家敲门询问附近哪里有住所，一位热心的老翁告诉我旅馆离这儿很远，如果不嫌弃的话，他家有一个小木屋可廉价租给我们，我答应他看看再说。他回屋取钥匙，接着把我们领到了他的红色木屋。

木屋是建在数根木桩上的，从公路到房子之间有一段桥，是用木板搭建的。我们穿过小木桥走进小屋，只见室内摆设简单、床单被罩干干净净的，除了门对面墙上挂着一幅山水画算是点缀外，没有其他任何装饰品。厨房备有烤箱、热水壶、米、面、油、调料等。房子前面还有一艘漆成黄色的木船，老人说那是他家的渔船，如果明天天气好的话，他还可以打鱼送给我们吃。看完了房，大家都觉得挺满意，于是我们决定在这儿住两晚，价格谈妥后，老人把钥匙交到我们手里就回去了。

第二天我醒得早，看她们仨还没睡醒，怕惊动她们，我悄悄地溜下床，挎个相机沿着小路来到了海边。清晨的海边静悄悄的，蔚蓝的天空飘着白云，披着绿装的山脉层峦叠嶂，红、黄、白色的水上木屋顺着山脉走向呈蛇形排列，清澈的海水如同睡美人儿躺在那里一动不动。低头往水里看，发现水中有好多倒影，以水平面为界限的实物和倒影完全对称，均衡分布，水下的景色与水上的一模一样，水中有天，天中有水，水中有山，山中有水，要不是站在木桥上，我真要被它们搞糊涂了，不知道到底哪个是真山，哪个是真屋，哪个是倒影山，哪个是折射房。一个人正看得出神，杨恒从身后拍了我一下，吓我一跳。本来是要喊我回去吃早饭的，看到这么美的景色，她也舍不得走了，我们索性在海边木板桥上摆出各种姿势拍起了人物像，疯玩了足足一个小时我们才回去吃早点。

早饭过后我们按地图所标示的线路在附近转了转，走走停停的，一天很快就过去了。

房主果然钓上来几条鱼，送给了我们一条大的，杨恒把鱼清炖了，鱼汤鲜美无比，我们把一整条大鱼连肉带汤吃个精光！

临别时老人告诉我们，Rcine 曾经是挪威最大的周刊 Allers 评出的最美丽的村庄！从说话的表情我能感觉到他内心无比自豪。

是啊，他说的没错，我已经感同身受，Reine 不只自然风光美得令人着迷，这里的人也非常真诚和善良。

从 Reine 出来，我们继续前行，又在 Stamsund 住了一晚。晚饭后，杨恒从网上查询得知 Stamsund 的主要看点是艺术长廊。因为 Stamsund 是艺术家的天堂，所以每年夏季一过，挪威各地乃至世界各地的作家、画家便会陆陆续续赶到这里静心创作。可能艺术家们选择这里除了因为空气清新外，主要还是因为这里人烟稀少，无人干扰的缘故吧。

次日一大早，我们直奔艺术长廊。我们四个三个半都是路痴，刚走出没多远就迷了路，于是我们停下来准备打听打听路，可站在路边等了半天也看不见一个人影儿，正愁没人，忽然看见一位身上满是油彩的中年男子（我们称它为“油彩男”），他正领着一个黑白点相间的大狗在横穿马路，我喜出望外。但一瞅他身旁的大狗真挺吓人，我天生就怕狗。杨恒说，她不怕，就上前问路。我们三个人躲得远远的，支楞耳朵听动静。过了好一会儿，狗不叫了，只见杨恒一个劲儿地朝我们招手，我们仨仗着胆子往前挪动脚步。杨恒看我们忐忑不安的样子，笑着安慰我们说：“没事儿的，这个狗通人性，我在这儿，它不会咬你们的，快过来吧！”

不到两百米的距离，我们足足走了五分钟，等我们到杨恒跟前时，狗正趴在主人旁边，一副懒洋洋的样子，好像并没有攻击我们的迹象，我们才松了一口气。我们凑到“油彩男”跟前搭讪。虽然狗主人的外表十分另类，但他的言谈却很朴

小镇的早晨

coop

实和友善。他说:“我是个职业画家，喜欢抽象艺术，几乎年年都到 Stamsund 写生，每次一呆就是大半年，由于旅馆费用高，又不便于创作，所以在这儿租了间房子做画室。一到秋天这里的人就更少了，有时候感觉非常孤单，所以就养了只狗解闷。时间过得真快，一晃这只狗跟我十年了，我们之间已经形成了默契，谁也离不开谁了，只可惜现在它老了，跑得没以前快了！我真担心哪一天它会死去。”

以前我家里还没养过狗，根本不懂他讲的人与狗的那份感情。后来，老公买了个“白松狮”小狗崽子——Lily，我们养了不到三年，因为老公出国考察项目，我不会照看，当时就把狗寄放在了宠物店。狗从来没离开过家门，心里上火，不吃不喝，加上宠物店里动物多，空气不流通就染上了细小病毒，不到一个月 Lily 就死了。

失去 Lily，我非常难过，那种痛苦绝不亚于失去至亲。直到那时，我才真正理解了挪威画家对狗的那份情感，但已经时隔五年之久。

艺术家就是善变，刚才还是满脸愁容，转瞬间便笑容满面。“油彩男”热情地带我们进去参观他的画室。画室不大，但作品却不少。墙上挂的都是抽象裸体画，离奇古怪的，看不懂画中含义，在画室坐了一会儿，又跟画家照两张合影，便离开了。

从画室出来，接着去艺术长廊，不巧的是周末不开门，所以我们只好临时改变行程，沿着柏油路继续向北走。

等我们到达目的地——Tind 时，已经快晌午了。一路走来，我发现越靠近北部景色越绮丽，海水越清澈透明，我的心也跟着静下来。

我们来到了一座靠近路边的小岛，只见小岛上成群的鸥鸟正在嬉戏，看见我们靠近它们的领地便一溜烟地飞走了。

我们坐在礁石上透过碧绿的海水看螃蟹，大龙虾游来荡去的，好不自在。过了一会儿，杨恒说水太清了，她想下水游泳。我和武英的妻子都反对，劝她说:“天凉了，别冻着，再说你又没带游泳衣！别下水，在旁边打打水仗得了。”可她不听劝，脱下牛仔裤，穿着小短裤就扎进了水里，游了一阵还露出头冲我们做个鬼脸，然后又潜入水里，不大一会儿又笑嘻嘻地游回来，用手捧上来几个海虹，鲜活的，很是喜人。我蹲在岸上接过海虹，将其装进塑料袋，继续等她往回运新的海物。

洋洋看到这么多战利品有点沉不住气了，脱掉外衣，“蹭”的一声也跳进水里，因为她人小，个子矮，害怕被水淹着，所以就在边上蹚水。水边的石头上附着不少海虹，洋洋就从石头边缘抠海虹，不一会儿的工夫，她俩各自送回一堆海虹，我羡慕极了，实在忍不住，把袋子交给武英的妻子，一转身也下了水。人多力量大，不到半个钟头就弄了满满一大塑料袋，大家欣喜若狂，准备打马归山。正在这时，一只螃蟹闯入我的视线，我本能地用手去抓，它“嗖”的一下，钻进水草里就没影了。不到两分钟又有另外几只螃蟹晃里晃荡地游出来，我和杨恒一起夹击还是没逮住，又让它们跑掉了。螃蟹好像在跟我们捉迷藏，斗智斗勇的，反反复复抓了好几次都没抓到，我非常生气，准备上岸，不再跟它们玩捉迷藏。

猛一抬头，看见公路上有一对夫妇，男子怀抱着个小孩，女人挽着男子的胳膊慢悠悠地往这边走，看我们在下面游来游去、大喊大叫的，以为遇到了什么麻烦事儿，男子急忙把孩子交给女人跑下来救援。下来一看我们原来在用手抓螃蟹，把他逗笑了，也许他从没玩过这种游戏，也许是想给我们露一手，总之，他二话没说，衣服也没脱，“扑通”一声就钻进了水里，伸出大手抓了半天，使出吃奶的劲儿才捉到了一个小不点，一看它太小不值得吃，我们又把它放了回去。折腾半天也无战绩，此时大家已经筋疲力尽，只好休战。

别看螃蟹平时在陆地上爬起来慢腾腾的，抓住它好像易如反掌，可到了水里它却神通广大，从水外面看着不到一米远的距离，感觉伸手就抓到似的，可你一伸手它又改成速游，一眨眼的工夫就跑没影了，专门跟你斗智慧，让你没着没落的。

挪威男子上了岸，浑身上下湿淋淋的，没抓到螃蟹似乎有些内疚，摊开手，耸耸肩表示歉意。杨恒像是安慰挪威男子，又像自我解嘲地说，“不是我们笨，而是它们太狡猾，如果采用正确的方法，不信斗不过几只横行霸道的家伙。今天到此结束，明天做个网再来，看它们往哪里跑！”

于是大家收兵，拎着海虹和挪威小夫妻握手道别，然后就迫不及待地回去煮海虹了。

夜幕下的悉尼歌剧院　　新摄汇 / 摄

享受够了才跑过来告诉我："你不知道这里的地面热乎乎的，太阳照在身上暖乎乎的。躺在石板上就如同躺在炕上享受日光浴，别提多么爽了。"

是的，我能想象得到，可时间这么宝贵。拍擎天柱还拍不完呢，哪儿舍得时间歇一歇啊。我恨不得把美景、美人尽收镜底。我边说，边随高导往前走，很快，我们又到了Kiwi展馆，进馆前高导告诉我们，Kiwi这种鸟，个子大胆子却很小，稍微有一点动静他们便躲起来，难得一见。所以进去后务必保持安静，不许拍照，否则就谁都看不见了。于是，十几个人悄悄地进入黑洞洞的展馆。刚一进门口，什么都看不见，闭上眼睛调了调，才模模糊糊地看见室内有个大玻璃罩，隔着玻璃往里看，除了一些灌木丛之外，什么都没有。站在那儿等了好久，才看见两只黑棕色的大鸟走出灌木丛，可没走几步，它们好像听到什么动静了，就又钻入灌木丛。因为害怕吓着它们，我甚至不敢大声喘气。接着又等了一会儿，还不见鸟出来，我只好不情愿地走了出来。

从展馆出来，我们驱车准备前往罗土鲁瓦湖。路上，高导介绍：罗土鲁瓦湖的湖面如镜，非常漂亮，如果幸运的话还可以看到美丽的黑天鹅。我们中的大多数人都没见过黑天鹅，一听说会遇到黑天鹅，大家都兴奋不已，到了景点车还没停稳，就都嚷着快点下车。黄建和李林田先下了车，拎着大相机，追着天鹅一个劲地拍。我当时激动得只管拍个不停，用黄建的话形容我的照相水平最贴切了，"你这是在拍照，不是在摄影。"管不了那么许多，我一会在湖边与天鹅合影，一会又拿着面包屑喂天鹅，大有围着天鹅团团转之势。正玩的热火朝天的时候，高导从后面走过来喊我们回去。因为黄建跑出很远，高导亲自去找，趁这机会，我又拿起相机拍了几张天鹅。嘿，有趣的是，刚才天鹅还在水里游来荡去的，看到我们就像看见了失散多年的老朋友，纷纷游到近前"打招呼"，没有丝毫的恐惧。

高导找回了黄建，回来的路上看见我们还在拍，显得有些不满，走过来大声催着我们快上车。上车后，导游说接下来要参观艾格顿农场。车开到农场大门口时就停了下来，我们下去换乘由拖拉机改装的观光车。陪我们到农场参观的导游是个中国小伙子，不但人长得帅，口才也非常好，深得大家喜爱。遇到好景点，他就让大家下车拍照或近距离的接触牛和羊，农场主还赠每人一份像羊粪蛋大小的圆球饲料，陈娟要了点“羊食”，准备让我给她拍张纪实照，当我端着相机正要按下快门的时候，一只大头羊朝她飞奔过去，她一点精神准备都没有，看见张着大嘴的绵羊跑到眼前，吓得“妈呀”一声拔腿便跑。陈冰眼疾手快将放满“羊粪球”的手伸了出去，大头羊才停了下来，扭过身低头吃起了陈冰手里的食物。我和陈娟不敢在地面久留，赶紧上了车。

第三天上午，按行程计划去了红木森林。红木学名叫红杉树。我们一踏入林海就如同进入了一个天然的大氧吧，感觉空气格外清新，心灵和肉体好像一下子就都被净化了，我开始贪婪地呼吸着纯净的空气。

站在满是积叶的树林中，仰望高大的红杉，是那样的挺拔、伟岸，直刺云天，仿佛是一个又一个大丈夫挺直而立。林中扑面而来的春风柔和、湿润，撩人心弦。一束束阳光穿过高大的枝叶洒在林中的银蕨上，斑斑点点泛着银光，像天女织的一道道彩线射在树干上。走在潮湿、松软的小路上，徜徉在绿色的森林里，是那样的惬意与满足。让人惊讶的是一些倒下的大树干，不枯不朽还不算，竟然在粗壮的树干上又长出了参天大树。我暗自惊叹红杉的生命力实在是顽强。

李林田、黄建和陈冰他们三人趁我没注意，钻进了茂密的灌木丛，因为他们三人穿的是清一色的草绿色的摄影服，站在略矮的枝叶旁，摆各种造型互拍，如果不仔细观察，还真看不出他们藏在哪儿。看着他们生龙活虎的样子，我也跃跃欲试，可费了九牛二虎之力，酝酿了半天的情绪，却怎么也摆不出威武之势，最后，只好甘拜下风。也就是从那一刻起，我萌生了拜他们为师的念头，心想一定要像他们那样，做一个地道的摄影师。看我笨拙的样子，他们三个狂笑不止，黄建边笑，边往前走，还没走过五米远突然回过头对我说：“网络飞速发展的今天，每个人都可以从电脑或手机上搜索到世界任何一个地方的美丽图片，但你能钻进手机或电脑的红杉林里捉迷藏吗？不能吧。旅游的最大好处在于贴近自然，能与异地，乃至异国他乡的人们互动，身临其境去体验不一样的生活。西方人将旅行视为必需品，但相对于中国人来说却是奢侈品，国人却又将消费奢侈品当成必需品，且不知，在旅行中发现美才是真正的奢侈。”他一语点醒梦中人，我终于明白自己为什么喜欢周游世界了。

红杉林　新摄汇 / 摄

（二）“骑在羊背上的国家”——澳大利亚

澳大利亚位于南太平洋和印度洋之间，由澳大利亚大陆和塔斯马尼亚岛等岛屿和海外领土组成。它东濒太平洋的珊瑚海和塔斯曼海，西、北、南三面临印度洋及其边缘海，海岸线长约3.67万公里。面积769.2万平方公里，占大洋洲的绝大部分，虽四面环水，沙漠和半沙漠却占全国面积的35%。独特的自然环境使澳大利亚的农牧业非常发达，素有“骑在羊背上的国家”之称。

1. 墨尔本难缠的苍蝇

开心的日子，总是过得很快，不知不觉新西兰的三天行程结束了。我们接着乘飞机去下一站即澳洲第二大城市——墨尔本。下了飞机，我们尾随接机的李导出了机场，准备和他一起往接机大巴停靠的方向走，没曾想刚走出几步就被一群苍蝇给围住了。

我一边走，一边不停地用手轰苍蝇，心想：墨尔本这座城市真另类，下了飞机，墨尔本人不来夹队欢迎，苍蝇倒是来了不少，它们在耳边飞来绕去的嗡嗡地叫，真让人心烦。李导微微张嘴说：“快点上车，要不就被苍蝇盯上了。”大家三步并作两步飞快地跑上了车，最后一位乘客还没等坐稳，车就启动了，尽管大家都很神速，但还是有几个狡猾而又难缠的苍蝇闯了进来，我们不得不敞开车窗往外轰。坐在前面的导游回头看了看，风趣地说：“到了墨尔本，说话可要注意呀，一定得张小口，否则一不留神苍蝇就可能飞进嘴里。也正是这个缘故，澳洲英语与英式、美式的英语发音有一些差别。澳洲人讲英语时，因为嘴张得很小，所以发音不太到位。

谈到这里，我忽然想起个小故事。墨尔本的市长有一次发表演说，讲得十分精彩，台下的观众不停地为他叫好。市长越讲越激动，竟忘了要缩小口形，结果不留神有只苍蝇飞进了嘴里。因为市长非常在意自己在市民心目中的形象，所以他不能让人看见有任何异常的表现。市长明明知道澳大利亚是不允许打死苍蝇的。心想一旦有人发现自己打死苍蝇，会非常难堪！于是，他趁人不注意，借着讲话的机会，悄悄地把苍蝇吞了下去。他以为自己做的神不知鬼不觉，可他万万没有想到，自己早被一位大报记者盯上了。当他做完报告，准备离开主席台时，被那位好事的记者挡住了去路。记者毫不留情地问：‘市长，您对于杀死野生动物有何感想？’

市长反应非常快，巧妙地回答说：‘不管是动物还是人都有权利选择自杀的方式，苍蝇也如此，我尊重它的选择。所以，我做了一件成人之美的事情。你认为我这样做有什么错吗？’记者听完哑口无言。”

他讲故事好像唱催眠曲，车上的人几乎都睡着了，好在司机抵抗力强没打瞌睡，我们平安到达墨尔本金矿，乘车参观完金矿，大家拿着盆和筛子又在河边过了会儿淘金瘾。导游看天色渐晚便催促我们上车，前往下一站——悉尼旅行。

2. 有身“粪”人的最佳去处——堪培拉

到了悉尼又换了个新导游，一见面他就自我介绍说他来自沈阳，名字叫赵桐，是标准的北方人。或许是因为以往的导游为了拉近与游客的关系总爱说自己跟游客是老乡的缘故，我已经听腻了，不管他说的是否是真话，也没兴趣去验明他的身份，权当是老乡罢了。

从机场回来，他直接把我们带到了悉尼市区的海德公园、麦考利夫人椅子公园、皇家植物园。因为还有时间，导游决定带我们去邦迪海滩转一转。他蛮认真地介绍说：“你们如果有眼福的话还可以看到裸体的帅哥和美女。”起初由于路劳顿，大家全都在车里迷迷糊糊睡觉，一听导游说有“裸戏”看，大家伙像注射了兴奋剂，一下子都精神起来了。

邦迪澳大利亚土著语的意思是“击碎在岩石上的浪花。”顾名思义，那就是蓝色的海水撞击到巨大的岩石上激起白色浪花的意思。车子还没停稳，黄建就开始往下跳，接着李林田、陈冰还有陈娟，大家一窝蜂似往前跑，谁也顾不上照顾谁了。我采用拉网式搜查法，从海滩东头一直往西走。拿着大镜头假装对焦的样子，实际上是利用镜头寻找海滩裸体沐浴者。找啊找，好不容易找到两个半裸美女还是背对着天躺在沙滩上，毫无看点。一直走到尽头，我也没看见导游嘴里说的奇景。

既然找不到，索性坐在白色的细沙上看着来来往往的行人。只见几个澳大利亚的小伙子拿着舢板往水里走,接着就蹲在滑板上随着汹涌的波涛上下起伏滑动。眨眼工夫就有两个人被冲下来，掉下来再上，上去再摔下来，煞是有趣。不一会儿，远处又走来了一对青年男女，可谓是一对佳人，他们赤脚走在沙滩上，情意绵绵地望着对方，令人艳羡不已。女孩穿着三点式泳装，手里拎着凉鞋，格外的引人注目。无独有偶，我从镜头里往四周看，只见一个黑人男子戴着礼帽、捧着相机，坐在沙滩上也正在观赏着“美景”。我暗笑。

回到车里，李导问大家谁拍到精彩的画面了？黄建说，他拍了一张，但很遗憾，拍的不太清楚。同车好事者听后，便争相传看。憨厚的李林田看完后，还嘿嘿地傻笑，逗得其他人也跟着一起哈哈大笑起来。

从邦迪海滩回来后，赵导说趁着天儿好，明天一早还是先去较远的地方，回来之后再细游悉尼。见无人反对，他宣布明天去堪培拉。

第二天，如约前往澳大利亚的首都——堪培拉。堪培拉与悉尼相比要小很多，但麻雀虽小五脏俱全，它毕竟是一国之都，是国家的政治、经济和文化中心，旅途之中自然就免不了带有一定的政治和文化色彩。

我们乘车观瞻各国驻澳大利亚使馆大楼，车开得较慢，我们只能隔着车窗玻璃欣赏各国使馆外观建筑。先是美国使馆，接着是德国和埃及使馆，再就是印度、日本、韩国等，毕竟是代表不同的国家的建筑风格，所以每个国家集聚了本国的特色，别具匠心。旅游车最后在中国使馆前面停了下来，赵导告诉我们在这儿做一短暂停留，可以下去到使馆大门前拍拍照，但需要注意的是这里有很多“苍蝇”，当然，他们并不是真正的苍蝇，而是一伙法轮功信徒，请不要与他们对话，否则你就无法逃身了。

没多大工夫，车开到了格里芬人工湖的附近停车场，大家下车后，导游边走边说：“这里的草坪像天然的绿地毯，你们可以随便踩、随便坐。如果你一不小心坐在牛粪上，那你就成了有‘身粪’的人啦。这里的鸟儿一点都不怕人，成群结队地在你的头顶上盘旋，如果你一不留神，头顶上落了鸟粪，那你可就成了有‘天粪’的人了。你们随便走一走，拍一拍。幸运的话，还可以看到高达140米的喷泉，回来后看看谁的身份能发生改变。”还没等说完，我们开始往湖边跑，仰望着碧蓝的天空，俯瞰脚下的绿草和平静的湖面，又一遍一遍大口地呼吸、呼吸新鲜的空气，感觉心情非常舒畅。

我和陈娟在草地上一会儿趴下，一会儿坐下拍照，不停地变换动作，同伴们见状也都不再拘谨，纷纷拿出自己看家本领，摆出各种奇特的造型，照个不停。玩够了，照够了我们返回车内。还没等我坐下，后面的孟卒指着我的白连衣裙上粘着的一大块黄色污物，向李导报告说，她发现了一个有“身粪”的人，我的脸腾的一下红了，简直丢死人了。因为有了“身粪”，自觉低人一等，只好低头站着，不敢坐下，生怕弄脏了座位。车启动后，有人举报又有其他两个人改变了身份，我的心理压力才略微减轻，毕竟有了“同类”嘛！到了国会大厦下车后，我迅速溜进洗手间，从背包里取出一件备用的衣服，换了装，洗掉了“身粪”后，我长出了一口气，终于摆脱了令人尴尬的局面。

国会大厦是建在湖边的一个土丘上，楼顶覆盖着土，土上面满是草坪。屋顶上有四根不锈钢架，从四个方向汇集起来，组成一根立柱，上面挂着澳大利亚国旗。从顶层通道上到大厦的屋顶，插进柱子的吻合部分在太阳光的照射下，银光闪闪、璀璨夺目。整个屋顶覆盖着厚厚的草坪，平顺齐整，如丝绒地毯。楼顶种草大家觉着挺新鲜，有好奇者问导游有没有啥讲究，导游告诉我们：草，代表老百姓，草民就是这个含义。草民在上，官员在下，表示政府随时都在老百姓的监督之下。

澳大利亚国会大厦　　新摄汇 / 摄

如果官员们都在老百姓的监督下，公平、公开为老百姓办实事，那政府也就无愧于“人民政府”了。

我们陆续进入大厅。只见门厅里面 48 根白色的大理石柱子有序地排列，柱体上镶嵌着竖条花纹，如果我不是亲自用手触摸的话，还真以为置身于茂密的树林呢。里面众多的大理石柱，代表着澳洲森林，警示政府官员不要忘记保护环境，要更大限度的保护森林。大厦内还挂了四百多个钟表，赵导说，这些钟摆放在各个角落，使参会者不管处于哪个位置都能看到准确时间。澳大利亚法律规定，参议员必须准时到会，迟到五分钟，不准进入会场，累计 3 次取消参议员的资格。这儿不讲人情，也不能变通，时钟挂在那儿就像警钟一样，众目睽睽之下，只要迟到三次，参议员就得自动离席，毫无辩解的余地。

拾阶而上，凭栏俯瞰，大厅的正面墙上挂着一幅色彩斑斓的巨幅挂毯。导游介绍说这个挂毯是世界上最大的挂毯之一，它具有极高的艺术价值。接着我们来到了议会大厅，刚走了几步，正欲穿过木柱时，李林田从后面过来喊道“别动，回头！”他按了下快门，我撇撇嘴笑着说：“这有什么好照的？”

“这里光线特别好，你不是要学摄影吗，那你就得先学会找光。拍摄平面和顺光像很简单，人人都会，看不出水平，技术含量不高，你得学会拍逆光或侧逆光像。”

陈娟跑到我刚才照相的位置，右手抚弄着头发，嘴里喊：“给我也拍一张。”拍完这一张，李林田更起劲儿了，在大厅的长椅上、窗户旁等等，到处寻找他要的半明半暗的光线，我俩跟着他屁股后面跑来跑去，弄得满头大汗。李林田也忙得不亦乐乎。我第一次听说要学好摄影必须学会找光，只有借助好的光线才能拍出好作品。看来我以前纯属乱拍，根本不懂行。我觉得到堪培拉自己收获不小，不仅改变了“身份”，而且还学到不少新东西。

我深深地体会到同摄影高手一起去采风，在拍摄过程中观察老师如何构图，如何调整参数，如何运用辅助光线，再让老师做适当的点拨，摄影技术会迅速提高！

3. 悉尼歌剧院

我们从“情人港”乘坐游船欣赏悉尼代表性建筑——悉尼歌剧院。走出船舱欣赏周围的景色，远远望去悉尼歌剧院宛若一只硕大的贝壳坠入大海，那些濒临水面的巨大的白色贝壳片，像是海上的船帆，又如一簇盛开的花朵，在蓝天、碧海、绿树的映衬下，轻盈皎洁，柔美动人。上岸来到近前，激动地亲近它、触摸它的身体时，感觉它是那么光滑、细腻、柔韧，远比我想象的还要美、还要震撼，它简直就是神来之笔！我忍不住回头问李导：“这到底是谁的杰作？出自谁的手笔？怎么会有如此超凡脱俗的想法？”

“设计者是一个叫约恩·乌特松的丹麦人。1950 年澳大利亚新南威尔士州政府决定在悉尼港建立一座世界上一流的国家歌剧院，于是下令通过广告和媒体向全世界征集设计图稿和方案。

五月的一天，丹麦的 35 岁建筑师乌特松在咖啡馆里一边喝咖啡，一边悠闲地翻阅桌边的杂志，无意中他被一则新南威尔士州征集悉尼歌剧院的设计方案广告给吸引住了，他决定试一试自己的运气。但他清醒地认识到自己的不足：年纪轻，资历浅，经验少，到目前为止还从未独立设计过大型建筑，再加上他从未去过悉尼，对它知之甚少，单凭激情和胆量就想拿奖是绝对不可能的！

说来也巧，有一天，乌特松去哥本哈根图书馆查资料时，在咖啡馆里遇到了前来参加马术赛的悉尼女孩。他主动接近她们，并向她们询问悉尼的情况，五位姑娘听说他要为悉尼设计新颖的歌剧院非常高兴，她们详细而又生动地描述了悉尼市区和悉尼港的美丽景色。他被漂亮姑娘们诗一般的语言打动了，他渴望有朝一日能一睹悉尼的风采。于是，他请姑娘们喝咖啡、吃水果。当服务生端来果盘，恰巧盘儿里有几个切开瓣的橘子。看到一个个相连的橘子瓣，他的灵感如同瀑布般从脑海里喷薄而出。

经过几个昼夜鏖战，他终于画出了设计草图，并迅速地寄到悉尼州政府。悉尼歌剧院的设计方案评选揭晓，共收到 233 份应征稿，经过专家、评委们的认真筛选、评定，有 3 份作品入选。而乌特松的作品由于构图出格、线条粗糙，早被抛

悉尼歌剧院　　新摄汇 / 摄

Captain Cook Cruises

到了废纸篓里。特聘评委芬兰籍美国建筑师——依格·沙尔看了入选的3副作品后，沉默不语，他让人拿来全部参赛作品，审阅之后摇了摇头，问是否还有其他作品。评委们说还有一份草图被扔掉了。

沙尔起身走到废纸篓前，把垃圾桶倒扣在地上，一张、一张地捡起，并把皱皱巴巴的纸一一打开，忽然他眼前一亮，惊呼：‘这才是艺术珍品啊！’沙尔独特的慧眼从废纸篓里拣出了20世纪世界建筑设计史上的一个奇珍异宝。乌特松击败了所有对手获得了5000英镑的奖金，并一夜成名。

成名后他自然成了众多人追逐的偶像，其中有人好奇地问：‘歌剧院十二瓣弧形的建筑外壳，象征着什么？你究竟是由什么获得启发的？’不料他满含笑容回答道：‘那就是剥开的橘子呀！不信，你们乘直升机往下看一看。’他一语惊人，在全澳洲引起了强烈反响。

设计图确定之后，乌特松担任了总建筑师。由于物价不停地上涨，再加上他追求完美，建筑中耗费了巨额资金，在野党指责工党浪费民脂民膏，群众呼声强烈，最后工党下台，自由党上台执政。自由党宣布停止向歌剧院拨款。乌特松被卷入两党之争的漩涡之中，工程搁浅，他感觉卷入政治斗争中非常痛苦。1966年他的忍耐达到了极限，于是带上夫人和孩子愤然离开澳大利亚，返回到自己的祖国，回国后他感觉身心疲惫，不久举家迁到西班牙的小岛，过起了隐居生活。事隔两年，新南威尔士人事变更，准备依照原设计方案重新聘请乌特松为总建筑师，乌特松拒绝续聘，州政府只得任命他的助手负责指挥施工。他们忠实于原作品，在三面环海的三万平方米的陆地上建起了60米高的宏伟建筑。1973年举行了盛大的庆典，由英国女王伊丽莎白二世亲自剪彩。遗憾的是倔强的乌特松不肯出席剪彩仪式，1978年州政府举办5周年庆再次热情邀请他出席，他又一次拒绝，他伤透了心，也铁了心，不再相信澳大利亚政府，所以他一次又一次地拒绝政府的邀请。

2008年乌特松去世，很遗憾直到死他都没亲眼看到自己的杰作——最令澳大利亚人骄傲和自豪的悉尼歌剧院。他去世的当天悉尼歌剧院的外部灯光全部熄灭，悉尼港大桥降半旗，以表示对这位曾经为悉尼做出过巨大贡献的建筑奇才的哀悼！”

听完导游的讲解，我的心情很不平静。替他惋惜的同时，也被他的脱俗的艺术精神所打动。他的功绩无法磨灭，他将永远活在我们乃至全世界人民的心中。

导游讲解完之后，大家自由活动。他看见我和陈娟对着悉尼歌剧院拍照，凑过来说，要不要我帮你们，我的摄影技术蛮高的。一听他这么说，我俩欣然接受。他拿着我的照相机，让我们摆夸张的动作，然后他飞快地按动快门，我们玩得非常开心。

恰好这时，一个帅气的男子领着他的女儿走过来坐在我们前面的椅子上，他们开心地说笑、玩耍，黄建悄悄地拍下了这一精彩瞬间。我因为手里没有相机，便错过了这个机会。

不过回去翻看李导给我们拍的照片，感觉真挺享受，他拍的照片确实比别的导游拍的好很多。李导是我多年来所见到的知识最渊博、最热心、也是最幽默的导游，我打心眼里佩服他。晚上带我们去对面的观光塔的途中，他说好几年没回自己的老家沈阳了，很想家乡的父母和朋友，说起来也挺奇怪，不知道为什么，

父女情深　　新摄汇 / 摄

离开家的时间久了，我有时候甚至连破旧的房子都想得不得了，实在太想了。说着、说着眼睛湿润了。车厢内顿时鸦雀无声，好半天他才有些哽咽地说：“我们一起唱支老歌吧。唱什么呢，唱一首《故乡的云》吧，我们大家一起唱。”说完他从车里翻出一张光盘，放在车载录放机内，我们和他随着音乐一起高声唱那首老歌。

谁说男儿有泪不轻弹，那是没到伤心处啊！

这不禁让我联想到在海外留学时的思乡之苦。我也曾如此这般思念过家乡、想念过亲人。也曾在众人面前痛哭流涕，也曾无法控制自己的情绪，毕竟那是一种真情流露。只有曾“身在他乡为异客”的人才能真正地体会到此刻他的心境。我的眼泪也止不住地流了下来，是啊，哪儿有游子不思念自己的家乡、自己的亲人的呢？

次日一大早，他亲自把我们送到了悉尼机场。在机场候机大厅李林田、陈冰、黄建等与他合影留念，他把我们送到安检口，看着我们一个个顺利过关才依依不舍地与我们挥手告别。就在他转身的那一刻，我忽然觉得他在我心中是那么高大，那么让人难以释怀。

望着他愈走愈远的背影，我心中油生敬意。身居海外多年，情怀依旧多么难得呀！也许只有出了国的人才能真懂如何去爱国、爱家乡。

4. 惹人疼爱的小考拉

飞机飞行了 2 个小时后，我们来到了澳洲的另一个城市——布里斯本。当然又换了个导游，迎接我们的是一个气质优雅的漂亮女生——张导。几个小伙子看到漂亮女生，立刻活跃起来。在车上，她对布里斯班做了简要介绍，她说：“布里斯本是昆士兰州的首府，也是澳洲的第三大城市，由于这里有不少考拉熊，因此布里斯本有‘树熊之都’称号。另外，布里斯本全年几乎无寒冷日子，阳光普照，平均日照时间为 7.5 小时，所以也被称为‘艳阳之都’。”

你们透过窗外可以发现路上行人很少，街道上也略显冷清，所以刚到这里来的中国人把它戏称为澳大利亚‘最大的乡镇’。这里虽然没有悉尼那么多高楼大厦，但沙滩和绿地更为广阔。你们来到这儿，可以去海滨散散步，或躺在沙滩上尽情享受温暖的阳光，千万别忘了下去游游泳、蹚蹚水，好好感受一下这里海浪的气息。

我们下车后先游览了 1988 年澳洲世界博览会遗址 ——南岸公园，财政部及市政大厦，然后前往澳洲著名的旅游胜地——黄金海岸。

黄金海岸无愧于它的称号，阳光明媚，天空与大海碧蓝如洗，加上有连绵四十公里长的金黄色海滩，让人流连忘返。站在海滩上李林田、黄建上来想与张导合影留念。张导是见过世面的大美女，既风趣、又很会摆 pose。其他几个男士一看这情景也过来凑热闹，张导伸出白嫩的小手笑着说："请给小费50元，钱不到，不陪照。"逗得大家笑弯了腰，尤其是那几位男士更是乐得合不拢嘴。

匆匆吃过午饭，我们便又乘车赶到了"天堂农场"。说它是天堂并不为过，这里的确是动物们的天堂，它们自由自在、优哉游哉地生活着。最吸引我们眼球的要数袋鼠和考拉熊，农场的导游介绍说， 在生物进化史上，有过强盛的两大类哺乳动物：有袋类动物和胎盘类动物。有袋类动物繁殖力强，在世界大陆占尽优势，当然也渗入了澳大利亚。后来，地理联系中断，胎盘类动物继续进化，直至出现人类，并在大约2500万年前取代了几乎所有的有袋类动物。然而在世界"孤岛"澳大利亚，有袋类动物仍在繁衍不息，"家丁"兴旺。最有代表性的有袋类动物是大袋鼠，欧洲人称其"坎戈路"(Kangaroo)。英国航海家库克船长当年探险到澳大利亚东海岸时，生平第一次见到这种跳跃式前进的庞然怪物，就十分惊讶地做着手势询问当地土著人，土著人回答说："坎戈路。"于是，库克船长就称此动物为"坎戈路"，袋鼠也由此得名而编纂入英国词典。然而，库克船长哪里知道，"坎戈路"在土著语言里原来是"不知道"的意思！

袋鼠在澳大利亚随处可见，共有 50 个品种。最常见的是一种身长、体重均相当于一个成人的红色或灰色大袋鼠，有些体重则超过 200 磅，却丝毫不显笨拙；体型小的则像是一只猫。袋鼠有着超强的性能力，一只壮年雄性袋鼠，每天可以和几十只雌袋鼠进行交配。袋鼠的生产也很有意思，只要看到母鼠开始清理自己

迷人的黄金海岸　　新摄汇 / 摄

的袋子，小心翼翼地将袋中杂物掏干净，这就是即将临产的信号。分娩后，尚未睁开眼的小袋鼠从母鼠尾巴上向育儿袋缓慢地蠕动。小袋鼠要在袋中生活 9 个月才会离开。一旦有风吹草动，它又会钻进母亲袋里“避难”。

袋鼠还是个运动健将，它的跳跃能力超强，全速前进时，前腿蜷缩，尾巴翘起，后腿像钢制弹簧一般使整个身体猛力向前冲，时速可达 60 公里！有些袋鼠生性凶猛。如果赶上好运，在广袤的草原上经常可以看见两只雄袋鼠相斗的情景：两个袋鼠对峙，怒目而视，颈毛耸起，口中嘶响，用尾巴横扫对方。若一方被打倒在地，便定胜负，败者偶尔也会受伤，但很少死亡。饶有趣味的是，每次打斗都会引来许多袋鼠“观众”，它们并不参战，只是坐山观“鼠”斗。

袋鼠喜欢白天睡觉，晚上活动。夜间，袋鼠遇见车灯会误以为天敌来袭，这时，便会从草丛中一拥而上，跳跃到公路，与汽车拼死相撞，小汽车如不注意往往被它们撞翻。因此在澳大利亚许多汽车前端都安装了排障器。为防止这类碰撞的发生，一些公路旁竖有高大醒目的画着袋鼠的牌子，是在提醒司机，前方为袋鼠出入地，注意安全。

因为袋鼠是最古老的史前动物，高大而又温和，是澳大利亚的象征，像我国的大熊猫一样，袋鼠被列为澳大利亚的国宝。恰逢正午，光线十足，阳光照在脸和手臂上火辣辣的疼，导游让我们自由活动。我和黄建、李林田、陈冰四人一组顶着烈日去看袋鼠。袋鼠园内的袋鼠大都懒洋洋地趴在土地上，只有几个小袋鼠慢悠悠地走来走去，在栅栏边看了一会，拍了两张照片，我们赶往下一个目标——考拉园。

走到考拉园恰巧看见农场的管理员抱着一个小考拉，它长着一张胖胖的孩儿脸、一只黑油油的鼻子、一双滴溜儿转的圆眼睛和两只毛茸茸的短耳朵，加上一身又厚又密的灰色皮毛，憨态可掬，滑稽可爱。我们凑过去一个个都伸手触摸考拉毛茸茸的耳朵和小脚丫，胖乎乎的、软软的、憨憨的十分惹人怜爱，我们站在考拉的身边赞不绝口。

管理员看我们好奇而又依依不舍的样子，他颇为感动，耐心地介绍说，考拉是澳大利亚特有的珍稀动物，又叫“树袋熊”、“无尾熊”，但它其实并不是凶猛的熊科动物，而是乖巧的树栖有袋动物。性情温顺，体态憨厚。你们仔细观察就会发现，它酷似小熊，长着一身又厚又软的灰褐色短毛，但胸部、腹部、四肢内侧和内耳皮毛呈灰白色。四肢粗壮、大耳朵，鼻子扁平。考拉非常金贵，只吃桉树叶和嫩枝，几乎从不下地饮水，这可能是由于从桉树叶中得到了足够的水分的缘故吧，所以又被称之为“克瓦勒”，意思就是“不喝水”。这和它生活的环境密切相关，它善于攀树，但由于澳大利亚土地贫瘠，桉树摄入的营养物质比较少，考拉从桉树中得到能量也就相对稀少，因此它们很少活动，是想通过减少活动量来保存能量。

“考拉”四脚较短，完全长成时约60厘米高，10多斤重。它的爪尖非常锋利，每只脚的五个脚趾分为两排，一排为二，一排为三，能紧紧抓住树干。它的“绝活儿”是从一根树枝上纵身跳到几米处的另一根树枝上，敏捷灵活。有趣的是，“考拉”的尾巴经过漫长的岁月已经退化成一个“褥垫”，因而能长时间舒适潇洒地坐在树上。“考拉”每胎只生一仔，小“考拉”出世后，会立即钻进母亲腹部的袋中吮乳，等长到约15厘米高时，才依依不舍地离开母袋。“考拉”的袋与袋鼠不同，其袋口朝后，小熊一旦离开母袋，就再也进不去了。“考拉”虽冠以熊名，但实际上与熊并无多少干系，只是身体臃肿，又无尾巴，长得与熊相似罢了。“考拉”生性温良，不易发怒，一旦被激“怒”，便会发出婴儿似的哭啼，煞是令人爱怜。考拉总是给人一种欢乐、祥和与安定的感觉，因此澳大利亚人最喜欢用“考拉”玩具馈赠嘉宾。

告别了管理员，我们迫不及待地冲到了考拉乐园。园内的考拉一个个正抱着树干睡大觉，有的还在打鼾。真不可思议！考拉可真耐热，这么爆热的天我们都直出汗，它们好像啥事儿都没有。在边上站了老半天，考拉就是不肯睁开眼睛看着我们。李林山开始有点不耐烦，冲着它们大声喊叫，希望这么一吵，能吓住考拉，它们就会跑出来亮相，我们就能拍几张活蹦乱跳的照片。谁知它们听到动静后，微睁一下双眼，手和脚慢悠悠地挪动了两下，换了个姿势、闭上双眼又继续睡了，恍若什么事情也没发生。李林山看它们一副爱答不理的神气，气不打一处来，不知从哪儿捡来个桉树枝隔着木栅栏去捅考拉屁股，它们这才吓得睁开眼，惊慌爬到桉树叶密集的树枝中躲藏起来。

动物园的管理员看见李林田在捣鬼，冲着我们直嚷“stop”！张导听见喊声赶忙跑过来阻止，并压低了声音告诉我们说：“考拉很乖，不要吵醒它们。因为它们每天至少要睡十八个小时觉，所以很难看到它们睁开眼睛的样子，更别说玩耍的场面了。”

一听到这话，大伙都蔫了，陆续折返赶去拍袋鼠。拍一阵子袋鼠，重新回到考拉园时，正赶上女饲养员往树干上浇水，另一个男饲养员则往树杈上插放桉树枝。一见水柱喷来，水到之处考拉乱作一团，有的顺着树干拼命地往下滑，有的好像没睡醒，迷迷糊糊地往上爬，还有的围着这两个饲养员转来转去的，园里一下子热闹起来。女饲养员浇完水后，走到考拉的旁边，一只手抱起一个小考拉，另一只手捡起几个树叶，一边将桉叶塞进考拉嘴里，一边小心翼翼地把它放到了树干上。

黄建眼睛一亮，告诉我们快拿相机，拍下这场面。于是，我们又开始“刷、刷、刷”地拍个不停。等拍完考拉，我才发现脸和手臂已经被晒得通红通红的，一碰就疼。这下可糟糕了，皮肤可能要晒坏。不过也怨不了别人，怪只能怪那些考拉，它们太吸引人！

当天晚上，我们入住滑浪者天堂（Surfers Paradise）宾馆。这也是此行住宿条件最好的宾馆。张导告诉我们这里的游泳馆二十四小时营业，并且是对入住的客人免费开放。导游因为家里孩子小，跟服务生简单交代一下之后，就匆匆忙忙地走了。

等我们搬上行李、打开房门时已经八点多了。我和陈娟等五位女生来到服务员台问：“我们想要游泳去，请问游泳池在哪里？”

他们回答说：“这里的游泳池早就关了。”

听他这么一说我们感到非常沮丧。看到我们失望的表情，一个负责人模样的男士走上来非常有礼貌地说：“如果你们实在想游泳的话，我可以开车送你们到外边的游泳馆。”我的英语虽然不太好，但是一般场合还应付过来，她们几个的英语更是一般般，甚至有的根本没学过英语。大家你瞅瞅我，我瞅瞅你，不知道

贪睡的小考拉　　新摄汇 / 摄

他在说什么。我告诉大家，他可以拉我们到外边的游泳馆，那里的条件也很好。听了我的解释后，她们又让我问游泳馆离这里多远、是否免费等一个又一个诸如此类的话题。我又接着问那位热心人，他耐心地告诉我说："游泳馆离这儿不远，开车不到10分钟就到，并且游泳是免费的，你们回来的时候我还可以派车去接你们。"我给同团的伙伴打电话问他们是否一同去，有的说马上下来，有的说一会儿再去。我告诉司机等一下，还有几个人想去游泳。司机回答说："一辆车坐不下。您先送我们，车返回来再接他们。"于是，我们五个人上了一辆微型面包车，车子东拐西拐的，我们辨别不出方向。从窗户往外看，黑黝黝的，她们几个都傻了眼，胆战心惊地小声跟我说："我们回去吧，不知道他会把我们拉到哪里去，别出什么事儿。"

"不会的，这里是法治社会，很安全的。据我了解大多数西方人都喜欢直来直去，不会为难我们的，何况这里是五星级宾馆，绝对不可能出什么问题的。别怕，有我呢，放心吧。"听完我说的话，她们平静了许多，但还是心有余悸。

很快司机就把我们送到游泳馆，看着我们下了车，司机又回头接别人去了。她们四个人看着驶去的汽车，长出一口气，几乎异口同声说："总算到地儿了，吓死人了。真是虚惊一场啊。"看到她们还愣在那儿，我接过话茬："好在那位司机听不懂中国话，否则不知道他有多难过呢。我们快进去游泳吧。"

走近游泳馆，一个当地的服务生向我们打过招呼后，拿出个登记簿，请我们填上房间号。填好信息后，明月突然嚷道："司机走了，我们忘了告诉他什么时候来接我们，这可怎么办啊！"我急忙把她提问题转告给服务生，他满脸堆笑地回答说："等你们玩够了，想回去休息时，我打电话通知司机来接你们。"听他这么一说，我们就放心了。于是，我们一窝蜂地跑进了游泳池。

陈娟个儿高、水性又好，跳下去游了两圈。我们站在旁边不敢往里跳，因为不知道水到底有多深！一会陈娟游过来说"这里的水可好了。没事的，水不深，你们快下来游啊。"一听她这么说，我就不害怕了。进到泳池，刚游不到十几米，心里有点紧张，想站起来试试中间的深度，谁知这一试不要紧，水差点把我给淹了。水面已经没过了我的鼻子，我随后吞进了一口水。我赶紧扎个猛子游到池边，伸手抠住了池沿，拼命地喊，岸上的伙伴慌忙前来救助。同行的伙伴费了老大劲才把我拉出水面。我倒吸了一口冷气，不管陈娟怎么喊我，我再也不敢下去了。她们几个看到我害怕的样子，谁都不敢再下水了。

后来我们跑到旁边浅池子里去游泳，这个池子里的水热乎乎的，站在水里面感觉特舒服。说是游泳，其实只不过是在水下按摩而已。池子不大，玩了一会儿才发现，池子的东南角有一个老外，他正在做水下按摩呢。听见我们叽叽喳喳地说个不停，他也听不懂我们在说什么，只是一个劲儿地瞅着我们笑，我们向他招招手，他也挥了挥手。正在这时，黄建他们几个赶来了，看见这么清澈的水面，不由分说，噼里啪啦地跳进了泳池，游了大概有一刻钟左右，李林田让黄建、陈冰、董旭站在半米高的小跳台上来个跳水表演，他准备给他们拍一张“八戒戏水”（因为他们比较胖），李林田开始拿他们开涮。李林田喊：“预备开始”，只听扑通一声，董旭、陈冰纵身跳进水里，董旭像独臂英雄似的，左手拽着短裤，右手划水，大臂带动小臂往前游，速度还挺快的。回头一瞅，黄建站在原地一动不动，直愣愣地盯着水面，就是不敢往下跳。李林田又喊“预备”，还没等说开始，邱义从后面跳上来一下子把黄建推入水中，他打了个趔趄，不过不要紧，没出什么乱子，直逗得旁边的人哈哈大笑。

整个游泳馆除了一个老外就我们十几个中国人。所以大家都比较放得开。陈娟游够了跑过来跟我们说：“那边没法游了！”

孟卒问：“怎么啦？出什么事情了？”

“董旭没带游泳衣穿着普通的裤头在游泳，一撒手就会掉下来的，没法再玩了！不带这么玩的。”陈娟一边捂着肚子笑，一边佯装生气地说。

“我说呢，我以为他在表演特技呢，让人羡慕坏了，谁曾想原来他是害怕裤头被水冲跑啊。”我插话说。

“哇塞，他的胆子太大了，万一疏忽，岂不变成裸游了，到时候就会洋相百出了！”明月听到陈娟的描述，瞪大眼睛吃惊地说。

“既然陈娟不能再回大池游了，那我们就一起玩花样游泳吧。”我提议。

我们玩儿的花样比较特殊，脚和头都露出水面，每人伸出右脚露出水面，把摆出花形，左脚在水中跳。黄建趁我们不注意，跑过来偷拍“花样”，那个外国男子架不住诱惑也跑过来凑热闹。于是，我们几个你一言我一语地和他聊起来。他说自己是住在悉尼，做房地产生意的，周末出来度假，游游泳放松放松。明月和邱义搜肠刮肚地想英语单词和句子，比划来、比划去的缠着他说英语。遇到不会的单词，他们就游过来向我请教。大家玩得不亦乐乎。

回来的路上明月兴奋地告诉我说，刚才跟老外的对话过程中，很多英语单词又重新捡回来了。我鼓励她以后要敢于启齿，坚持多说、多练，慢慢地就会有很大提高的。他们都很赞成我的观点，说回国后一定好好学习英语，免得以后出国受憋。

5. 乘豪华游艇游览黄金海岸富人区

次日我们的行程是游览黄金海岸的富人区。

下车后美女导游让我们分成两组，一组是乘豪华游艇沿着海面观光游览。另一组是张导带其他的人准备去海滩。我和黄建等九人选择了第一组。

带我们出海的船长是个澳洲男子，还有一个女服务生，女服务生看上去明显是亚洲人，起初还以为她是个中国人，后来才知道她是个纯正的日本人。游艇分上下两层，好动的葛辛、李林田，黄建不停地上上、下下地来回跑。我和陈娟则站在甲板上拿着望远镜观看远处的游艇、高楼和波涛汹涌的大海。

当船行至海中央时，陈娟又拉着我登上了顶层，这里视野更开阔，我们一起尽情地沐浴着灿烂的阳光，享受大自然的恩典。李林田他们三个不停地拍空中低行的飞机、疾驶而过的游艇、远处的帆船和对岸的美女。忽然间成千上万只海鸥朝我们的游艇飞来，它们一会儿飞过头顶，一会儿落在船头，一会儿又快速的冲入水面，瞬间又腾空而起。我们的船被海鸥包围了。我跑下去取相机，看见邱义和李磊正在兴致勃勃的伸着手、踮着脚在楼下撒面包块。我说怎么海面上突然会飞来那么多只海鸥呢？原来是他们在捣鬼。我摄下了他们疯狂的镜头不算，还拿盘子里撕碎的面包屑往天空中抛，这回更好玩了，数百只海鸥奔我而来，把盘子里的食物全吃光之后全部飞走了。

楼上的人听我们的叫喊声也都跑了下来，争先恐后地扔面包屑，海鸥又从四面八方飞过来，贴近游艇抢食面包屑。不一会儿，面包屑全被我们扔光了，这回，我们假装拿着面包屑朝海鸥挥手，再怎么挥，再怎么喊，它们就是不回来了。唉，海鸥只认识面包，不认识人呐！这些海鸥太聪明了，根本骗不了它们。

我们疯狂地扔面包屑的工夫，服务生已经摆好了酒菜——烤大餐，每人一份。殷勤的日本小姐又给我们倒了杯鸡尾酒。大家终于停下脚步，开始坐在长条沙发上吃起午餐。还是孟卒有号召力，笑着说“缘分哪！为我们几个人同船缘干一杯！百年修得同船渡，这是我们上辈子修来的呀。”我们大家齐声附和，酒越喝越激动，李林田让服务生打开录放机，孟卒，还有陈娟开始点唱。音响的效果不太好，可是他们唱的还是挺起劲。

我走出船舱，迎着风一个人望着岸边的豪华别墅、私家游艇码头、四架直升飞机停机坪。不来不知道，一来吓一跳。来到澳大利亚富人岛，才知道自己有多么贫穷。一想到这些，我觉得自己很搞笑，怎么会有这种想法呢？有人从背后捅了我一下，打断了我的遐想。我回头一看原来是陈娟，她拉着我说，“别瞧了，听说成龙在这儿还有两套别墅呢，漂亮吧？羡慕吧？过过‘眼瘾’得了，反正我们也买不起，还是回去跳舞吧！”说的也是，还是现实点吧。

我和陈娟又重新回到了船舱。有人在前面唱，我们几个人就跟在后面跳。李林华和陈娟不停地拌洋相、出怪态，其余的人也跟着起哄，整个船都快被我们吵翻天了。陈冰拿出摄像机不停的在一旁录，偶尔也拿相机咔嚓两声，玩得正酣，不知不觉船靠岸了。还没等上岸，岸边的李导就一边挥手，一边问：“你们玩得怎么样？开心吧？”

“简直太棒了！”孟卒脱口而出。

“我们玩太 high 了！”李林田又补充一句。

“开心就好，那几个没坐船的正和我较劲呢。他们这个要去东，那个要去西，意见不统一，我实在没办法满足他们的要求。”导游一脸的无奈。

我们几个净顾自己高兴了，也没人在意她的话，匆匆忙忙地跟着她穿过一个豪华的商场，又拐了两个街区，最后来到了停车场。一上车，我就觉着气氛有点不对劲儿，车上坐着的人都沉着脸，噘着嘴。

我们本来是想回来气气他们的，一看这番景象，干脆老老实实地坐着，别惹麻烦了！看来他们玩得很糟糕。就在车开始启动的一霎那，愤怒的团友开始爆发了。“让我们在这里等他们四个小时，太不像话了！浪费别人的时间等于图财害命，知道不？”其中一个冲导游喊，话音没落，又一个人吵，“哪怕你把我们送到海滩上呢？实在不行，把我们送到便宜一点的商场也成啊！这儿的商品这么贵，我们又买不起，你一定得给我们一个交代，必须给我们补两个景点，否则没完，我回去肯定投诉你。”他们七嘴八舌吵个不停。

我很奇怪，张导为什么不言语。抬头一看，只见她被气哭了，眼泪成串、成串地往下掉，我的心一下子软了。他们还在不停地嚷嚷，我的耳朵快要被震聋了。

当时我很想跳下车，心想“大家都是同胞，在国外见面更应该感到格外亲切，有话要好好说，哪能动不动就吹胡子瞪眼，吵吵闹闹呢。”我欲言又止。导游在那伙人的逼迫下，不得不又安排了一个景点。车靠边停了下来。大家都下车了，我觉得这样做很无聊，不想下车。陈冰回头劝我还是下去吧，否则会引起不必要的麻烦。想想也是，我只好硬着头皮下了车。没精打采地拍了几张照片，又随着大伙儿一起返回。到了饭店，我们分成了两桌。我和陈娟与他们中的七个坐在了一桌。吃半道饭，孟卒大声地跟导游说，“今天有人过生日。”导游似乎已经忘了刚才的不愉快。大方地说：“服务员，请打开两瓶红酒，我请客。”说着把拿来的红酒给他们倒完后，来到了我们这一桌，她想给每人倒一杯红酒缓解一下气氛。我和陈娟接过酒杯，其他的人却推脱不喝，导游有点尴尬，转身离开了。哪曾想导游没走两步，我同桌的大婶便“啪”的一声把酒杯扣在桌子上，接着大叔也把酒杯扣在了桌子上，正好扣在了我眼前，我忍无可忍，便挪了椅子到了邻桌。

我的到来使邻桌的气氛更加热烈，大家你一言我一语地献祝酒词，李林田即兴写了一首诗《昨天、今天、明天》，并饶有兴致地朗诵起来：“问一问人的一生能有几天？算一算人的一生不过有三天。走过去的是昨天，奔过来的是明天，正在走的是今天。不要忘记昨天，好好计划明天，认真把握今天。但愿明天、今天变成昨天，你依然在我身边！”听了他朗诵的诗，全桌人都很激动。

其实人生不过就那么几十年，有什么大不了的？凡事还是看开些好，何必计较那么多。也就是从那天晚上起，我和李林田他们成了好朋友，并在酒桌上达成协议，准备明年一起去非洲。

迁徙的角马　　邵继文（中国摄影家）/摄

东非之旅

EAST AFRICA TRIP

有人说，非洲是地球上最后一片净土，游非洲既惊险又刺激，极具挑战性。好多人“谈非色变”，可我不以为然。

三毛笔下的撒哈拉沙漠，让我无限向往，多年来我一直盼望着能有机会亲眼看一看撒哈拉漫天的黄沙，亲耳听一听撒哈拉那独特的风的哀嚎，也想亲手拍下那里苍茫的落日，更想尝尝那里诱人的烧烤的味道……

梦怀世界，心随天涯。受新摄汇朋友的影响，从澳洲回来之后，我越发渴望游非洲，渴望用心灵去感受那份原始而又“凄艳”美，更渴望拿着“大变焦”近距离地拍摄非洲草原上“自由自在”的野生动物——英俊的雄狮，狡猾的猎豹，温顺的斑马，奇丑无比的鬣狗，还有那狂奔的角马……

三、东非之旅

有人说，非洲是地球上最后一片净土，游非洲既惊险又刺激，极具挑战性。好多人“谈非色变”，可我不以为然。

三毛笔下的撒哈拉沙漠，让我无限向往，多年来我一直盼望着能有机会亲眼看一看撒哈拉漫天的黄沙，亲耳听一听撒哈拉那独特的风的哀嚎，也想亲手拍下那里苍茫的落日，更想尝尝那里诱人的烧烤的味道……

心怀世界，情随天涯。受新摄汇朋友的影响，从澳洲回来之后，我越发渴望去非洲，渴望用心灵去感受那份原始而又“凄艳”美，渴望拿着“大变焦”近距离地拍摄非洲草原上“自由自在”的野生动物——英俊的雄狮，狡猾的猎豹，温顺的斑马，奇丑无比的鬣狗，还有那狂奔的角马……

（一）勇闯非洲

1. 猫头鹰叫来了霉运

2010 年 1 月的一天，黄建来电话说：“有个摄影团去非洲肯尼亚，想不想去？”

“当然想了，我连做梦都想去呀。”一听说去非洲，我的脑神经极度兴奋。“那你就负责联系旅行社，联系好了通知我。”我高兴地嘱咐黄建。几经周折，最后我们和北京的一家旅行社签了协议，准备春节放假去非洲。

听说我去非洲，几个好姐妹为我饯行，酒到半酣，我的一个最要好的同学王环吓唬我说：“非洲的狮子很凶的，小心吃了你。”她还没说完，宋焕丽瞪大眼珠龇牙咧嘴地说：“非洲的酋长看到你非抢你做压寨夫人不可，黑人都是膀大腰圆的，看你往哪里跑？再有非洲的土狼晚上成群结队地出来追你，非吃了你不可。”她慢声细语地说。

“要是我有生之年能去一趟非洲，踏上那块神奇的土地，能拍到野生的狮子、大象、非洲猎豹的话，我就是被吃了也无所谓。我已经做好了被毒蛇、猛兽袭击的心理准备，吓唬我也没用，我意已决，没人能阻止了我！”我告诉她们。

“既然这样，我们只有祝你旅途愉快了！”临别时她们祝福我说。

临行的前一天正好是农历的正月初一，闲着无聊，顺手翻阅了《肯尼亚》这本书，才知道肯尼亚属于东非国家，自 1964 年才成立共和国，目前人口约有 3000 万。非洲的动物基本处于野生状态，最吸引人的要数非洲“五霸”，“五霸”是白人猎手来肯尼亚旅游的时候给五种最凶猛的动物起的绰号。它们分别是非洲大象、犀牛、猎豹、狮子和水牛。

初二晚上，我睡得正香，突然被猫头鹰的叫声给惊醒了，一声高过一声，凄惨、哀怨。我被吓出了一身冷汗，躺在床上翻来覆去怎么都睡不着。过了不到半个钟头，猫头鹰又开始哀嚎起来。我心里咯噔一下，预感事情不妙，担心自己这一行恐怕就是自己掘墓之旅。因为小时候我听姐姐讲过有关猫头鹰的故事。

姐姐在彰武县下乡时，听青年点附近的老农说，他有个 21 岁的女儿长得很漂亮，突然得了麻疹，连续几天高烧不退。因为附近没有医院，只好请村里的赤脚医生来看病，医生检查完之后，摇摇头说，恐怕已经无药可医，只能听天由命了。当天晚上，女孩迷迷糊糊地梦见猫头鹰绕着房顶嚎叫，她被凄惨的叫声惊醒，从噩梦中惊醒后，就再也睡不着了。她把妈妈叫到身边，有气无力地告诉她，自己可能不行了，因为猫头鹰给她捎信来了。妈妈听完之后，摸着女儿的头苦笑着说：“傻姑娘，你才多大啊，好日子还在后面呢，怎么能说死就死呢，净说丧气话！有妈妈在你不会死的。”说着给女儿沏了一碗红糖水，看着女儿喝完糖水，躺下睡着了才悄悄离开。等到早晨起来推开女儿的房门，才发现女儿早已气绝身亡。老太太捶胸顿足后悔没听女儿的话，早知道这样找个算命的破破就好了。事隔多年，这事竟落到我头上了？

一想到姐姐讲的这个故事，我就感觉事情不妙。心想我可能气数已尽！听老人们讲："老天爷让你今日死，你不敢明日亡。"看来老天爷是不想让我多活几日了。再一想，管他呢！思来想去还是硬着头皮、装作若无其事地出发了。一路上我提心吊胆，生怕出什么意外。一直等汽车开到了北京国际机场，我那颗悬着的心才落了地。

晚上十点导游挥动着小黄旗，招呼全体团友集合。这次的肯尼亚之行由李章带队，他说："我们这个旅游团由十五名成员组成，一共分成三个小组，每五个人一组，大家自动组合。如果没有什么问题我们就去办理托运手续，准备入境。"接着他就把大家带到行李托运处。

大家一个接一个地办理托运手续，轮到我啦，工作人员检查完我的行李，手里拿着我的护照看了老半天，然后沉着脸说："您的护照有问题，不能托运。""不可能！我的护照还有半年才到期呢，再说我办签证时没有人通知我要换护照啊。大家都是中国人通融、通融，你就行个方便吧，我又不是不回来了。""按规定，护照有效期不到半年的是不允许出境的。办理签证时你的护照正好在半年有效期内，然而从签证下来到今天已经半个多月啦，你的护照正好超一个星期。所以我们不能放你出去。"他板着脸一本正经地跟我讲，我刚想再跟他理论、理论，他竟然非常不耐烦地冲我摆摆手，然后就叫下一个上来办理托运手续。排在我后面的黄建、陈冰、李林田等看见我出岔子了，拉出皮箱，走出了队伍，坚决不办理托运手续。王偶也对我说："我们一起搭伴来的，你去不了就剩我一个人怎么办啊，我到后面去找领队，让他打电话和旅行社联系。"

领队打了好长时间电话对方才回复，几经周折终于找到机场的负责人，简单说明情况后，他转告工作人员让我写个保证书。我写完保证，李导在上面签了字之后才让我回到 17 号重新办理行李托运。拿到行李牌后，黄建和陈冰他们才跟着一起办理托运手续。王偶走上前来笑着说："刚才把我吓坏了，万一你走不成怎么办？黄建他们几个太仗义了，真够意思，你得多谢谢人家。不过，你遇事还真挺冷静，一点没慌，要是我早完蛋了！"

他们这些举动让我非常感动。我是一个不善言谈的人，但是我心里有数，我会把这份感动记在心里的。想想也是，我自己一个人走南闯北这么多年，无论遇到多大的风险、多大的麻烦，最后不是都挺过来了吗？办法总比困难多。

对于刚才那一小插曲，我不由得想起了昨晚的怪梦，难道说他们之间会有什么联系？哎，自己一个知识女性怎么相信迷信呢，我暗自嘲笑自己。

2. 弱肉强食的马赛马拉野生动物园

大年初三半夜十一点我们乘卡塔尔航空公司的飞机，经过多哈中转最终到达肯尼亚首都——内罗毕。当地的导游吴鸿到机场迎接。她早已经为我们编好了组，车也贴上了号码。我被编到 1 号组，开车的司机叫阿波罗。因为他技术高、路线熟，所以负责在前面领路。我们直奔马赛马拉国家野生动物保护区。

马赛马拉国家公园被认为是世界上最著名的野生动物保护区，这座动物的天堂由 1672 平方公里开阔的平原、林地和河岸森林组成。马赛马拉国家公园建于 1961 年，是世界最大的野生哺乳动物家园，拥有 95 种哺乳动物和 450 种鸟类。一望无垠的草地上散布着成群的斑马、长颈鹿、羚羊和转角牛羚；洋槐树林中充满了鸟类和猴群；大象和非洲水牛在宽广的姆西阿拉沼泽地里打着滚；玛拉河中潜伏着众多的河马和鳄鱼。这自然的一切隔绝了同喧嚣城市的联系。马赛马拉被称为是狮子的王国，这些威严、强有力的猎食动物主宰这片草原。猎豹也非常多见，这里还有鬣狗及小型的猎食动物如狐狼等。中午的草原热浪滚滚，所有的猎食动物都被晒得昏昏欲睡，所以拜访猎食动物最好选择清晨或日落之后。

通往马赛马拉的道路大部分都是土路，路面因多年失修、雨水的冲刷和过往车辆的挤压已经变得坑坑洼洼、破烂不堪了。走在这样的道路上，司机得格外小心，一不留神，车就可能掉进沟里。人家见状，不用提醒，一个个乖乖地系上了安全带。别看车不怎么样，可这一点儿也没影响阿波罗开车的速度。

路上偶尔碰到马赛人，黄建他们就隔着玻璃拍照，阿波罗很不高兴地跟坐在副驾驶的王倜说：“别拍马赛人！要是惹恼了他们，他们可不管三七二十一，上来就砸相机。因为马赛人比较落后，认为相机能摄取人的灵魂。所以他们非常讨厌别人拍照。未经本人同意，擅自拍照，他们就会砸你的相机。”

正说着我透过玻璃看见右后方有一个妇女带着三个孩子在田间干活，这位妇女穿得破破烂烂的，衣服的颜色早就看不出来啦，三个孩子更是令人揪心，脸上脏兮兮的不说，衣服和裤子上还有好几个大窟窿。看到我们的车驶过来，孩子们好奇而又友善地跑过来朝我们摆手。可那位妇女却大相径庭，露出凶狠的表情，她先是挥舞拳头，然后又飞快地捡起石头一个劲儿地往车上撇。幸亏离得远，车又开得快,否则后果不堪设想。虚惊一场之后,大家再也不敢隔着玻璃拍马赛人了。

没走多远,有人发现有几只猴子蹿到了树上,我们让阿波罗停车,车停了下来。我们在敞篷车里拍了几张，李林田觉着在车里拍不过瘾，打开车门就要下车。阿波罗见状，瞪大眼睛厉声喝道：“不许下车！”李林田不懂英语，不知道阿波罗说的是什么意思,一只脚已经采到了地上,刚想拿着相机下车时,阿波罗回过头来,铁青着脸,一边气急败坏地大声喊叫:“come back.”一边用手使劲比划着让他上来。王倜急忙告诉李林田：“快点上来，阿波罗快要被你气死了。”李林田赶忙收回腿，赶紧关上了车门。李林田人是回来了，可心里很不服气，嘟嘟囔囔地说：“为什么不让下车，不过是几只猴子，有什么可怕的！难道还会有狮子不成。”我们虽然也有些不满，一看阿波罗气呼呼的样子，谁都没敢吱声。

沉默了好一会儿，我突然看见几只长颈鹿跑到树丛里去了，就急忙喊：“停”、“停”，说了好几声，车不但不停，还加快了速度。眼睁睁地看见美丽的长颈鹿被远远地甩在了车后，我简直要被气炸肺了，“啪”地一下把矿泉水瓶扔在了地上。王倜转身说：“你跟谁较劲呢？你喊停，他听得懂吗，谁让你不说英文啦！”

“情急之下汉语就蹦出来了有什么办法。你在旁边怎么不翻译一下呢。”我没好气地说。“没事的，有好景阿波罗自然会停下来的。不用着急。”王倜安慰我说。“他怎么能知道我们眼里的好景呢。他怎么能懂我们要拍什么呢？简直是乱弹琴！”我的话里明显地带有火药味。尝到了一次苦头，我们吸取了教训，再也不说汉语了，而是直接喊 “stop、stop!”，阿波罗一听见“stop”就马上把车停下来。车停下来之后，我们就尽情地拍。一会儿拍拍小鹿，一会儿又拍拍水牛，忙得不亦乐乎。

谁知没走多远，也没人喊停啊，阿波罗莫明其妙地把车停下来，说什么也不走了。后面的司机看到我们停在那儿，也跟着停了下来。我们看见他用希语（斯瓦希里语）跟导游嘀咕了老半天，尽管我们不知道他在说什么，但我们能感觉到他对我们的不满。听完他的“汇报”，赵导说：“大家别在车上拍照了，得抓紧时间赶路。车开动时拍出的效果不好，到动物园够你拍的。那里的景色比这儿好多了，别着急，好戏还在后头呢。”还没等她把话说完，他们的车就一溜烟地跑没影了。我们尾随其后，紧追不舍，阿波罗再也没有给我们任何停车的机会。我们也很知趣没有再喊“stop”。

车子开到国家动物保护区门口时，阿波罗下车去和下面的人说话。就在这一会儿工夫，三个手里拿着一堆首饰的马赛妇女围上前来隔着玻璃窗比划着要不要买。我摇摇头，趁势把我窗边的那个马赛女人拍了下来。谁知这一拍不要紧，竟然惹恼了她。她一手拍玻璃，一手比划着问我要钱。一副不给钱绝不罢休的架势。我问她要多少钱，其中一个年长的说要 2 美元。我告诉她既没有美元也没有先令，只能给你 5 元人民币！爱要不要！起初她还有点不同意，后来一看我真拿不出美元，就只好勉强收下人民币，然后不情愿地离开了。

我们继续前行，走没多远就到了马赛马拉保护区。到了保护区，阿波罗就把车篷给打开。我们后面四个人全部站起来，端着相机搜寻猎物。看见动物就拍。最先进入镜头的是梅花鹿，它们正聚精会神地在草原上吃草，看见有车驶过来，吓得一窝蜂地跑开了。

这回阿波罗像换个人似的，比刚才和气多了。车在大草原上驰骋，一会儿追斑马，一会儿又去追大象，神气无比。我们站在车里有点手忙脚乱，不知该拍点什么好，索性对准奔跑的动物尽情地拍，根本顾不上看效果好不好。

远远地望见一大群水牛，阿波罗把车速减慢，慢慢地向水牛靠拢。我们开始近距离地领略水牛的风采。我清楚地看见水牛的两只宛若起重机吊钩的硬角挂在头顶上。阿波罗说，别看水牛的角看起来不够锋利，但实际上却极具杀伤力，许多的猎手都曾因牛角的撞击而身负重伤。尤其是孤独的雄水牛脾气非常暴躁，也更加凶猛。它最讨厌有人打扰了，如果惹恼了它那麻烦可就大了。

追寻动物　　新摄汇 / 摄

李林田让阿波罗把车调头，待车停稳后大家把相机都架在了车帮上，我问黄建：“拍这个场景光圈优先还是快门优先？”“光圈调到最大，速度125以下，对准前面的那只水牛，噢，瞧那两只水牛的头上还趴着两只小鸟呢！”还没等黄建回答李林田抢着回答说。我赶紧按李老师说的调好焦距冲着牛群，抓住时机拍下了老牛反刍的场面。

又往里开不远，天空忽然乌云密布，接着下起了瓢泼大雨，我迅速摘下遮阳帽，并用它把相机裹个严严实实，与此同时，黄建、陈冰把相机塞进了衣服里，只有李林田顶着雨不停地拍。我们怎么说他，他也不肯罢手。一边拍还一边振振有词地说“不用担心，我的相机结实着呢。”

难得来一回非洲大草原，不巧竟赶上这么大的雨，大家心里都很郁闷。我在心里不停地祈祷，盼望雨快点停下来。雨还在下，最后连一向沉稳的陈冰都忍不住大声喊道：“苍天啊，求求你，快点让雨停下来吧。这么大的雨，我们可怎么拍片呀！”不知道是我们的祈祷起作用了，还是这儿的天气就这么善变，没多大工夫雨居然小了下来。对讲机里又传来了“哇啦、哇啦”的呼叫声，阿波罗撂下听筒，双手握紧方向盘，右脚用力踩下踏板，敞车一下蹿出老远，不到两分钟，水牛就被远远地抛在了脑后。我们知道他又发现了新目标。

果然不出所料，远远地望见一只母狮在眯着眼睛睡觉，车子越走越近，它开始有所察觉，抬起头、伸直了脖颈，同时睁大了双眼，前腿也抬高了两寸。我们顾不上还在淅淅沥沥下着的小雨了，举起相机对准它的身体、脑袋甚至是眼睛，一顿连拍。接着再换个角度、换个神态再拍。有趣的是，我们这么折腾，母狮看在眼里、坐在那儿纹丝不动。阿波罗见它没有举动就又把车往前挪了挪，这回我们的车离母狮子已经不到两步远了。它继续友善地瞅着我们，仍然不动声色。看到它这么老实，我们都放松了警惕，也就不再担惊受怕了。于是就仔细地观察着它的举止和神态。见我们没有伤害它的迹象，就不像刚才那么慌张了，我们咔咔地对准它拍，它不但不跑，还挺配合我们工作——老老实实地呆在那里，生怕吓着我们似的！我真的怀疑它到底是不是狮子！拍了半天狮子也不动，黄建觉得再拍也没什么意思，就冲着阿波罗大喊“go”。唉，真别说，经过这一路洗脑，连黄建也会讲英语了。

3. 不知所措的小猎豹

我们沿着草原的泥泞小路前行，来到了藏在灌木丛中的两只猎豹的面前。它们是一雌一雄，两只猎豹的皮毛均呈淡黄色，只有腹部有点发白。浑身上下长满了黝黑的斑点，从嘴巴到眼睛还有一道黑纹。头小小的、圆圆的甚是可爱。它俩一个半卧，另一个则相向站立。我们大家都屏住呼吸，生怕弄出动静会吓跑它们。调整好角度，我们四个几乎同时按着快门，目不转睛地盯着猎豹。

这时又有几辆敞篷汽车朝我们的方向驶来，还没等把车停稳，猎豹却起身大摇大摆地往前走。两只猎豹拉开一段距离，雄的在前，雌的断后，快到金合欢大树底下时。雄猎豹突然抬起右后腿开始往树上撒尿，当雌猎豹走到它跟前的时，它先用爪子挠了挠草地，接着又踩了两下，然后与雌豹并肩前行，它们一起不紧不慢地往前走。猎豹突然眼前一亮，飞快地朝前面的那群羚羊跑去，眼看快要到跟前时，速度开始减慢，一点点地蹲下，随后趴在草地上匍匐前进。最后它们设计好位置，左面一只，右面一只停在那儿一动不动，伸着脖子窥视羊群里的小羚羊，伺机出动。那只小羚羊还在低头吃草，一点都没有察觉危险已经来临。大羚羊们好像已有所警惕，支愣着耳朵、小心翼翼地向小羚羊靠拢，护着小家伙们，最后形成了 V 字形一起赶着小羚羊往前走。

黄建说："没戏了，我们走吧。""再等等！万一猎豹这时候出击呢？机不可失，时不再来。别溜号，端好相机，时刻做好准备！" 羚羊队伍离我们越来越远，只有押后阵的几只大羚羊一边掩护，一边观察动静，看着幼小、老弱的羚羊走远了，它们才慢慢地向大队伍追去。而猎豹则趴在原地一动不动，非常令人失望。哪怕做个出击的动作也行啊。原来这里的野生动物还需要斗智斗勇！

也许这两只小猎豹刚离开妈妈，还不懂得如何猎杀，也许它们刚吃饱不想进食，就想呆在一旁边观赏转角羚羊们吃草表演，哎，我不知道它们到底怎么想的！

但我所见到的现实生活版的猎豹是这么瘦小而又怯弱，并不是我从电视中看到的那么高大而又凶猛。生活就是生活，不是艺术，它真的很现实，很单调，有时候也很无聊。由此我想到，艺术家不停地进行创作的主要原因可能就是想让自己，也让别人摆脱这种令人窒息的单调，才编撰了一个又一个故事；创作了一幅又一幅精美的画作；导演了一部又一部影视剧作来填补人们心灵的空白，增添人们生活的情趣；来满足不同层次人们的娱乐和消遣。可能也正是因为有艺术和浪漫，我们现在的生活才更加丰富多彩！

要不是因为看了三毛的《撒哈拉沙漠》，和纪录片《走进非洲》我们也不可能那么期待着去非洲，更不可能到这里近距离地看动物表演。朋友问我："去那么远看动物，你图什么呢？在家里坐在沙发上看《动物世界》岂不是更舒坦！"他这话问得好，图什么连我自己都说不清，你说，图旅途中能享受到开心和快乐吧，其实长途跋涉真挺辛苦；图到非洲大草原拍些精彩的照片吧，可拿回来却发现好多人都比我拍得好；图旅行中写写体会给读者吧，文笔又不怎么好，那我还能图什么呢？越想越害怕，我突然发现自己原来那么平庸，以前的我经常自命不凡，现在想想可真丢人！

后来才慢慢想明白，自己无论去哪个国家，至少启程前半个月自己每天都兴奋不已，旅途中结识了不同国家的人，不同的旅游伙伴，回来后看自己拍出的照片，写下的游记，偶尔还发发给别人拍的照片或接收别人给自己拍的照片，也很有趣。

我想，什么事不一定是你做得最好才最开心，而是你最开心才是最好的。

生活不一定都是艺术，因为世界太大了，我不可能是世界上最好的，但我却可以按照自己的方式，营造浪漫的氛围活得最开心快乐，快乐而又艺术地老去，毫无遗憾地离开这个世界，可能这才是我所图，我想要的。

我们站在车上，手里端着相机等待猎豹捕捉羚羊，就这样足足等了四十分钟，等得好苦哇！等得眼睛都酸了，胳膊都疼了，也没有看到类似《动物世界》里猎豹扑食那样激动人心的场面。我们几个累得腰酸腿痛，望着渐渐远去的羊群和依旧卧着不动的胆小如鼠的猎豹，摇摇头失望地跌到座位上，谁都没言语。

窥视　　新摄汇 / 摄

聪明的阿波罗似乎已经摸透了我们的心思，没等我们喊“go”就发动了汽车。车开出约有100米，我忍不住回过头，看见那两只猎豹还傻傻的蹲在那儿左顾右盼。可遗憾的是周围一个待捕的动物都没有。“等什么呢？没准在等天上掉馅饼吧，胆小的家伙。”李林田对猎豹非常不满，忿忿地说。

“非洲猎豹没有那么凶。即使凶猛的动物也不会轻易出击的，除非时机成熟。设想一下，如果刚才它们扑上去，很可能遭到大转角羚羊的集体反击，结果还不一定谁受伤呢，它们是对的。”陈冰好像很理解小豹子的心情似的。

“费了这么长的时间看动物们斗智还是值得的。不看不知道，野生动物确实很奇妙，居然还懂得布阵。从某种角度说，它们的智慧有时候不亚于人类。尽管没看到厮杀的场面，但我们却看到了它们真实的、软弱的一面，这才是现实中的猎豹呢。你们不觉得有时候媒体故意夸大事实，而忽略了它们的本真吗？或者摄影师不一定蹲了多长时间才拍到了我们从《动物世界》中看到的场面呢！多来两次就拍到了。”我笑着安慰他们。

其实，我这样说完全是一种阿Q精神，只是想给自己，也给他们一个小小的心理安慰。

4. 貌似友善的狮子

车继续在茫茫的大草原驰骋，天开始放晴，可车里的李林田和黄建的脸色却一直不见晴。坐在车里一声不吭。车内静悄悄的，我能清楚地听见车压在湿漉漉的地面发出“噼啪”声和偶尔轱辘掉到沟里发出的“咕咚、咕咚”的声音。

“这该死的天气，真能跟我们作对，飞到这么远来看动物，雨却下个没完，动物也不好好的表现，真够倒霉的。现在雨可算停了，没有动物了，唉，命苦哇！”黄建隔着玻璃眼睛望着一望无际的大草原唉声叹气地说。哀叹过后，没有人搭茬，车子再一次停了下来。王偶回过头小声地说：“那儿有只雄狮。”刚才还垂头丧气的大伙儿，一听说有凶猛的雄狮，我们都好像注射了一只兴奋剂，一下子就来了精气神。

车离狮子很近，不到 2 米远，它不愧是百兽之王，半卧在一颗灌木旁边，油亮褐色鬃毛就像美女的秀发一样披在头和肩上，嘴和鼻翼两侧留有长长的胡须，浅褐色的身上光溜溜的，一根毛发都没有，与头部形成了鲜明的对比，耸动的尾巴拖着一簇深色的长毛。我们终于领略到了的狮子王的风采，它是这般威猛挺拔，不仅深受人们喜爱，也是很多母狮心中的偶像。看见车子开到跟前，它不露声色，懒洋洋地眯着眼睛，腿不停地来回活动，最后竟然露出了大肚皮，跷起二郎腿，躺着睡着了（当然是假寐了）。

等得不耐烦了，有人吹起了口哨，有人冲它大喊、大叫，有的还不停地拍车门。雄狮似乎听到了我们的狂轰滥炸，竖起耳朵，欠欠身，抬抬头，半卧着东张张西望望，过了一会儿又懒洋洋地躺下了。我们不甘心，继续大喊大叫，它又抬抬头，对我们还是置之不理。“太老实了，简直不像是狮子，它看起来一点都不凶。完了，拍不出好片子了。”黄建对雄狮的表现极为不满。还没等他把话说完车子一溜烟跑开了。

“嗯？这是什么情况？”我们让王倜问问阿波罗到底怎么回事？王倜告诉我们，阿波罗嫌我们太吵，无法让狮子安宁。我们的行为已经完全打破了狮子的正常生活秩序。我们好说歹说，请他原谅，发誓再也不制造噪音了，他才又把车开回了雄狮旁。

这时狮子的周围已经停满了其他旅游车，有吉普敞篷车，有面包敞篷车，还有轿车，只是轿车没有敞篷，也许是担心狮子会跳上去吧。我们这回开始安静地拍狮子的睡姿。李林田说：“黄建你跳下去，它绝对不会咬你的。不信你试试。”“还是你试吧，我可不敢。”黄建接茬道。正在这时就看见前方的车子上跑下来一个四十多岁的男子，皮肤发白、眼睛发蓝，一看就知道是西方人。他手里拿着相机，眯着眼睛对着雄狮“刷刷刷”地拍个不停。我们对他崇拜极了，“太勇敢了，真正的男子汉！”李林田对他竖起了大拇指。

此时所有人的目光都聚焦在了那个狮子和西方人身上，所有人的注意力也都集中在了正聚精会神地拍雄狮的“猛人”身上。大家处于极度兴奋中，没人注意

貌似友善的狮子　　新摄汇 / 摄

危险就要降临。雄狮仍然躺在那儿不动，没见它有任何异常表现，既没有发出一声吼叫，也没有见它使什么眼色，总之不知道用什么招数竟然引来两只母狮。那两只母狮悄悄地从后面包抄过来，以雷电般的速度一起从老外的后面和侧面扑来。一只母狮子咬住他的脖子，一只窜到了他的后背上，他一声惊叫，转眼间就倒在了血泊里。他的衣服连同肌肉一起被撕成了碎片，头颅也被弄得粉碎。

这时，雄狮睁开一直假寐的双眼，飞奔到了已经奄奄一息的“男子汉”身旁，三个狮子开始尽情地享用人肉。他的妻子和一双儿女站在车里看到这一场面惊呆了，声嘶力竭地叫着“help! help!”，他的妻子和女儿吓得当场昏了过去，只剩下他的儿子还在不停地求救，可是再怎么喊也没有一个人敢下车解救。他儿子看没人帮忙，简直快急疯了，哭着喊着要去救爸爸，旁边的人含着眼泪死死地抓住他的胳膊不放。刚才还在活蹦乱跳的大活人，转眼间就变成了几根骨头棒，惨不忍睹，我把脸背了过去，手不停地颤抖，陈冰也被吓得惊慌失措，手已经快拿不住相机了。

过了好长时间，马赛马拉国家动物保护区的工作人员才闻讯赶来，驱走了狮子，捡回了几块骨头，放到了车上。一个大活人瞬间就化为没有灵魂和肉体的残骸，太可怕了！

我的胃翻江倒海，我的头嗡嗡作响，我倒在了车上，接下来的事我就不记得了。脑袋迷迷糊糊的，我已经记不得怎么回的宾馆。回到房间后，我感觉身心极度疲惫，倒在床上却怎么都无法入睡，脑子里全是狮子吃人的场面。

王倜拉着我的手说："跑一天了，吃点饭补充补充体力吧。其实我心里也很难过，但我们又有什么办法呢？生老病死，是自然规律，没人能抗拒得了。""这我知道，可是他死得太惨了，实在让人难以接受。"

"奇怪得很，雄狮没吼，也没看见它有什么举动怎么就把母狮们引来了呢？"我好奇地问。"雄狮子可以向雌狮发出一种我们人类无法理解，也无法察觉的求助信号，雄狮在前面假睡来迷惑人，雌狮趁人不注意从后面突袭。正像毛主席说的'出其不意，攻其不备。'狮子好像也懂战略战术似的。"李林田手里拿着苹果走过来，边吃边说道，"上次我来马赛，听当地的司机讲，在这儿开车，司机通常配有枪、长刀或大锤来防身。他的一个同事给三位自助游的旅客当司机兼导游，当他把车开到马赛马拉大草原深处时，突然一声巨响，前面的轮胎爆了，汽车无法再继续前行。因为天色已晚，司机非常着急，坐在驾驶室里拨打求救电话，可怎么都打不通。透过窗户望去，茫茫的草原看不到一个车影，他的心里凉了半截。要知道夜晚汽车独自行驶在野生动物园里是极其危险的。更让他恐惧的是一眨眼的工夫不知从哪儿钻出一头雄狮趴在了车前，司机拼命地按喇叭，可它就是不肯离去。他气极了，拎着枪下车对准雄狮就要开火，奇怪的是还没等子弹射出，他却先倒下了。他万万没有料到在车后面还埋伏着两只母狮，就在他下车瞄准雄狮的一刹那，母狮们一齐向他进攻，令他猝不及防，还没等他回过神来，人已经落入狮子的血盆大口。三只狮子一会儿就把他消灭掉了，狮子闻到了血腥味儿后更加凶猛，它们掉过头来跑到车前用爪子把玻璃窗凿碎，把汽车的顶篷砸烂后钻进车里把那三位客人也全吃了。太恐怖了！看到今天的狮子吃人的场面了吧，所以你们千万要多加小心，注意人身安全啊！"

5. 令人胆寒的恐怖之夜

我草草地吃过晚饭，简单收拾收拾东西，洗过澡准备睡觉。王倜问我是否去看鬣狗（当地人称之为土狼）表演？“我没心情，不想去看，有什么好看的？这么晚了，又拍不了片。”

“这么远飞过来，就应该什么都看一看，管它呢！能不能拍照是次要的，主要看看土狼到底长什么样，回去后我好跟朋友讲讲我的见闻。走吧，天这么黑，你还是陪我一起去吧。”王倜一再央求，我又不好意思拒绝，所以只好耐着性子重新穿好衣服到我们住的宾馆后身的平台上看土狼。

马赛马拉四季如春，季节不分明，因此当地人告诉我们这里只有旱季和雨季之分。我们去的时候正是2月下旬，是旱季的尾、雨季的头，早、晚的天气很冷。我穿着厚运动服，还感觉瑟瑟发抖，一手拿着三脚架、一手拿着相机，相机放在三脚架上后，试拍了几张，效果不怎么样。因为忘带闪光灯了，漆黑的夜晚拍不出什么好片子，所以我干脆放弃，专心看土狼表演。

表演开始了，宾馆两个高大健壮的工作人员，抬着一大桶鸡肉向森林的暗处走去，到达离我们不足一百米地方，把桶里的肉倒在了地上并用铁棍敲了两下后，他俩又按原路返回。听到“咚、咚、咚”的暗号后，一大群鬣狗从黑洞洞的树林的各个角落钻了出来，它们的外形看起来奇丑无比，说它们像狗吧，还有点像狼，但脑袋比狗或狼的头都要圆，尾巴短，前腿明显比后腿长，走路和奔跑的姿势十分难看，低着头蹦着跑。它们中有几个悄悄地侦察完毕后，见没有危险，发出一种奇怪的声音后，数十只鬣狗如同日本鬼子进村一样，悄悄地从四面八方包抄过来，把刚才那两个服务员扔在地上的肉堆团团围住，争相撕咬大块的鸡肉。

黄建见状，慌忙把手电筒递给我说：“快帮我照土狼。”我接过手电对准土狼，光线射在土狼的眼睛上，直冒绿光，特别吓人。看了不禁令人胆寒，我仗着胆子仔细看，只见它们的毛呈棕黄色，上面还有许多不规则的黑色斑点，下嘴唇明显比上嘴唇大，呲牙咧嘴的，看到这付丑陋样子着实令人倒胃口，还没等我再仔细瞧呢，它们嘴里叼着肉一溜烟儿跑没影了。

我收回手电筒，这时有人捅了我一下，低声告诉我，“请不要打手电筒，土狼一见光就会跑掉的。它们都跑光了，我们还怎么看土狼的表演？”我点点头，算是答应不那么做了。可是过了一会儿，又有几只饿狼东张张、西望望地跑回来，慌慌张张叼了一块肉就迅速地往回跑，转眼间就又消失在树丛中了。

黄建又把手电筒交给了我，让我重新照一遍土狼，我不想做让人讨厌的事情，可看到他那么渴望拍土狼的表情，我的心又软了下来，捏着鼻子，接过手电筒对准第三次出来寻找猎物的那只又肥、又大的鬣狗晃了两下，手电筒的光照在它那双凶狠的眼睛上，折射绿色的寒光，阴森森的，我不寒而栗，手不自觉地缩了回去，不料这一抖，手电筒咣当一声就掉在地上了。鬣狗们听到动静后吓得飞快地逃走了。

工作人员对此很不满意，跑过来教训我，“别再照鬣狗了，它们看到这种强光就会逃跑的。如果它们不回来我们就什么表演都看不到了。为了大家的利益请关闭手电筒！”还没等他说完，我的脸开始红一阵，白一阵的，感觉非常非常难为情。

我不好意思再呆下去了，就招呼王偶一起往回走。我羞愧地低着头往前走，穿过长廊正好撞见赵导，她赶忙说：“我找你们半天都找不到，原来你们都在这儿呐！咱们的人都到这儿来看表演了吗？”

“几乎全都在那儿！”我指着下面拥挤的人群回答道。“我下去看看他们，你们看到土狼害怕不？”“没怎么害怕，反正就是觉得它们很丑。一大群土狼出来简直就像一群日本鬼子半夜偷偷进村，神不知鬼不觉的，看了直让人起鸡皮疙瘩。”王偶接茬。“你们不知道吗？土狼是非洲高原上第二凶猛的哺乳动物，它们在草原上的地位仅次于狮子。有时候，一群土狼甚至可以把一只雄狮吃掉，骨头都不剩。晚上回去你们可得多加小心！”说完她就走了。

我和王偶继续往前走，通往房间的小路紧挨着树林，没有栅栏也没有铁丝网做隔断，晚上树林里漆黑一片，阴森森的，叫人毛骨悚然。心想，如果这时猎狗冲上来可就惨了。我手拉着王偶快速往前走，就在我俩快要到达寝室的时候，前面闪出两个又高、又大的黑人，我的心嘣嘣直跳，觉得事情不妙。其中一位主动

窃取猎物的鬣狗　　新摄汇 / 摄

跟我俩打招呼说：“嘿，晚上好！你们住几号房间？”他站在黑夜里，脸上黑乎乎的什么都看不见，只能看见洁白的眼仁和牙齿在夜幕里来回晃动。我吓出一身冷汗，因为紧张没敢吭声。谁知王倜不以为然，没加思索，和盘托出：“我们住在 407 房间。”她说完这句话自己也感到有点后悔，拉着我的手三步并作两步往前走。

回到房间，插好门。躺在床上，我说什么都睡不着，脑子里乱极了。既怕鬣狗入侵、又怕色狼闯入。看看旁边的王倜睡得那么香甜，又不忍心把她吵醒，心里默念一只羊、两只羊……希望这样能快速入眠。迷迷糊糊的快要睡着了，忽然听见卫生间的后窗户有响动，我壮着胆子走下床，开灯，然后又打开卫生间的门，就在开门的瞬间，我看到窗外有一个黑影一闪而过，我的心缩成了一团。吓得浑身直哆嗦！

悄悄返回卧室，我坐在床头，把所有的灯都打开了，然后又把一个大伞拿到床头，准备应战。等一会儿，见没什么动静，我就倒在床上，手里拿着长柄雨伞，瞪大眼睛望着天花板，随时准备着与坏人搏斗。就这样不知过了多久，外面又传来一阵脚步声，到门前忽然停住了。我听见有人拽门，门没被拉开，接着又拽了一下。这时我能够听见对方“呼、呼”的喘气声。我的心快要蹦到了喉咙口，下地大声冲着门喊：“谁”，没人回答，也再没有什么响动。我的大脑一片空白不知如何是好。就这么折腾，还没把王倜吵醒，她还在呼呼大睡，这个大觉包，气死人了！捅完娄子，自己跟没事儿人儿似的。我心里嘀咕，心大真好，什么都不用怕。

反正也睡不着，这回我干脆把椅子堵到门口，拿本书倚着门看，一边看书，一边听动静，就这样胆战心惊地过了一宿。

6. 悬在空中追动物

早晨五点，天还没亮，我和王倜赶到宾馆大厅。听说一会儿就坐热气球到空中拍摄动物，大家都非常高兴，我也因为一时兴奋就把昨天晚上的恐惧忘个精光。到非洲看大沙漠、拍野生动物一直是我心中的梦想。乘热气球拍狂奔的野牛羚羊和斑马更是我的最爱。

出了门，借着昏暗的灯光，我看见有五台墨绿色大吉普车停在宾馆前面。第一辆车的司机是个美国白人，他不但人长得帅气，英语也非常地道。我跟黄建等商量准备坐这辆车，万一我们遇到危险，最起码能跟司机交流。

导游让每辆车坐 5 位游客，每人交 450 美元后，各自找好车准备出发。我和李林田、黄建、陈冰上了白人的车，司机自我介绍说："我叫麦克，是个地地道道的美国人，三年前来到这里，一直搞热气球空中游览，所以经验非常丰富，你们尽管放心，做热气球很安全的。"麦克驾车在黑黝黝的草原上行驶，我们警惕地望着窗外，没人开口讲话，当车开到半路，麦克突然回头大喊："快看，前面有一只大羚羊！"我顺着他手指的方向看去，只见一只羚羊穿过车道正在拼命地往草丛深处跑去。等后面的李林田、黄建伸着头想看的时候它早已跑得无影无踪。他一嗓子使我们紧绷的神经放松了许多。

麦克一边开车，一边继续说："你们刚刚看到的大羚羊也叫亨氏牛羚，是非洲最濒危羚羊之一，现在只能在肯尼亚和索马里边境附近看到它的踪影，这种动物这里仅剩约 600 头。"

车越开越快，天也开始发亮。6 点半我们到达了目的地。下车后，麦克带一帮人开始给热气球充气。十五个人乘坐一个吊篮，吊篮是用藤条编织的，中间有隔断，麦克把我们分成两组，左边上七个人，右边坐八个人。我们分成两排踩着篮筐边上的预留孔一个扶着一个跳进筐内，一个紧挨着一个坐下。麦麦克让我们手拽着篮筐里面拴着的安全带，低头等待着热气球起飞。

低头等了好一会儿，不见吊篮升起。我偷偷抬头看，只见麦克正在点火，火苗蹿出 2 米多高，可是吊篮仍在原地一动不动。我心想，"现在跳出去还来得及，万一热气球发生故障，恐怕我的小命难保啊。"前一段从网上看到有人乘热气球发生过意外事故，类似的事情千万别发生在我们身上！我回头望望坐在后排的黄建"哥仨"，他们正兴高采烈地说着什么，见我紧张兮兮的样子，

即将升空的热气球　　新摄影 / 摄

黄建安慰我说：“别怕，有我们在你怕啥！”听了他的话，好像有了主心骨，心情好多了。

我的目光再一次转到麦克和燃烧器上。这时，麦克的双手正紧紧地抓住前面的铁杆，身体腾空用力往下压，这个动作持续了两分钟后热气球才慢慢升起，麦克随后跳进框里。见气球飞得越来越高、越来越稳，麦克松了口气，摆着手告诉我们可以站起来看风景了。我挺起身、抬起头发现对面不远处，还有两个同样的彩色热气球在天空中飘荡。刚才只顾害怕没敢朝外面看，所以根本不知道这两个热气球什么时候飘起来的。

站在热气球球囊下面的箩筐里远望，只见天空和草原连成了一片，太阳从地平线上冉冉升起，把一道道金色的阳光洒在了箩筐下面碧绿的草原上。和煦的阳光照到头上、脸上和身上，晒得身上暖洋洋的，十分惬意。可好景不长，不知不觉太阳升到了头顶，光线变得越来越强烈，刺得我的眼睛几乎眯成了一条缝，想伸手去取兜子里的眼镜遮遮光，才发现我的手还死死地攥着框边的把手呢！真搞笑！斜眼一看别人的手都松开了，我自己偷偷地笑了笑，戴上眼镜，拿出相机开始寻找“猎物”。

首先映入眼帘的是两只长颈鹿，接着是一群水牛、羚羊、斑马。我们的热气球尾随它们身后，由高向低追着他们跑，动物们看到这个花花绿绿的庞然大物紧追不放简直吓坏了，撒开腿仓皇逃窜。

突然，麦克大叫：“快往那儿看，猎豹在捕食。”我们顺着他手指的方向望去，发现两只猎豹正在追咬一群转角羚羊，不到两秒钟，一只小羚羊陷入豹口，其他的继续没命地往前跑。

麦克指着那群脱离危险的羚羊笑着继续说道：“羚羊明明知道它下一秒钟可能就会被猛兽吃掉，但依然向前奔跑，这也许就是生命的本能和意义所在吧。”王倜接着说：“达尔文说得好‘物竞天择，适者生存。’正是这些生物链的存在，才使自然界能够保持生态平衡！”

经过一个半小时的空中追逐与拍摄，热气球安全着陆。气球是落地了，可大家仍沉浸在空中拍摄飞奔动物的幸福中。先从箩筐跳出来的游客站在即将干瘪的热气球前面留影，后面的我捡一堆背包跟着他们。也许是受刚才动物狂奔的影响吧，从热气球下来的团友们开始躁动不安，尤其是李林田和黄建简直快要发疯了，一会儿钻进草丛假装狮子，一会儿又登上吉普车的车顶扮演武士。麦克招呼他们好几次，他们才过来吃饭。

我们在“早餐广场”——大片绿草地，品尝 Bush Breakfast。

野餐很有特色，大家围坐在一排餐桌旁，桌上有摆好了的杯、碟、刀、叉，穿着白色服装的黑人服务生为客人端来了面包、烤肉、煎蛋和水果，旁边的司仪殷勤地为每位客人递送香槟或饮料，大家举起酒杯共同庆祝平安返回地面。当然四周少不了放哨的，为防止动物突袭，麦克在四周布置了“哨兵”，时刻观察周边的动静。

“来，让我们为非洲美丽的大草原，为自由的野生动物，更为热情善良的非洲人民干一杯！”李离即兴祝酒，“这次出来玩儿最开眼界，钱也花得最值！”他喝完一口酒赶紧补充一句。

在猛兽居住地吃大餐既惊险又刺激，我担心动物潜伏在一米多深的草地里突然从后面扑过来，所以心里忐忑不安，一边吃饭，一边左右张望，随时准备着逃跑，也许我有点神经过敏。也许动物们都还在睡懒觉，幸运的是这一幕一直到最后我们也没有看到！

酒足饭饱后，我们继续前往下一个景点——马赛村。

7. 神奇的马赛村

据说居住在马赛马拉国家动物保护区的马赛人是肯尼亚原始部落的象征，他们以勇猛善战而闻名。

坐在车里导游介绍说，马赛马拉的意思是马赛人的林木稀疏的草原。它建于1961年，是世界上最好的野生动物禁猎之区之一，这里的绿草一米多高，动物藏在其中，很难被人发现。由于有大量的植被和各种各样的野生动物，所以这儿比我国的内蒙古草原更美丽、更神奇、更有神秘感。

马拉河的支流穿过草原像一条玉带，河床上长着茂盛的丛林和热带金合欢。马赛人认为牲畜的多少决定着他们的社会地位的高低。马赛的男子长相英俊，身上披着鲜红的格子“被单”——充当衣服。怪异的是他们竟然全都戴着又大又重的耳环，每侧的耳朵呈两瓣或多瓣不等，表情冷漠、傲慢；而马赛人的女人则双腿细长，身体丰满，显得气质高雅、贤惠，所以马赛妇女曾被称为“高贵的野蛮人”。

马赛男人有“三宝”——牛刀、长发、耳环。在这里随处可见佩戴牛刀的马赛男子。他们感到口渴的时候，如果找不到水源他们就会就地取材、拨出尖刀插入牛颈，然后掐一根草棍儿，一头插进腰刀和牛动脉间的缝隙，然后将草棍的一头插进去，另一头用嘴去吮吸新鲜的牛血，马赛人“饮牛血解渴”就像孩子们用吸管吸可口可乐一样，令人垂涎欲滴。喝牛血是马赛的祖传秘方，马赛人自古以来一直认为牛血是最富营养的食品，所以他们很喜欢喝鲜牛血。

马赛男子喜爱长发，他们的头发又黑又亮，编成各式各样的细辫披在脑后，他们一出生就立即用尖刀或其他锐器扎耳眼，然后挂上重坠，耳眼儿随着时间的推移，变得越来越大，有的甚至能放进两三个手指头。马赛人是地道的基督徒，男孩和女孩进入青春期以后要进行《圣经》中以色列人式的割礼，即巫师操刀，把进入青春期的女子的小阴唇或男子的包皮割掉一小块或一个小口。据说受过“割礼术”的男、女在长大以后，性生活会更加强烈，更加和美。当然，这不免带有一定的迷信色彩。

到了一个国家，人们或多或少都能感知到文化与宗教对于这个地域的影响，正所谓一方水土养一方人，宗教与文化是决定人的精神世界之根本，人只有进入宗教与文化影响下的精神层面才能获得真正的幸福。

车停下来，我们进入了马赛人居住的亚拉村。

说它是村子，实际上只是树枝围成的一个个大院儿。我们走进一个院落，这里面住着十几户人家，每家都是小平房，房子十分简陋（是非常原始的，用树枝做的房架，外面用牛粪和泥抹上的），每个房子留有一个 500 至 600 厘米的小门

纯真的笑容　　新摄汇 / 摄

我和马赛马拉村的孩子们在一起　　新摄汇 / 摄

散养的孩子　　新摄汇 / 摄

洞算作进进出出的门，只是他们的门一直都开着，赤裸裸的、毫无遮挡。

看见我们进来参观，十几个小孩从门洞里跑出来，站在墙边、瞪大眼睛好奇地望着我们。他们个个衣衫褴褛，脸上、鼻子上落着一群苍蝇。奇怪的是孩子们任由苍蝇呆在脸上叮咬，没人“舍得”伸手把它们轰走。望着这群孩子，陈冰的眼睛有些湿润了，蹲下给孩子们拍完照后，拿着相机让我看他拍得令人心酸的照片，对我说：“姐，您瞧我拍的这张片子，这个小男孩的脸上、鼻子上甚至连黑眼仁上都落满了苍蝇，这里的孩子实在太可怜了，我们真应该为他们做点什么！”

“是啊，不到这里我们还不知道有多少人在贫困线上挣扎呢。”我从心里为他们感到悲哀。

尽管贫穷，但这一点都没影响马赛人对生活的热爱，他们脸上没有一丝愁容，都很乐观、很热情。主人让我们进屋里坐坐。走进门洞，里面黑乎乎一片，什么都辨不清，我只好贴着墙往前蹭，走了几步又见一个同样大小的门洞，我们拐弯，然后进入另一黑暗地儿，只是这里稍稍能见到一点光亮。再往前走了几步，就到了屋中央，这与其说是房间毋宁说是黑洞，我睁大眼睛适应好半天才看清里面的摆设：房间只有一个 400 平方厘米的窗户（说是窗户，其实就是在土墙上凿一个方形孔，没有玻璃，也没有钉一块儿塑料布）。借窗户透进的微弱阳光，我看见地面中央放着两块石头和几块即将燃尽的木头，墙的一角铺着厚厚一层树棍，中间盖着一张羊皮。我站在地中央正在想他们晚上如何入睡，这时男主人走过来一下子打断了我的思路，他凑到我跟前说："这不到 10 平方米的泥房，三分之一是用来圈小牛犊的，剩下的部分才是一家六口的栖息地。在树枝上铺几张破烂不堪的牛皮就是我们晚上睡觉的床铺了。"

"这跟天当被、地当床有什么分别！快，把这些原始的东西都拍下来。"李林田告诉黄建。

"怎么拍，漆黑一片！"我反问。黄建好像变戏法似的从兜里摸出了一个手电筒和闪光灯，立稳三脚架，摆了个孙悟空造型笑着说："看我的！"真能寻开心，趁他们几个在里面拍片的工夫，我溜了出去。

我实在是喘不过气来，出来时正好遇上了村里未来的酋长——James，他的英文很棒，可能是由于这里曾经是英国殖民地的缘故吧。他告诉我们："我的父亲——Carl 是现任酋长，已经快 60 岁了，身体仍然很棒，他一共娶了十个妻子。我的母亲聪慧可人，是爸爸的第五房妻子。在马赛部落，崇尚男尊女卑，结婚后所有家务都由女人来承担。订完婚之后，女方要在结婚前两个月把房子盖好、打扫干净，待男人检查合格后才能成婚。我们家的这个房子就是母亲亲手建成的。如今我已经长大成人了，爸爸想培养我将来成为这片领地的新酋长。"

他停了片刻，接着说，"但前提条件是一年内，我必须独自一人到草原上杀死猎豹或雄狮，并把猎物拿回村里让乡亲们做个见证才行！我曾和别人一起杀死过狮子，但爸爸说以前杀死的不算数。"

"那你以后准备娶几个媳妇呢？"我好奇地问，"怎么也得十个、八个的吧！"

摄影师和酋长的女人们

他拍着胸脯颇为自豪地说。望着他那骄傲的神情，我不知道该说点什么。他们这么落后、贫穷，不去想想如何发家致富、改变命运，就知道猎杀狮子、娶媳妇，真愚昧。凭他那股勇敢与坚强，肯定会得到无数漂亮女孩子青睐的！可是令人担忧的是，谁来承担改变命运的重任呢？

正想着，黄建跑过来拉着我的手说："姐，快帮我跟他们讲讲价，我说的话他们根本听不懂啊！"我跟他一起来到了一群马赛小伙儿身边，他们手里捧着弓形月牙白色的饰物让我看。我从来没看过这种东西，所以好奇地问："这是什么？"他们连比划带说的费了很大劲，我才弄明白这些原来就是狮子爪，每只50美元。"问他们最低价多少？"黄建小声跟我说，好像生怕被人听见似的。我开始帮他还价，可卖狮子爪的小伙儿口气非常坚决："少于20美金不卖！"双方僵持不下，争执不休。

我跟他们三个说这玩意太贵了，别买了。谁知李林田见价钱讲不下来，不知道什么时候悄悄地把吴导给搬出来了，她也没讲下来价。但她提醒我们捕猎狮子是违法的，狮子爪是不允许被私自带出肯尼亚的。吴导说："非要购买的话，没别的办法，只能在出关时藏在秘密部位也许能逃过海关的检查。但这太冒险了，算了，还是别买了，免得惹麻烦。"我们一听赶紧撤，跟着吴导就往外走。谁知，刚一出院门口，有两位马赛男子便追了上前来，一手拽住李林田的衣襟，一手比划10美金。李林田实在架不住诱惑，就随手掏出20美金买了两只狮子爪。

回到车上黄建跟李林田开玩笑说："你是不是着魔了，看你怎么把它们带回去？""甭担心，办法总会有的。""真有事儿的话可别怪我们事先没提醒你，你要是被扣在这儿我们可帮不了你，千万别说我们不够朋友！"陈冰一本正经地说。

李林田觉着好玩，买了两个狮子爪，没想到这差点酿成大祸。

8. 令人着魔的火烈鸟

按预定行程参观完马赛村，我们游览纳库鲁湖国家公园。

像往日一样，吃过早饭，上大巴车，迷迷糊糊睡一觉就到了纳库鲁湖国家公园，下车后导游带我们步行到湖边一块空地，把大家集中到一块之后，做了简短的介绍，“纳库鲁湖因为每年有大量流水注入，却没有一个出水口，湖内大量的盐碱质和赤道线的强烈阳光照射，使这里生长了大量的水藻。火烈鸟主要以暗绿色水藻为生，由于水藻含有叶红素，所以火烈鸟的周身呈粉红色。纳库鲁湖是火烈鸟聚居的地方，所以人们称纳库鲁是火烈鸟的天堂。这里最多的时候会有数百万只火烈鸟，它们在这里聚集、觅食、嬉戏、交配，场面极其壮观。”

我和李林田、黄建、陈冰等没等她讲完就拿着相机、三脚架偷偷地撤了，飞快地往湖边走，没有兴致继续听下去了。我们往前走几步，火烈鸟也随着往前走或者干脆就飞走了，根本无法靠近。湖边到处都是泥巴，踩一脚地面好像陷进了沼泽地，一踩一个坑，抬起脚来特别吃力，我们只好停下来拍摄。

还没拍几张，后面车的游客也陆续下车来看火烈鸟。这些客人大部分都是中国人，吵吵嚷嚷的，我的耳朵都快被震聋了。他们不停地说，不停地往前走，吓得正在水中寻找食物的火烈鸟呼啦啦、呼啦啦地四处乱飞。火烈鸟张开翅膀露出粉红色的羽毛，脚先是腾空，接着便像蜻蜓点水似的踩水往前飞奔（也许是飞不动了吧！），最后收回羽毛，停在前面不远处继续低头觅食。

我们有些手忙脚乱，不知朝哪个方向取景。好不容易拍两张还没等翻看效果呢，一抬头刚刚还在觅食的火烈鸟又被不安分的人群吵得飞走了。我们扛着大相机，迈着大步朝它们逃离的方向猛追。令人恼火的是前面有三个人比我们走的还要快，走走、停停，拍拍、走走，我们眼看要到他们跟前了吧，他们又继续往前走。他们不是在拍照，分明是在跟火烈鸟赛跑。这种情况无论如何是拍不出好作品来的。

李林田对前面的三个人极为不满，但又不好说什么，于是他命令黄建、陈冰从后面的干地绕过去，超过他们。黄建、陈冰拼命地往前走，好不容易超过那三个人，这回可没人干扰了，我们迅速地立好三脚架准备静下心来拍照，可正在这时，阿波罗开车赶了过来，摆手让我们回去。机会实在太难得了，我们几个假装没看见阿波罗，自顾自地站在湖边拍火烈鸟。坐在车里的[illegible]实在坐不住了，

形影不离　　邵继文 / 摄

2012.8纳库鲁

跑到我们跟前说："阿波罗生气了，如果你们再不走，他就把你们扔在这儿不管了！"

我们两眼紧盯着火烈鸟，好像没听见似的继续拍。李林田还嫌不过瘾，扛起相机继续往前跑，跑出一百米左右，准备放稳三脚架然后再拍几张。不料，这时阿波罗气呼呼地追了上来，瞪着眼睛吼道："come back！"李林田虽然听不懂他说的，但回头瞅他的愤怒表情就知道阿波罗快要被气炸肺了。李林田害怕了，不敢再往前跑了，我们只好低着头，乖乖地跟着阿波罗回来了。

还没等我们坐稳，车就启动了。此时车里充满了火药味，阿波罗正在气头上，低头开车，一言不发，李林田、黄建也气得呼哧呼哧直喘。我吓得不敢吭声，老老实实地傻坐着。

车一直往前开，我们不知道，更不敢问阿波罗到底要去哪儿？究竟接下来带我们去看什么动物？使个眼色让王倜问一问，王倜问完后告诉我们说，他要带大家去湖东边看火烈鸟，那儿的鸟更多。"知道是这样的话，我早就回来了，何苦惹他生气。"李林田听后嘀嘀咕咕地说。他本以为这么一说能打破僵局，没想到竟然没一个人理他，他感觉有点尴尬，吐吐舌头，知趣地把下半句话咽了下去。

也许是阿波罗光顾生气，没仔细看路。车没走多远，"嘭"的一声爆胎了。他用对讲机叫来几辆吉普车司机帮忙。这些司机三下五除二就换好了轮胎。于是，我们继续前行。隔着窗户看外边的景色，我突然发现左前方有一大群火烈鸟像煮饺子似的一个挨着一个，实在是太壮观了。我想下去拍照，一遍遍地喊："stop"。阿波罗装作没听见，就是不停车，真小气，他还在生我们的气，他好像把我的话当成了耳旁风。

我们奈何不得，急得简直快要跳车了，他看大家实在急了，就让王倜转告我们，"旅行必须按照规定的路线走，也就是说我们必须要参观完前面的水牛和犀牛后才能再回来拍火烈鸟，不能落下任何一个景点。这是旅行社给设定的线路，不能擅自更改。"

"外国人怎么这么死心眼，先拍完火烈鸟再拍水牛不成吗？或者我们不拍水牛了，水牛都拍腻了，有什么意思，弄得我们的视觉严重疲劳，不想再继续拍下去了。马上要黑天了，恐怕拍不出效果，沟通起来真费劲儿。”李林田听后非常不满，愤愤地说。不管王倜在旁边怎么说，可阿波罗就是不听，握着方向盘一个劲儿地往前开。

道路越来越颠簸，身体跟着在车座上上下、左右四处摇晃，相机也随着身体来回晃动，车子颠得本来就够心烦意乱的，再加上阿波罗机器人似的回答，大家的兴致一扫而光。我们听之任之，随他去吧。到地儿，阿波罗一脚刹车，车停在了水牛旁，我们懒得起来拍，更懒得喊："go"。他很倔强，也不问，等了一会儿，听见没人按快门，就又把车开走了。看到前面有两只白犀牛，没人吱声，他又停下来了，尽管他觉得自己在尽职尽责，可没一个人领情。犀牛胆小，看见有车驶来，急忙啃两口草就跑掉了。只有黄建隔着玻璃漫不经心地拍了两张，其他人连相机都没端起来。没办法，阿波罗最后终于按我们的心愿把车开回了刚才那片火烈鸟聚集地。

一到火烈鸟集散地，大家都来了精神，没等阿波罗说完集合的时间，我们几个先冲下了车，拎着相机就往前跑。落在后面的黄建喊："站在车顶拍的效果好。王姐你问一下阿波罗我能不能爬到车顶上拍？"王倜一心想去拍火烈鸟，顾不上帮他问阿波罗，搪塞道："你想怎么拍就怎么拍吧，甭问啦。"黄建一听，不知哪儿来的那么大的劲儿，嗖的一下爬上了车顶，他边拍还边叫："这太美啦，俯拍的效果棒极了！"他不喊或许还能多拍一会儿，这么一喊不要紧，被一直就对我们不满的阿波罗听到了，阿波罗回过头一看，黄建正在那儿手舞足蹈呢，阿波罗气得差点背过气去，挥着拳头，气急败坏地喊："谁叫你上车顶的，快下来！！"黄建一听他的怒吼声，吓得赶紧跳下来了，跟在我们身后赶到了湖边的淤泥地界！（这里的稀泥粘鞋，再也无法前进半步）。

我站在那儿拍呀拍，眼睛看镜头看得酸疼，手直发抖，仍不肯罢休。王倜跑过来冲我嚷嚷："回头看，我给你拍张玉照。""哪儿还有时间拍人像啊！谢谢你的好心！"我盯着火烈鸟红红的翅膀，头也没回敷衍了她一句，再也没顾得上搭理她。王倜直嘟囔："真是的，瞧你们几个，火烈鸟把你们迷得神魂颠倒，一个个都疯疯癫癫的！"

和平共处 新摄汇 / 摄

过了没有两分钟，站在我身边的黄建向远处的李林田招手喊："快给我和火烈鸟们来个合影！"我主动上前，拿着相机想帮他拍，可他不冷不热地来一句："哎，不用你拍，你的技术不行，还是李二哥拍得好，我回去后准备做广告的封皮呢，所以必须请高手来拍。"这话羞得我满脸通红，我威胁他说："哼！还瞧不起人呢！看你们以后求我拍的，我决不帮忙。"他们也不再做任何解释，你一张我一张的互相拍了老半天，还不过瘾，李林田居然告诉陈冰："把新摄汇大旗拿来，拍一张站在巨人的肩膀上变成伟人的相片！你们两个要好好配合。我和黄建当人梯、陈冰一只脚踩在我右侧肩膀上，另一只踏在黄建的左肩上。然后挥动红旗拍张合影怎么样？"话音没落，黄建就跑过来问我："帮我们拍张合影行不？"

"不行，刚才还嫌我拍得不好呢，怎么这么快就来求我了呢？我再怎么聪明，技术也提高不了这么快呀！你还是另请高明吧！"我没理他。黄建左瞅瞅，右看看，旁边除了王倜再也没别人了，继续央求："求您帮我们照张合影吧，再说王倜还不如您呢。您大人大量，别跟我计较啦！"我有点心软，佯装生气地说："我只帮你们这一次，下不为例！"说着我接过他的相机，站在他们和火烈鸟的前面，准备按快门。陈冰左脚踩在李林田的右腿上，想右脚跨到黄建的左肩上，可说什么也迈上不去。急得他直喊："韩姐，请搭把手，把我扶上去。"我跑过去拉住他的手，他使动一蹬，还没等踩到黄建的肩膀呢，黄建拔腿就跑了。陈冰的脚踩空了，摔了个"狗啃屎"，身上也沾满了泥巴，这个造型彻底失败了，可他们还不甘心，又换成一字形，每个人手里都举个相机，不过黄建手里举的是我的相机，因为他的相机正在我手上。

他们摆好造型，我正准备继续拍摄，不凑巧王倜和阿波罗又开始喊我们回去。我没敢回头，假装没听见，他们几个仍在兴致勃勃地摆造型。一张接一张地拍个没完。王倜不耐烦了，跑上来抓住我的手就走，我只好跟着往回走，他们仨悻悻地跟在后面。我回过头跟李林田说："你走在前面，你最能起哄，让阿波罗好好教训、教训你吧，都是你惹的祸，我只是从犯，你是主犯，你打头吧！"李林田一听这话，慌忙拎着相机往回跑，紧接着是陈冰、王倜和我。黄建跑得最慢，上了车，阿波罗像疯了似的，猛踹油门，车窜出挺远。王倜坐在副驾驶的位置回过头来说:“公园规定晚上七点关门,车出来晚了,每人要罚15美金。阿波罗急坏了,怎么喊你们,你们也不回来,气死人啦!”

“王姐,你别拿我们当正常人,说实在的,爱好摄影的都是疯子,没股子疯狂的劲头儿是拍不出好作品的,您理解不理解都无所谓,反正一看到美景,我就迈不动步,像疯了一样,不能自持!”

“我今天看出来了,你们全疯了,我可管不了你们了,看一会儿被罚怎么办?”王倜有点哭笑不得。阿波罗疯开了一阵车,不一会儿就到了公园出口,他下车跟公园看门人解释老半天,看表情,对方好像没太为难他,他又转身回到座位上,按一下喇叭,门自动开了,车驶出了大门。尽管回来时车速很快,但我们还是晚了20分钟。阿波罗笑呵呵地回来了,看样子没被罚款,要不阿波罗又该急眼了,谢天谢地!大家都跟着松了一口气。

不管别人生气与否,反正一个晚上我都沉浸在追拍火烈鸟的兴奋状态之中,我默默地祈祷导游发慈悲第二天再去拍火烈鸟。

9. 罕见的树上旅馆

非洲的早餐基本都是西餐。我早晨起来到餐厅拿了个托盘上面放了一根香肠、两块面包、一杯牛奶之后,就近找了个餐桌搁到上面。然后又回去取个盘子装了几片西瓜,看见一个铝盆里盛有半盆鸡蛋,就随手从里面挑了一个,又往前走两步,我发现有几个冒着热气的锅。我不知道里面都有什么,我好奇地一个接一个地打开,里面不是蛋炒饭,就是烤牛肉、烤香肠,因为我对肉没有兴趣,就继续往下翻,嘿!最后面的装有鸡蛋,我就拿了个热乎乎的白壳鸡蛋放在了盘子上。回到餐桌开始吃饭,可没吃几口就感觉饱了,于是我转过头对邻桌的李林田、黄建他们说:“谁吃鸡蛋,我刚吃了一个,还剩一个我吃不下了!”“没人帮你吃,你总多拿。不过,你可以把鸡蛋送回去,无伤大雅,反正也是带壳的。”陈冰慢悠悠地说。

既然没指望了，我心里打算吃完盘子里的水果再把鸡蛋放回原处。这时，黄建吃完碟子里的东西后站起来，端个小盘又去取食物，回来时走到我身边望着“剩蛋”笑嘻嘻地说：“要不要我帮你把它吃掉？瞧，关键时时刻还是我最够意思吧！”“太够意思了”说着我忙把鸡蛋递给了他。不料，他刚回到座位就把手里拿的鸡蛋用力往餐桌上磕，这一磕不要紧，只听“啪”的一声，黄乎乎的鸡蛋汁溅满桌，手上、衣服上到处都是鸡蛋汁。粘糊糊的、黄腾腾的狼狈极了！李林田一边笑，还一边用手机把这一切都录了下来。陈冰和李林田简直要笑喷了，我笑得眼泪都流出来了！只有黄建一脸的无奈。

笑够了，我问他们还去不去拍火烈鸟？李林田撇着嘴回答说：“我问导游了，拍火烈鸟不顺路，还得往回返，另外她也不同意我们单独行动。我看还是算了吧。”

我心中的愿望破灭了，没机会再拍火烈鸟了，我只好跟着大伙儿一起上车，继续下一个行程。

在途中，李林田余兴未消，开始编撰故事，“因为昨天黄建没让韩姐给他拍照，所以韩姐耿耿于怀，怀恨在心，于是想出了个用黄色炸弹报复的计划，没想到黄建轻易就上钩了。”黄建佯装委屈地补充说：“我万万没有想到韩姐这么狠毒，居然对我下这般毒手，真是最毒毒不过妇人心哪！你们都防着点，不知道下一个攻击目标会是谁？告诉你们，千万不要轻易惹恼了她，她智商那么高，一旦她恼羞成怒，向我们发起进攻，我们三个捆在一起都抵不过！！说实在的韩姐您的摄影技术是大有长进，可毕竟我们比你起步早、经验多，如果您真要想给我们拍照，你非得下一番苦功不可，您拍得好，我们会抢着让您拍的，何苦下此毒手呢！！”黄建真是老实人逗哏，让人哭笑不得。

“我真是哑巴吃黄连有苦难言哪！随你们展开翅膀尽情地遐想吧。我只能说自己一片好心却做了坏事。哎！我跳进黄河也洗不清啊！”我不想解释太多，免得招来更多的攻击。

这几位铁嘴钢牙还没说完，车已经停在赤道线上了。赤道线是我们去树顶宾馆途中路过的一个小景点。“赤道线”标志牌，是铁制的，牌子底色是淡黄色的，中间用黑色的漆画了个简单的地图，上面还用英语清楚地写着：“You’re Now

On the Equator；ALT 2265m”从上面的标记我清楚地知道此地的海拔达到2265米。为了让我们感受到赤道线的存在，当地的一个男子拎来个带漏孔的桶，他先站在赤道线以外用手堵住孔，往里放满水，然后把一根火柴棍放进水里，在赤道的北侧，即北半球，手拿开后，水就顺着漏孔流了出来。这时候，我们看着火柴棍的小红帽是顺时针旋转的，到了南半球火柴棍又开始向逆时针方向旋转。最有趣的是把水桶放在赤道上时，火柴棍竟然原封不动。

以前只是听地理老师讲过，今天看到了这一实验结果还是觉得非常神奇。看完实验后，我迫不及待地高举“新摄汇”的红旗，一只脚踩在南半球，另一只脚踩在北半球，上半身垂直于赤道线，一个人两只脚分别踏上两个半球，哇塞，我心里感觉美极了。看见我这一举动，旁边的很多人也纷纷效仿，大家拍了个爆。

这回没用阿波罗喊，我们很自觉地上了车，直奔向下一个景点——树顶宾馆。在途中，我想象着宾馆的模样，“是盖在树冠上的像燕窝似的小木屋？还是建在树杈上错落有致的小别墅？”就这样独自一个人想来想去的，不知不觉车已经驶到了树顶宾馆接待处。赵导招呼大家把大件行李卸下来，寄存在前台，然后到餐厅吃午饭。

这里的餐厅很特别，在主餐室房子的外侧搭一个棚，棚下面摆十几张桌，在它的前面不远处的草坪上还有五个“小人字屋”，说是小屋实在有些夸张，因为它们不过是四个木柱撑起的人字木顶而已。每个“屋子”内设有一个方桌，坐在通透的餐厅可以看到餐厅后花园里怡人的景色：明媚的阳光、盛开的鲜花、如茵的绿草，还有那湛蓝的天空。

坐在这样的餐桌上不但可以大饱口福，而且还可以养眼、养心。在享受物质大餐的同时，还可以享受精神大餐，让人感觉十分惬意。我和领队李导吃完饭没事就拎着相机到花园里转了转。只见有几棵阔叶刺桐树十分引人注目，树上开满了鲜红色的花朵，花的外观与普通的花大相径庭，呈放射状分布，有点像刺猬身上的刺，树旁边有一对怀里抱着小猴的母猴，其中一个正在为另一个母猴抓虱子，十分有趣。

“哇，好美呀！给我拍张照片。”我说着就站在了树前，正拍着李林田也跟过来了，直喊：“后花园还真有货，不但有猴子，还有结西红柿的大树呢！”他说着就来到了“egg-tomato”树下捡了几个青柿子，拿到眼前瞅个不停。我和小李导很好奇，就凑上去想要看个究竟，可谁知小李没被树上的西红柿吸引住，却被树上开的黄花迷住了，他揪了几朵黄花，又捡了几个凑在一起，放在草地上摆了一个“黄心”，然后求我用他的相机把他跟“黄心”花环给拍下来。他摆了个优美的造型，嘴里喊着：“茄子”，可我怎么也按不下快门，相机关键时刻出故障了。李林田修了半天也没修好。李导很沮丧，嘟嘟囔囔地说：“摆这颗心之前，相机还好好的呢，怎么突然就不好用了呢？看来我很难再找到像样的女朋友啦。你说咋这么不走运呢？来之前我刚刚跟女友分手，本来这就够让我伤心的，哪曾想拍张照片相机还跟我过不去，哎，命苦啊！”

“小小年纪这么悲观，好光景还在后面呢，别着急。”我安慰他。

“您不知道，我和女友谈了八年恋爱，也差不多了吧？可前两天我向她求婚，她就是不答应。自从她被中央台选上了什么青春偶像派美女后，她就乐此不疲。好多大企业争先让她做形象代言人，她开始火了，火的一塌糊涂，人也渐渐地变了。她以为自己会永远年轻漂亮，殊不知青春饭只能吃一时，不可能吃一世。但是她以为自己是个例外呢。所以没办法，我们只好分手了。人各有志嘛！但愿离开她，我能找到一个属于自己的红颜知己，可茫茫人海，到哪里去寻我生命的另一半呢？”

我安慰他说：“别难过，像你这么有才华的帅哥，怎么会缺少粉丝呢！只不过是缘分未到罢了！来用我的相机给你和‘黄心’照张相，免得遗憾终生。”

照完相回到车里李导就开始不停地鼓捣他的宝贝相机，翻来覆去的怎么都修不好。懂行的李林田帮他修了修还是不好用。黄建拿到手里拍了拍，嘿，居然拍好了！李导接过相机，高兴极了，一个劲地说：“谢谢！”黄建逗他开心说道：“知道为什么相机突然不好使了吗？原因就在于你有一颗‘黄心’，相机对你都不满意了，别说人了。知道不？”

“哪里是‘黄心’，是黄花闺女的心，他是想女人想疯啦！”李林田接茬。

“人家只不过是摆个心，你们就引起这么多话题，也罢，能让你们开心比什么都强！”李导满不在乎地说。车里的气氛一下子活跃起来，你一言我一语聊个不停，不知不觉车开始减速，最后停在了距离树顶宾馆很近的一块空地上。下车后，宾馆的主人给我们做了简要的介绍后，两个持枪的阿伯戴尔国家公园狩猎人上来跟我们打完招呼，其中一个走上前来非常严肃地对大家说：“从这里到树顶宾馆有500米的行程。这里随时都可能出现野生动物，一旦发现猛兽，你们要立即跑进U型木栅栏里，从一个口进，从另一口出。动物习惯走直线，隔着木头缝一般看不到人，那么人就有可能脱离危险。这里每100米有一处木板变形墙，遇到突发事件你可以从这儿跑到下一个庇护所。如果哪个游客害怕的话，可以乘车过去，敢于冒险的跟我来。”他挥动着右手一边走，一边大声说道。

不知道没听懂还是都很勇敢，总之没有一个要乘车过去的，全体游客紧跟着猎手——保罗往前走，没走上50米，前方出现两只水牛，它们瞪着眼、竖着耳朵站在草地上一动不动。保罗让我们往后靠，沿着铁丝网绕行，并低声说：“快，大家跟上我，别出声！”我们跟着他踩在厚厚的草地上飞快地往前走。

我几乎都跑起来了。刚绕开前面那两头水牛，又见左边来了一大群水牛，清一色的黑牛。刚才还在低头吃草的，见有人过来，一个个都抬起了头，一大群牛竖起耳朵，瞪大眼睛，警惕地望着我们。此时，我感觉它们的面容极其狰狞，大有伸出犄角猛冲过来之势。

我不敢抬头瞅它们那种凶狠的表情，李林田提醒我，“你的红裙子最显眼，它们一直盯着你不放，你忘了西班牙斗牛士都用红布激怒猛牛了吧？快点，脱掉红裙子吧！”“我里面没穿别的衣服，脱下来穿什么？你真可恶！一旦它冲过来，我就趴在原地不动，或许能躲过一劫。”我边说边四处张望，一看刚才还穿红衣服的旅友，不知道他们什么时候把红衣服都换了，还有一个穿红外套的小孩，妈妈正在帮助她往下脱外套呢。我不看还罢，这一看着实吓出了一身冷汗，就剩我最后一个勇敢的“红人”了，暴热的天我浑身直起鸡皮疙瘩，我有点不知所措。

关爱　　新摄汇 / 摄

抬头看见陈冰穿着件黑马甲，灵机一动，小跑两步追上陈冰低声向他求助：“把你的马甲借我穿一下吧。”陈冰把马甲递给我，我把它套在了红裙子上，嘿，还真行，正好把红色全部盖住了，我顿时松了一口气。放下包袱，继续往前走。这短短500米好像比三里地还长，好像怎么走都走不到头，我后悔当初没坐车上来，要知道英雄这么难当，我就不凑这热闹了，哎，死要面子活受罪呀！

我边想，边埋怨自己，最后索性不去瞅水牛，爱干嘛干嘛吧。如果我被它们撞伤，算我倒霉。“要知道非洲的水牛可是非同小可，有时候，暴怒的野牛不亚于狮子和鬣狗啊。”快到铁丝网出口处时保罗说。幸亏他出来后才说这话，否则早就没有多少人跟他冒这份险了。出了门，我立即脱下马夹，递给陈冰，陈冰瞧瞧我笑着说：“看你脸上的汗，一看便知，你可是真害怕了！”我伸手摸摸额头全都是汗，笑着说：“可不是吗！吓死我啦，下次再也不敢冒险了！”我能感觉到当时笑的比哭还难看呢。

“尽管有点恐怖，但什么样的生活都得体验、体验，否则会有很多遗憾的！”黄建笑着打哈哈，“原来你也害怕呀，我以为就我自己胆子小呢，人都是一样的，只不过我没你表现得那么明显罢了。”

终于爬上树顶宾馆了，更确切地说是蹬上树顶宾馆了。原以为先爬上树，然后就是房间呢。其实不然，它既有外置铁制楼梯，也有内设木制楼梯，所以走楼梯才能进入房间。我们住的宾馆是建在木桩上的，当然也有几个树干和树枝，但并不是我们想象中的那种建在一个个树杈或树冠上。宾馆的老板酷爱文学，也很喜欢野生动物，他给我们讲故事说：“那是1932年，英国退武军官沃克来到了肯尼亚，为了便于观赏动物，在树上建了个‘窝’，它在一棵大树上错落有致地建了三个卧室，一个餐厅和一个狩猎室，他的朋友听说后，纷纷来这里猎奇，并戏称它为树顶酒店。他们白天下树打猎，晚上就爬上树顶，紧闭门窗，无论毒蛇猛兽再怎么凶狠，也奈何不了他们。

有一天，英国国王乔治的女儿伊丽莎白公主和她的丈夫菲利普·蒙巴顿慕名而来，沃克毕恭毕敬地招待贵客，不料，伊丽莎白和丈夫没住两天，伦敦就传来消息说乔治六世驾崩。由于国王没有儿子，伊丽莎白公主作为长女自然就成了大英帝国的合法继承人，一夜之间便升为英国和十五个英联邦成员国的元首，树顶宾馆也一夜成名。

不幸的是一场大火烧毁了原公主下榻的‘树顶’。后来，也就是1954年，又在原地扩建。重新修建的树顶宾馆属三层木质结构，内设餐厅、咖啡厅、观赏台、卧室。”

老板说：“咱们的餐厅在顶层，吃完晚饭，大家先回房间休息。半夜，可能会有大象、野牛或者其他野生动物来宾馆前面的湖边来饮水，幸运的话还可以看到白犀牛或大象。动物们出来的很晚，你们不必担心看不到。因为这里的工作人员到时候会准时按铃通知你们的，这里有个不成文的规定：响一声是羚羊或狐狸等小动物出来了，响两声是水牛来水塘边喝水，响三声会有白犀牛或是大象等大动物会出现。还有什么问题吗？如果没有的话，大家稍事休息，四处参观参观。晚上七点准时开饭。”

开饭时间到了，我们一行十五人坐在一张长条形桌子两旁候餐。餐桌很特别，在桌子的中间有一纵向的窄条凹陷，上面放一个带滑轮的长条滑板，用来传递餐具和菜肴。上的第一道菜是汤，接着端上来的是牛排、鱼排、羊排和沙拉等。滑板开始停在南面四位游客的面前，服务员在上面放好汤和牛排之后，前面几位根据需要端下一份汤或牛排，待第一组游客选择完毕，服务员就会把滑板推到第二组游客面前，以此类推最终到达桌子的末端，当然坐在最后面的人要等到最后才能拿到食物。还好，此次旅行的游客素质较高，尤其是最后得到食物的人一点都没有怨言，让我感到很欣慰。

借着餐厅里微弱的灯光我看见周围坐满了游客，除了我们和邻桌就餐的是中国人以外，其余都是白种人。而餐厅的服务生却几乎都是黑人，多数是男服务生，只有两位是女服务生，其中一个女生长得很漂亮，她的皮肤呈浅棕色，非常迷人，大家都亲切地叫她Sam。

李林田来之前就有点感冒，经过这几天的劳累，体力透支，吃饭的时候感觉发烧，嗓子疼得咽不下饭。黄建帮他问导游是否有扑热息痛片。赵导问了一圈，结果团里的人没有一个带这种药的。恰巧这时，Sam端菜过来。赵导问：“你们这儿有退烧药？”Sam 热情地说：“我帮你问一下！”她在回来时告诉我们：“这里没有退烧药，不过我给您拿了一盒清凉油，您可以试试，或许对您有帮助。”

“哎呀，您还会说汉语啊？恭敬不如从命，那我就先试一试！”李林田惊奇地望着她，这一望不要紧，李林田一下子就被她那水汪汪的大眼睛给迷住了。李林田深情地接过风油精，打开盒盖，用食指在里面蘸了一下，然后在太阳穴附近抹了抹，没过两分钟头竟然不痛了。本来一口饭都不想吃的他，立刻有了食欲。赵导用英语跟 Sam 开玩笑说：“李林田特别喜欢你，他说你非常漂亮。”Sam 抿嘴笑了笑说：“谢谢。”听到李林田的赞美声之后，Sam 对他格外关照。

王偶也十分活跃，对过来传菜的服务生戴维说：“给我们唱支肯尼亚的歌曲好吗？”“好的，你们喜欢听什么？”戴维大大方方地说。“那就来首《肯尼亚人民欢迎您》吧！”说着，他边唱，边娴熟地扭起了腰和臀部。餐厅里的游客都被他那优美的歌声及精彩的表演给打动了。好多人情不自禁地拿起刀、叉敲打着桌子为他助兴，所有人的目光都集中到了戴维身上，整个餐厅里的气氛开始活跃起来。接着邻桌的几位中国人唱起了流行歌曲，此起彼伏，一浪高过一浪，大约过了一个多小时才曲终人散。

我和几个旅友到三层的景台看夜景。非洲草原的夜晚寂静而又神秘，一轮满月挂在天空，繁星闪烁，晚风拂面给人带来丝丝寒意，我很诧异，刚才还酷热难耐呢，忽然间却寒气逼人。

我抱着肩膀俯瞰被灯光照射下的池塘，因为有淤泥，水看起来混沌沌的，上面飘着几只正在觅食的鸭子，过了一会儿，又有一只小羚羊从远处走过来，它东张张、西望望地站在水边瞅了半天，喝两口水之后就慌慌张张地跑掉了。

又看了一会儿，不见有其他动物前来饮水我赶紧下楼跑回房间，一头扎进被窝里，没过几分钟就呼呼睡着了。“叮铃”一声响，我知道是小动物出来了，我翻了个身，又睡着了。不知过了多久，迷迷糊糊的我又听见“叮铃、叮铃”连续两声铃响，我再一次从睡梦中惊醒，我想：“这次应该是水牛或犀牛来了吧？”我极不情愿地从被窝里爬起来，披上了个毛毯直奔观景台。等我到那儿的时候，好多游客早就把有利地形占满了，个个都拿着望远镜或变焦镜头正在看或者拍犀牛呢。我旁边找了个空地儿，拿着望远镜朝远方望去，只见犀牛胆战心惊地向湖边走来，左顾右盼，试探着往前走，可是没走多远，好像发现有什么不对劲儿，掉头就往树林里跑，可怜的白犀牛没顾得上喝上一口水，就逃之夭夭了。令人费解的是它那么大的块头竟然那么小的胆儿，真可惜，一场好戏还没上演就谢幕了。

午夜的风凉得很，站在那没多久身体就开始打哆嗦，我赶紧回到房间，盖上被子好半天都没缓过来。连日来的早出晚归，让我感到疲惫不堪，眼皮直打架。我无心再出去观赏什么动物了，索性倒头便睡。

在树顶宾馆住了一晚，次日早上我们匆匆忙忙地收拾完行李，下“树”到地面的餐厅吃饭。李导吃过早餐后，趁我们不注意背着包去找前一天在草坪上摆的“黄心”，一看“黄心”还躺在那儿安然无恙就拍了几张回来，他兴奋地告诉我说：“昨天出去摆的‘黄心’还在那儿呢，一点都没变化，苍天有眼啊！没辜负我的良苦用心。不信您看。”我凑上前去，看见他那关键时刻失灵的相机里有好几张他跟“黄心”合在一起的照片。他尽管嘴上说很开心，可是瞅着他那忧郁的眼神，就明白他的心里仍然留着苦痛。

过去人们常说痴心女子负心汉，可是如今不知又有多少痴情男儿黑心妇啊。看着他，我有些不忍，假装附和说：“你的构思真新颖，拍出的相片也很美，回去让你爸爸、妈妈好好欣赏欣赏！”“说到我妈，哎，她年轻时可漂亮了。”“你怎么知道？你又没见过。”黄肆凑趣道。“我虽然没见过年轻时的母亲，但我看过她的照片啊，她梳着两个小马尾辫，高高的梳在耳朵上方，既清纯、又美丽。当我第一次看到水牛两个犄角的时候，一下子就联想到了以前女人梳的辫子，特美。”“哪儿有这么比喻的，有点侮辱女人之嫌。”王倜佯装生气地说。“我可没那个意思，因为特别像，我才这样讲的，我总不能埋汰我妈吧，我妈可是最疼我的人呢！”

“我们出去和阿波罗拍照合影，他这个人很受人尊敬，话不多，却很成熟稳重，标准的男子汉形象。大家都很欣赏他，对不？”陈冰提议。

“是的，你看他虽然长得黑，可是心灵却很美，为人热情诚实，可靠。瞧，他的肌肉多发达，如果他往旁边一站绝对没人敢欺负我，特有安全感！”王倜大声附和。

大家一起跟阿波罗合了张影之后，又去下一个景点——纳瓦莎湖寻找河马和珍稀鸟类。

10. 貌似温和的河马

肯尼亚首都内罗毕坐落在东非大裂谷的纳瓦莎，是游客最喜欢的景点之一。纳瓦莎湖由断层陷落而成，是裂谷内海拔最高的湖，也是肯尼亚最美的淡水湖之一，湖中有河马和各种水禽，湖畔设有乡村俱乐部。

赵导说，听中国驻肯使馆工作人员介绍，近两年来在肯尼亚境内发生的过河马伤害中国游客事件。实际上，非洲每年都有河马伤人致死的事件发生。2005 年，在肯尼亚纳瓦莎湖，一名 50 岁的澳大利亚籍女游客被河马袭击身亡，当时是夜间，河马先是把她抛到了空中，然后重重地摔在地上，又在她身上踩了几脚。动物专家表示，在一般人看来，胖乎乎的河马是一种挺温顺的动物，但这要看什么情况，晚上河马在河岸边吃草时往往戒备心很强，也最具攻击性。

河马是淡水物种中的大型杂食性哺乳类动物，原来遍布非洲所有深水的河流与溪流中，现在范围已经缩小，主要居住在非洲热带的河流间。它们喜欢栖息在河流附近沼泽地和有芦苇的地方。河马长相憨厚老实，但是性情暴躁而凶猛，领地意识很强，有人闯进它们的领地，它们就会用大约半米长的獠牙攻击人，每年至少有二十多人丧生在它们的血盆大口之下。它们甚至可以轻易地将一条成年鳄鱼咬成两截。河马是非洲河流中的绝对霸主，也是陆地上嘴巴最大的动物，成年河马咬合力可达 1 吨多，是现存咬合力最大的陆地动物。

前两辆车先走了，我们在后面压阵。阿波罗从宾馆出来慢慢驱车打左转向灯准备由岔路并入主路，不料一辆白色轿车从右后方疾驶过来，司机到跟前才踩了个急刹车，差一点点就撞个正着，阿波罗气坏了，摇下车窗玻璃，使劲儿往后摆摆手，意思是，跟在后面，别惹我！阿波罗在前面故意慢开，白轿车像个老牛车似的跟在后面。司机有点不耐烦，不停地鸣笛，准备超车，轿车想要从左边超，阿波罗就拐到左边，轿车转到右边，阿波罗又把车开到右边，阿波罗一边开车还一边用对讲机跟前面的 John 对话，话音刚落，John 的 2 号车来了个急刹车停了下来，我们的 1 号车快速超了过去，扬起一路黄尘，后面的车不敢快开，因为马路的尘土挡住了视线，什么都看不清。我以为这下该休战了呢，不料阿波罗不但没有停战反而开始了更大的“阴谋”，他让第一辆车占左道，第二辆车也就是我们的车占右道，2 号车在中间行驶，三辆车把道路挡得严严实实，白色轿车只能跟在后面。

李林田让王倜告诉阿波罗堵一会儿就行了，别开这种斗气车。阿波罗就当没听见，我行我素，继续堵路，我们几个对阿波罗这种不道德的行为极为不满。其实，我觉得他的心胸有点太狭窄了，一点小事至于动这么大的干戈吗！也许他们这些“野蛮人”还没进化好，还没有学会忍让，更听不进去劝阻，没办法只能听之任之了。

我回头看那辆白色的轿车已经不在路面上了，很奇怪，开到哪里去了呢？仔细搜寻才发现，那辆可怜的白轿车跑到道路下面的大沟里行驶去了！沟里坑坑洼洼的，还有很多石头，轿车的速度起不来，它好容易要爬上路面快要超过我们了，不料阿波罗眼疾手快，“唰”地一下把车横了过去，挡住了轿车的去路。没办法，它只好跟在我们的屁股后面练耐性了。又过了挺长时间，我们的车开始向左转，车队离开了柏油路，不一会儿又都停了下来。后面的白色轿车终于有机会赶上来了，司机一看车都停了，他索性也来个急刹车，车还没停稳就气哼哼地下来，冲着阿波罗连比划带骂的，因为他讲的全都是希语，所以我们根本听不懂他在说什么，瞅那架势，好像马上要冲过来似的，我有些紧张，生怕他们打起来。我顾不了那么多了，冲阿波罗大喊：“快点走吧，我们是出来旅游的不是看你们打架的。”可阿波罗好像没听见似的，伸起手拿起了座位上的大砍刀向骂人的小伙子挥了挥。这一挥不要紧，刚才还气势汹汹的轿车司机看见一米多长的大刀吓得慌忙钻进轿车，一溜烟跑掉了。阿波罗上车放好刀，神气十足地开车朝目的地进发。

“真是个怪人，以前我还挺佩服他的，刚才的举动一下子就降低了他在我心目中的位置。咋这么喜欢欺负人呢！”李林田对他有些不满。“非洲人骨子里好像就有这种暴力倾向，就喜欢打架，有时他们仅仅因为前面的车开得慢或不给对方让路等小事而吵个不停，甚至有的还会动手打架。这种现象在南非更严重，在那儿，可以说是有命挣钱，没命花钱。这里的治安还相对要好一些，但小偷还是比较多的，所以你们出去要结伴而行，多加小心。”赵导提醒我们。

到了纳瓦莎湖，我们下车走到码头，穿上救生衣，拿把伞登上了小船。船很小最多只能容纳六个人。做稳后，船老大用力划桨船开始启动，一点点地向湖心靠近，还没走多远，天忽然下起了大雨，我急忙让身旁的李导用伞为我的相机遮风挡雨。

湖面的风越刮越大，伞被吹翻了，李导使劲往回拽伞面，雨水落在了我的相机上。坐在前排的黄建和王倜打的伞已经被风吹的散了架，没了遮拦，黄建只好脱掉上衣把相机裹了起来。就属李林田老道，从裤兜里掏出了个防雨袋，把相机装了进去。船老大似乎能读懂我们的心思，拼命地向岸边划去，船很快就靠岸了，我们跳下船，跑到岸边的小房避雨。说它是小房子，其实不然，它只不过就是个遮雨棚而已。棚子里放着几艘翻扣着的小船，我们围在船旁躲雨，与其说是人在躲雨，毋宁说是相机在避雨，好多人的头发和衣服都湿透了，只有相机没被淋着。

草原上的天气变化无常，雨说下就下，说停就停，真有点不可思议！没过多久雨过天晴，我们再一次登上船观赏动物。

离老远我就看见水面上有砖红色的东西漂着，不时地还晃动两下。船老大告诉我说那是一群河马，一听说有河马，全都来了精气神，可我们看了老半天，也没看见他所说的河马，只看见前面有一片黑里透红的东西裸露在水面，好像是一块块又光又滑的石头。李林田腾地站了起来，用手搭凉棚向远处张望，接着陈冰和黄建也相继站了起来，船逐渐向“灰石头”靠拢，船划到跟前时李林田突然小声说：“快看，河马们睡觉呢，别出声，小心吵醒它们。”这时我才发现，原来那些“灰石头”其实就是一个又一个河马的脊背，它们身体大部分都沉在水里，只有鼻子、耳朵和后背露在外面，当他们漂在水里一动不动时，就像一个个小岛，如果不仔细看你根本发现不了他们。“原来他们还会伪装！”我心想，这也是没办法，在弱肉强食的大自然中没有特殊的本领和伪装技巧是很容易被吃掉或消灭掉的。所以它们也和人类一样懂得保护自己，只不过它们不是用语言沟通，而是通过一种我们至今也无法破译的神奇方式交流罢了。

因为害怕掉进湖里，我坐在船上，用我的5D Ⅱ拍这些懒洋洋的河马，越靠近河马船晃动得越厉害，拍了几张照片都虚了。为了出好片，我只好战战兢兢地离开座位，双腿叉开、左手托稳镜头、右手轻按快门一顿连拍。李林田、黄建等人也都在不停地按快门，只听一阵“刷、刷、刷……”，听着就像一首优美动听的歌曲令人沉醉。

船老大很善解人意，慢慢向前划，最后把船停到了离河马群不到十米的地方，这时河马看到了我们这群不速之客。见我们侵占了它们的地盘，河马们显得很不愉快，从它们的一系列表现就可以得到证实：刚才还静静地浮在水中的河马，慌作一团，有的河马开始从水中伸出脖子，张开大口向空中喷水、吐气，有的睁着小眼睛惊愕而又愤怒地望着我们，有的支愣着耳朵、闭着嘴巴仔细地听着动静，还有的故作镇静，浮在水里一动不动，装作好像什么都没发生一样。只有一样没有变，那就是它们仍然是每隔几分钟就从水里探出头来，呼吸一下新鲜空气。

“嘿，你们瞧，这些河马的大嘴巴黑乎乎、毛绒绒的，小眼睛、小耳朵、胖嘟嘟的难看死了！”王倜看完河马撇撇嘴说道。“河马张大嘴往空中喷水多有气魄呀，大有气吞山河之势。哎！别错过这个好机会，快点把它们都拍下来。”李林田眼里的河马却完全不同，他极为兴奋地说。听他这一讲，我好像也有了灵感，一顿神拍后，颇为自豪地说：“我也拍了几张河马大开口的片子，太震撼了！”

“光拍张大嘴那还不容易，没有什么创意。摄影关键是要看你的空间想象力和构图技巧！光拍片谁不会呀。”听了我的话，李林田毫不客气地纠正我说。

愤怒的河马　　新摄汇 / 摄

说实话，我一直把李林田、黄建和陈冰他们当成自己的摄影老师。每次跟他们一起出去旅游，他们总会传授给我好多摄影技巧，他们有时候批评人一点都不给留情面，我已经习惯了并不往心里去，所以跟他们在一起获益匪浅，在短短几个月内我的摄影水平大有提高。这次我有点骄傲自满。“老师不满了吧，要学的地方多着呢。”每当我看完李二哥拍的片，我就后悔。自己怎么就没想到像他那样构图呢，“二哥是我的榜样，连我都得向他学，何况你呢。你要多读、多看、多拍，这样才能有进步。”黄建趁船老大掉转船头的当儿跟我说。我知道自己刚才有点不自量力，赶紧向李林田道歉：“对不起，我有点翘尾巴了，希望多批评、多指点。”

陈冰冒出了一句：“这就对了嘛！虚怀若谷才是摄影人的风采。”我觉得这三个摄影师真是最佳组合，这不仅体现在摄影技术上的互补，而且言谈举止也配合得十分巧妙。

说话间，船老大再一次休桨停船。左前方又出现了三只河马，其中一个还是“巨无霸”呢，这个河马的体格特像非洲大象，因为它是我此行中见到的最大的一只，所以我给它起了这样的绰号。李林田对我们讲，拍这样的顺光片没意思，无法体现出摄影水平。李林田很聪明，不用动口，动口也没用，他知道船夫根本听不懂，所以他就利用肢体语言，即用手顺时针划了个半圆，指挥船老大调换方向，可船调头还没到九十度就又停下来了，你再怎么让他往前走，他也不动地方，奇怪得很。李林田让我用英语问他到底怎么回事？他告诉我说，这些河马外表瞅着挺温顺，可一旦侵入了它们的领地，它们转眼就会沉入水中不见了，人们都以为它们吓跑了呢，其实不然，它们会潜入水下气呼呼地追你，掀翻船只，把落入水中的人活活咬死！所以船靠近它们是非常非常危险的。

他的话音刚落，就见“河马王”沉入水中不见了，

另一只稍小的也钻进了水里。我们的船下面好像有动静，可能是河马呼哧、呼哧的喘息声。船老大吓得脸色煞白，慌忙摇桨逃离了是非之地。找了一块风水宝地，又在水中拍了将近一个小时，一直等到大家都拍够了，船才返回码头。

11. 带刺的洋槐与温顺的长颈鹿

我们到达地面已接近黄昏，动物们开始成群结队地找地儿露宿，湖边草地上汇集了各种动物像羚羊、水牛、长颈鹿等等。看见我们走过来，羚羊吓得四蹄着地拼命地往前跑，长颈鹿刚刚还伸着脖子吃刺槐叶呢，顷刻间就逃得无影无踪。只有水牛不怕人，还在原地自顾自地吃草，或干脆立在草地上瞪着眼睛瞅我们。我们绕过水牛一路小跑去追赶藏在树丛里的长颈鹿，见我们追来，它们拔腿就跑。我们跟在后面使劲儿追，黄建边跑，边气喘吁吁地说："你们看见没？长颈鹿同侧的两条腿一起运动，好像两个车轮子，风驰电掣般地滚动。"听他这么一说我们才注意到长颈鹿跑的姿势的确和别的动物不一样，它们不仅是同侧、同时跑，而且还把两只后腿一起伸到了两只前腿的前面奔跑。

"真奇怪，怎么跑的这么快呢？长颈鹿，你等我一会儿不行啊！"李林田一边跑，一边在哪儿叨叨咕咕地说。

"你还没反应过来吧？这里的长颈鹿根本听不懂汉语，你知道不？你跟他说英语没准能停下来"。黄建凑趣道。我和陈冰追了一程，拍了几张长颈鹿后，看

倾听　　新摄汇 / 摄

天色已晚，周边还有那么多可怕的水牛，就赶紧跑回来了。可李林田、黄建还继续疯狂地追长颈鹿。

在距离我们车停的地方不足三米处，长着两棵灌木，树枝上长满了长刺，见我和陈冰在那儿拔刺。赵导走过来笑着说："你们两个在这儿做什么呢？没见过长这么长刺的树吧？这就是传说中的洋槐，它的叶子、嫩芽和果实是长颈鹿的最爱。""怎么吃呀，全都是硬刺，长颈鹿不怕被扎伤吗？"我好奇地问。"没看见它的嘴特别小吗？另外它的舌头也很长，最长的有40至50厘米呢，估计就是因为它们长着特殊的嘴、牙和长舌头的缘故，所以他们进食的时候才不会被刮伤的。"可能赵导也不知道真正的原因，于是给了我们一个似是而非的答案。不过，我听完觉得蛮有道理，就点点头表示赞同。

"考考你们，知道长颈鹿多长时间喝一次水吗？"赵导问。"两天喝一次吧。"陈冰回答。我心想，既然她问这样的问题，肯定不是一天或两天喝一次水，应该是更长的时间。"五天喝一次吧。"我满有信心地回答。"你们答得都不对，告诉你们吧，长颈鹿每周才喝一次水，因为要储存一周的量，所以每次至少要喝上30到50升水！""天哪！真牛！我真佩服它的肚量。"

"天快黑了，黄建他们俩怎么还不回来呢？不行我们先回去了，你们俩上来正好凑足五个人。"同游的一位长者等得不耐烦了，对着陈冰和我大声嚷嚷。想让我们和他们一车先回去，我们两个都没吭声，也没动地方。我俩心里非常着急，希望他们别出什么事儿。赵导一看我们不吱声，就补了一句："等他们回来后我们再一起回宾馆。"说完之后就让同团的李璋去找李林田和黄建。又等了很长时间还不见人影，这回连李璋也不知道跑到哪里去了。

天越来越黑，面对一望无际的大草原和一群又一群野生动物，我非常害怕，也愈发担心，害怕凶猛的动物伤害他们。"你们走不走，我们先撤了？"那人又喊道。"等一会儿吗，大家一起出来的，应该互相照应，再等两分钟吧！"我没好气地说。

我不只是生那个人的气，更生李林田和黄建的气。"废寝忘食可以，但也不能不要命啊"我心里嘀咕。"我们等这么长时间了，他们还不回来，也不替别人着想。赵导，走不走啊？”“还是再等一会儿，一起走吧。因为这里房间不够，所以阿波罗开车先回家了，回去的车不够用，大家得挤一挤，所以你们不能先回去！”赵导无可奈何地说。又等了好一会儿，他们才从远处跑回来。

一上车，他俩就感觉气氛有点不对头，但他们并没有在意，就剩下一个空座了，黄建让李林田坐在那儿，自己则一屁股坐在了车门口的台阶上。李林田一边翻看自己拍的长颈鹿，一边让我们看他的杰作，好像什么也没发生一样。最精彩的是他拍的一张低头吃草的长颈鹿：两个前蹄叉开，后腿与前腿交叉而过，后蹄

陪伴　新摄汇 / 摄

放在了最前面，给人感觉动感十足，简直太绝了！精彩的瞬间被他牢牢地抓住了，不是用手，而是用相机清晰、及时、准确地摄录了下来。

车里的人无不被他拍到的绝妙的画面所感染，我真后悔刚才没和他一起去拍。看到我一副懊悔的样子，黄建无比崇拜地对李林田说："你们没有什么可遗憾的，该后悔的是我，我虽然和二哥一起去了，但就是没抓拍到那样绝妙的瞬间。差距啊！没看到您拍的作品之前，我的自我感觉老好了，一看到您拍的好片儿我就总不自觉地后悔，我怎么就没想到呢？我还得学呀。""只要有一张令我满意的作品，我就觉得那些苦没白吃，也没白让你们等，不好意思，耽误大家时间了。咋整啊，一看到好景我就迈不动步，别把我当正常人，我就是个疯子，搞摄影达不到癫狂状态是绝对拍不到精品的。"李林田说自己喜欢摄影已经达到了如醉如痴的境界。

这是此次行程的最后一站，抓拍到的"长颈鹿"是此次旅程中他最满意的作品，让全车的人大饱眼福，大家一路上赞不绝口。

12. 出境大搜身

因为要赶班机，第二天我们很早就起来了。行驶在通往内罗毕机场坑坑洼洼的道路上，我能看出阿波罗和我们的心情一样跌宕起伏，难以平静。车上的气氛显得非常沉闷，还是黄建打破了这种闷局。他提议让阿波罗教大家唱一首非洲歌曲，开始他不肯唱，经过我们一再央求，阿波罗开始教我们唱《肯尼亚人民欢迎您》，他教一句，我们唱一句。李林田更绝，他一边学唱，一边用汉语标注希语的译音，还别说真挺管用，用这种办法很快我们就把歌词都学会并记住了。黄建用他的手机拍下了李林田版本的汉语标注的希语歌词，王倜则把它抄了一遍。阿波罗不厌其烦地教，我们一遍一遍地跟着唱，很快我们就练得滚瓜烂熟了。

阿波罗说，你们也应该教我唱一首中国歌曲吧，经过商量，最后决定教他唱一首儿歌《两只老虎》，学了几句，他说太难了，学不会。看到他为难的样子，我们就没再勉强。大家唱累了，歇了一会儿，闲聊起来。聊着聊着，黄建故意提高嗓门问：“对了，二哥，你的狮子爪带了吗，放在哪儿了？”“这么贵重的物品当然得随身携带，我把它们藏在了内裤里，还用胶带粘上了呢。”李林田故弄玄虚。“既然你们知道这是不允许带的，你怎么还敢明知故犯呢，告诉你，如果你被逮住我们可帮不了你，我们唯一能做的就是帮你付罚金，多了付不起。只能是一点点。不瞒你说，我只剩二十美元了，陈冰还有十美元，王姐她们最多也就是一百美元，我们四个凑凑顶多有二百三十美元，这点钱肯定不够付罚金，你就先扣押在肯尼亚吧，我们回去取完钱再来救你！”黄建半开玩笑，半认真地说。“他巴不得留在这儿与 Sam 团聚呢，没看见他那激动的表情吗！”王偶笑着说。“我喜欢 Sam，她太性感、太迷人了。”“I love her. I want to kiss Sam.”

哇塞，简直不敢相信我的耳朵，我没听错吧？你都会说英语了！爱情的力量可真伟大，居然让一个从来没学过英语的人都开口说英文了。我十分感慨。“你还敢拿我开涮呢，快瞧瞧，阿波罗用什么样的眼神瞅你呢吧！阿波罗，你可得小心开车呀！。”“关我什么事，我一向都喜欢把别人的心理搞得乱七八糟的，可我却一点都不动心，这才叫情圣呢，你懂吗？”“我真不知道你在搞什么鬼，反正你总想捉弄人，我们早已领教过了。”李林田反唇相讥。大家嘻嘻哈哈的，不知不觉车已经开到了机场。阿波罗帮我们把东西卸下后，没打招呼就走人了。“真是个怪人，一声不吭就走了，怎么回事？我们还能挺得住，可你们俩可太没面子了！”

“关我们什么事，他走，自然有他的理由，何必猜测别人的心理呢。再说了，这儿也不允许停车呀。其实，每一个身边的人，不管亲戚，还是朋友，都只能陪你走一段路程，谁都不可能伴你一生，不要奢望那么多，所以不要跟阿波罗计较啦。”王偶有点沉不住气了。办完手续，我们到二楼排队准备过关。

走在前面的陈冰、黄建第一次检查没通过，安检员命令他们解下皮带后，进行第二次检查，这回没发现异常什么情况，他们顺利通过。轮到李林田走过安检口，像他俩一样，先是解下腰带，接着是脱掉鞋检测。安检人员用仪器贴着身体检查一遍不算，还用手从头到脚摸个不停，眼看就要摸到狮子爪了，我吓得几乎停止了呼吸，再一看，李林田的脸上也冒出了冷汗，我想这回可真要完蛋了。就在这千金一发之际，旁边的警察模样的黑人走了过来，跟那位安检员叽里咕噜地说了一通，安检员先是一愣，然后迅速地松开手，挥挥手示意他可以过去了，他自己则把仪器交给了另一个人安检员，然后就匆匆忙忙地走了。

谢天谢地，李林田总算躲过去了，我一颗悬着的心终于落地了。

净为别人操心了，本以为自己会顺利过关呢，没想到轮到我过安检时也被挡住了去路。我的背包刚一通过扫描仪，检查员就把我的包放在了一边，他用不怎么流利的英语问我包里面到底都装了些什么？我告诉他说除了相机都是些小物件。他充满疑惑，命令我开包查验。我慢慢地将包打开，把里面放的东西一件件地取出来，望着我掏出来的物品，他用手指点着，让我把用报纸包着的东西打开，看到里面的黑木雕，他气哼哼地问我："你不知道黑木是禁止随身携带的吗？你从哪儿买来的？有正式发票吗？"一连串的问题问得我哑口无言，再一看到报纸上面的黑木，我着实吓了一跳。记得托运行李时，导游还嘱咐过我们，黑木严禁随身携带，只能托运。刚才还是我帮李林田把黑木大象、水牛放进皮箱的呢，怎么就没想起把自己买的"黑木人"塞进皮箱呢，瞧我的记性，气死人了，我该怎么办呢？我哪里有什么发票呀，是赵导带我们到旅游景点买的，当时她并没告诉我们这些雕塑不能直接带上飞机呀，更别提给什么发票了，她真是的，就知道让我们购物，却不告诉我们其他安全事项。我也是的怎么这么粗心呢！出了这么多次国了，还有这么大的纰漏，我惊慌不已。这时黄建跑回来关心地问："姐，出什么事儿了？"，我就把刚才老黑非让我出示发票之事告诉了他。

"那你就别要了，也不太贵！"黄建劝我说。"我好容易选的。虽然不是特贵重，但是它们是经过我精挑细选的，绝不能扔在这儿啊！麻烦您快点帮我查查赵导的电话。"经过一番周折我打通了赵导的电话，听我把情况介绍完了之后，赵导让我跟安检员解释解释，就说发票丢了，无论如何也找不到了。撂下电话后，我忐忑地朝黑人男子走去。出乎我所料，还没等我张口，黑汉不知道怎么回事，突然良心发现，居然让我收起包走人。黄建伸手帮忙收拾东西，生怕黑汉后悔，再把我叫回去。

从安检口出来右拐就到了我们候机的 5 号登机口。内罗毕机场的条件很差，候机室一共没有几个座位，好多乘客都坐在了地上。黄建等也跟着席地而坐，李林田盘着腿，不停地讲他被搜身的经过，“就差两厘米就摸到了，但他收手啦！有惊无险，我当时被吓惨了。超级恐怖，我要长记性，下次说啥也不能买违禁品了！”

“本来你就不该做这事，‘没有买卖就没有杀害’正是有你们这些喜欢买象牙、狮子爪，非洲人才大量捕杀野生动物，如果我们游客都能忍住不买，他们就没有市场了。本来我们说好都要做有益于社会的人，这回你却成了反面典型，你好好反省反省自己吧。虽说这次没抓到你，你捡了个便宜。但你心里会留下一个阴影，如果你有良心的话。下次你可千万别再干这种傻事儿啦！要是把你扣在这儿，我们回去怎么向你的家人交代呀！你不为别人，总得为自己的老婆、孩子想想吧！不过，这次我玩得非常开心，我充分体会到了摄影的乐趣。同时，我也感到这里的老百姓太苦了，回去后我要多赚些钱，以后再到肯尼亚，一定为贫困儿童多捐些钱。”别看黄建年龄小，可说起话来却头头是道儿。

2012 年 10 月，新摄汇的成员李林田、黄建、陈冰等又去非洲肯尼亚拍摄动物大迁徙，他们回来介绍说，动物大迁徙的时候更加壮观，真可谓“牛过一百形形色色，牛过一千无边无沿，牛过一万铺天盖地”，但这时候广袤的非洲大草原上偶尔也会出现“堵车”现象，好在动物很懂得遵守“交通规则”，各行其道，车还有空隙穿行，否则只能望牛兴叹了。

第二次从非洲回来之后，黄建在网络上发表感言说：“再次走进这片红尘的净土——非洲大草原，有人说我们的祖先就是从这片土地走出来的，听了这话我还真有点回家的感觉！你幸福吗？如果央视记者去采访它们，无论是狮子还是角马肯定会给出‘yes’的答案。相信看着照片中幸福的动物，我们的幸福指数也会增加一点吧！”

陈冰在微信上感慨地说：“两次非洲之行，我最大的收获是懂得了什么叫幸福。尽管非洲人很穷，日子过得很艰难，但他们却都活得非常开心。在这儿没有苦瓜脸，相反，我见到的是一张又一张可爱的笑脸。我从他们身上看到了人性的光芒，看到了质朴的健康美。快乐地活着才是人生最大的幸福。”

是啊，人活着开心比什么都强！钱多少是多呀？其实钱不必太多够花就行！朋友也不必太多，一两个足矣！

美国布莱斯峡谷　　邵继文（中国摄影家）/摄

北美之旅

NORTH AMERICAN TOUR

大学刚毕业那会儿家里很穷，不知道未来会变成什么样子，以为这辈子能做一次飞机就心满意足了，至于去美国，我当时连想都不敢想。说实在的，那个年代说某某出国了，真让人羡慕死了！

改革开放后，我和国内很多人一样梦想着有朝一日能到美国去打拼……可二十多年过去了，这个梦想还没实现，我实在是不甘心。再后来，人老了，变得现实多了，不再想去美国打拼等诸如此类的事儿了，最后只剩下去美国旅旅游这一个小小的心愿了！

美国到底施了什么魔法居然牵动了那么多人的心？美国到底有什么好至今仍让我耿耿于怀？带着种种好奇与疑问，我决定亲自去美国寻找答案。

启程的日子选在了2013年的腊月二十八，也就是年三十的头两天。

满心欢喜，本以为自己可以好好享受享受这孤独之旅，可我万万没有想到美国之旅让我大伤脑筋，从此，我对美国的好感大打折扣！

四、北美之旅

大学刚毕业那会儿家里很穷，不知道未来会变成什么样子，以为这辈子能做一次飞机就心满意足了，至于去美国，我当时连想都不敢想。说实在的，那个年代说某某出国了，真让人羡慕死了！

改革开放后，我和很多人一样梦想着有朝一日能到美国去打拼……可二十多年过去了，这个梦想还没实现，我实在不甘心。再后来，人老了，变得现实多了，不再想去美国打拼等诸如此类的事儿了，最后只剩下去美国旅游这一个小小的心愿了！

美国到底施了什么魔法居然牵动了那么多人的心？美国到底有什么好至今仍让我耿耿于怀？带着种种好奇与疑问，我决定亲自去美国寻找答案。

启程的日子选在了 2013 年的腊月二十八，也就是年三十的头两天。

满心欢喜，本以为自己可以好好享受享受这孤独之旅，可我万万没有想到美国之旅让我大伤脑筋，从此，我对美国的好感大打折扣！

（一）自由的国度——美国

1. 乔布斯的葬礼静悄悄

2011 年 10 月 5 日，史蒂夫 · 乔布斯逝世。

当时李林田、黄建和陈冰正在美国旅游，噩耗传来他们感到非常震惊，尤其是作为苹果经销商的黄建和陈冰不只是为乔布斯的突然离去感到痛心，同时更为美国苹果公司失去这样一位杰出领袖而感到遗憾，要知道他们多么崇拜乔布斯啊！当天晚上他们怀着无比沉痛的心情来到乔布斯的家。

乔布斯的家是一幢白色别墅，灰白色的门窗紧闭、没有一丝灯光，明显家里没人。尽管别墅昏暗，但是自发前来吊唁的人们纷至沓来，络绎不绝，他们有的手里捧着鲜花，有的拿着已经被咬过一口的苹果，有的拿着写满哀思的卡片，还有的小朋友拎着玩具熊。人们隔着栅栏默默地、虔诚地祷告，然后自觉地把鲜花、苹果、卡片还有玩具熊等放在大门口、栅栏旁、草地上或者挂在院子里的果树上，最后才迈着沉重的脚步依依不舍地离开了。像其他人一样，李林田等把手里的鲜花和苹果放在栅栏旁，并用相机记录下了令人终生难忘的画面。

此时，黄建给我们朗诵了乔布斯的名言，“活着就是为了改变世界，难道还有其他原因吗？”

“领袖和跟风者的区别就在于创新。”

“你的时间有限，所以不要为别人而活。”

“不要被教条所限，不要活在别人的观念里。不要让别人的意见左右自己内

吊唁

心的声音。最重要的是，勇敢地去追随自己的心灵和直觉，只有自己的心灵和直觉才知道你自己的真实想法，其他一切都是次要的。”

“没有人愿意死，即使人们想上天堂，也不会为了去那里而死。”

“死亡就是生命中最好的发明，我此生的意义在于改变世界。”

是啊，可以想象他离开这个世界时，该有多么无奈。

他们第二天又去了苹果公司总部。总部位于美国旧金山港区库比蒂诺市，公司的办公楼大多是白石青窗，核心的地标在苹果1号楼，这里也放了很多鲜花、卡片和苹果。这儿与他家里不同的是他生前熟悉和不熟悉的同事们还像往常一样照常上下班，就如同地球没谁都照样围着太阳转一样。

乔布斯走了，不可能奢望所有的人都会痛不欲生，最伤心的、最无法接受这一现实的莫过于他的家人、同学、朋友、亲密的同事以及他的众多崇拜者们。

走近公司，一位专家——他的生前好友怀着无比悲痛的心情对李林田他们说，乔布斯是世界奇才，他的离去对苹果公司来说是一个巨大损失，他忍着悲痛无比崇敬地说，乔布斯做事从不拖沓，也极有原则。乔布斯有几点做人原则非常值得我们学习：

1、做自己喜欢的事情；

2、眼光要放长远；

3、广纳贤才，融会贯通；

4、简单至上；

5、善于传播信息；

6、“出售”梦想。

有多少人能做到“出售梦想”、做自己喜欢的事情呢？但乔布斯做到了，他一直都在做自己喜欢的事儿，不断地追逐梦想，勇攀高峰。他的生命虽然很短暂，但他的人生如星光般璀璨，照亮了无数后来者。乔布斯的早逝不只是美国苹果公司的损失，也是全世界人民的巨大损失。我相信他会载入史册，也会永远活在世界人民心中。

人活着的价值不能用时间来衡量，不在于活的时间长短，而在于你留下了什么，要么影像，要么文字，要么精神，要么发明创造，我想总得留下点什么吧，哪怕做不到留给人类，留给自己的家人不也挺好吗？人活一回总得留个念想。

2. 魔鬼城

因为工作不在同一座城市，再加上我不能像他们那样可以自由支配时间，除了节假日或休假之外，我得按时上下班，所以美国我没跟他们一起去，先是黄建、李林田他们随团游美国，然后是我独自一人自助游美国。按行程计划，我应该2013年2月8日（也就是旧历2012年的腊月28）上午11点55分，从首都机场乘飞机经亚特兰大到达纽约，先在美国东海岸游览4天，再前往美国西部游览5天。可天公不作美，跟我开了个天大的玩笑。这次旅行过程中发生了很多意想不到的事儿，让我尝尽了苦头，从此再也不敢一个人“浪迹天涯”了。

2月8日上午9点，我准时到达首都机场3号楼与我的美国行程联系人——子平见面。寒暄一阵后我与她道别，进入国际申报通道，然后到DELTA(A)处排队等待托运行李。等待托运的队伍很长，等了半天才轮到我，走到14号口递上护照和旅游行程计划后，女服务员低头往电脑里输入我的信息，过了一会儿，她告诉我说：“你乘坐亚特兰大到纽约的航班被cancel了。”“那怎么办？看看是否有从其他城市飞往纽约的航班？”我焦急地问。女服务员又在电脑上查了好半天，表情显得很无奈，皱着眉头说：“很遗憾，其他飞往纽约的航班也全部被取消了，我帮您问问领班有没有其他办法。”说完就走出小门去找领班，领班是个男士，他走过来核对信息后告诉我：“飞往纽约的所有航班都被取消，可能遇到什么大问题了。”他迅速走到最北边的服务台跟另外一名工作人员沟通后，回来跟我解释说：“纽约这两天正在刮大风，飞机无法着陆，你要么改成明天登机，要么取消旅行、退掉机票回家过年！”

我有点不甘心，站在服务台前请求工作人员再查一查第二天能否出行。服务人员查完电脑信息后，抬起头面无表情地说：“明天所有飞往纽约的航班都开通，系统已经自动为您转成了明天同一时间的机票，并且还给您改成了公务舱，您看要不要确认一下，如果确定就为您出票。”

我心想这样一来所有的计划不就都被打乱了吗？我赶紧给子平打电话，子平要我等会儿，她与对方沟通后再给我回话。我站在柜台前焦急地等电话，时间一分一秒地往前走，我的心都快提到嗓子眼儿了，我有点不耐烦，跟领班理论，他耐着性子跟我解释：“这是自然灾害，是不可抗拒的，如果您执意飞往亚特兰大也可以，但到了那儿很多人都会滞留在机场，您怎么办？您的英语好还成，如果不懂英语那就更糟了。也许是天意吧，上帝留您在国内过年。冒险飞过去，谁都联系不上，你怎么走接下来的行程？美国人各走各的，开车的开车，住酒店的住酒店，你吃什么呀？住哪儿呀？”

听他这么一说，我还真有点害怕了，是啊，在国内语言通，又有熟人，容易把问题搞定。听人劝，吃饱饭，干脆留下来明天再走。正在这时，子平的电话打过来说她没带护照进不来，让我跟领班出来一下。我跟领班讲了半天，他们说什么都不肯出去迎，说是机场有规定，除了带牌儿的工作人员和持有护照者，其他人员一律禁止出、入国际安检口，他们没有这种特权。他们能做的只能这些了，希望我能理解。

推着没有托运成功的行李，我从国际安检出口返回候机大厅。子平和我商量对策，既然我在国内多呆了一天，那美国行程就减少一日。子平让我回去跟领班说再推迟一日返回，于是，我再一次进入国际通道找领班商量。他告诉我这是行李托运处，只能查机票信息不能改票。要想改票只能到市区或者直接拨打“达美”免费服务热线电话（4001202364）更改机票。此时，他显得有些不耐烦，我知趣地走开了。

从申报通道出来后，子平开始一遍遍地拨打热线电话， 热线不愧为热线，热得一塌糊涂，打了半天都占线，过了足足有一刻钟，电话才打通。对方说：“改票需加钱。”子平边听，边重复着对方的话。我在旁边气愤地说：“我都飞不成了，你们不但不提前通知，还要加钱，开什么玩笑。”子平又把我说的话一字不漏地传给了接线员。对方没言语，一直僵持了好长时间，对方终于同意免费改往返机票，并延后一日。一路上，子平气得不行，说是气得肝疼，看她都那样了，我就没再言语，生怕说多了再给她添堵。

2月9日，我拿着前一日修改的机票，11点55分准时登机。我的座位被改签成商务舱（算是对我的损失一点补偿吧），我第一次坐在商务舱的位子上，如果不是纽约刮大风，我不可能坐豪华的商务舱，因为我知道自己的经济实力。在上等的商务舱里我充分享受到了达美公司空姐们热情周到的服务。空姐对商务舱里的客人很殷勤，一遍遍上来询问你喝什么？吃什么？选了一次，又一次，吃了一道，又一道，我的胃快撑大了。最后他们又来询问我要什么甜点时，我急忙回答：“No.”。一顿饱餐过后，过道里的灯被关闭，大多数人开始闭目养神。

第二天早上6点30分，飞机到达西雅图。乘务员广播通知要求所有的乘客（不管是否中转）都下飞机，提取行李后重新登机。西雅图真是个令人讨厌的地方，因为我在那里受到了莫大的侮辱。

下飞机后，经过CBP检查，留下指纹，在护照上盖上钢印后，我去楼下行李提取处取行李。取出托运的行李后重新进行安全检查，经检查合格后，我又把沉重的行李搬到了输送皮带上，行李进入规定的轨道。于是，我乘扶梯上来，重新入安检口。一名男子接过护照和入关表格后，命令我跟他到里面，他先问我来美国做什么，我说来旅游。然后又问我包里装的是什么，我说是相机。他又接着问我：“你喜欢摄影？”我点点头，问完后，他放我走了。

我随着前面的一排人进入下一个安检口。看前面的人一个个都脱鞋、卸下背包，我也在后面模仿着，先放下背包、脱掉外衣和鞋子，并分别摆放在三个白色塑料盒内。女安检员让我把相机拿出来单独放在另一个盒里，我迅速照办。这些物品沿着不锈钢输送带自动前移，我则被安检门外的检查员叫过去，他用仪器在我身上扫来扫去，当扫到我胸前时仪器响个不停，他让我转过身，在后背扫了一遍，没有响动。我转回来，他再一次把仪器放在我胸前，仪器又响个不停，检查员用眼神示意我掀开衣服，我掀开毛衣一角让他看了看挂在脖子上挂的装钱的口袋，他看到后有点窘态，吩咐两个女同事带我到前面的小屋查个究竟。

其中一个年纪稍大的女士让另一位年轻的去左边桌子的抽屉中取出一把钳

子，然后她们一个拿着锤子，一个抱着装满我衣服、鞋和相机的塑料盒，让我跟着他们去右边的屋子。我想出去取自己的东西，她们不允许，只是大声地警告我："Don' t touch." 我疑惑不解，她们板着脸对我说了一大堆，我似懂非懂，只好"I just speak English little bit"。没办法，她俩只能用肢体语言告诉我如何做。首先让我伸开双臂，两腿叉开，后屁股兜里装着锤子的女士站在我前面，另一位戴上天蓝色的薄橡胶手套，从头到脚摸来摸去，这还不够，她还沿着裤带四周使劲儿往里按，生怕里面藏着什么，"枪"还是"炸弹"？她们心里想什么并我不知道，只感觉她们把我当成了犯人。

搜了半天，什么也没搜到。她们又让我取下钱袋，打开拉锁拿出里面的东西看了看，发现没有什么可疑之物，就让我穿上衣服、鞋子走人。还没等我出门，她们已经无影无踪。连一句道歉的话都没有，真是过分，我恼羞成怒。心想："以为自己是美国人就了不起啦。其实你们这样做是心虚的表现，害怕别人才会这样小题大做。"

从那间屋子出来，同一班机的人早已走光了，我心里开始发慌，不知往哪个方向走。正在这时，我看见正前方有一女士坐在那儿写着什么，我上前询问，她热情地为我指路，然后又接过我手里的登机牌看了看，站起来，带我走到大屏幕前，指着我的航班号说应该到 S4 口登机。我谢过之后，飞快地踏上扶梯，向左转走没多远就到了登机口，低头看表，发现还有 5 分钟开始登机，我这才松了一口气，站在旁边等待登机。

从西雅图到亚特兰大换成了小型飞机，重新登机后，旁边座位上旅客也换了，邻座的美国人（Clerk）热情地帮我开行李架，不知是他用力过猛，还是飞机的行李架门不结实，只听"咔吧"一声，门开了，盖儿掉了下来。我真不幸，到处遇麻烦。行李架没遮挡，担心飞机起飞时背包从上面滑下来，我只好把背包放在座位旁。邻座的美国人很健谈，听说我是中国人，显得非常开心。他高兴地从包里拿出一张名片，并告诉我说，他在北京一家医院工作，家住美国梅西，因为国内过年，所以他也跟着放假回国探亲。

飞机上除了两名年轻的黑人空姐，还有一名男服务生，这位男士虽然已经上了年纪，但动作相当灵活，胖胖的，还长着白色的大胡子，像极了圣诞老人。他忙个不停，看我没地方放东西，主动上来把我的外套挂在了后面的衣柜里。我十分感动。

下午4点，飞机停在了亚特兰大机场，我要在这里再一次转机。我迅速地收拾东西等待机舱门打开。门被缓缓打开，我站在门口等着有人先下，但空姐和旁边的老外都等着我迈出第一步，我有生以来第一次从后面的舱门下飞机，别提多高兴了。我沿着空中通道一颠一颠地小跑着，正得意之时，Clerk追了上来，他问我要不要帮忙。我回答说不用了，但他执意地跟着我说要帮我确定纽约路段是否cancel了，我只好随他。

我们一起来到大屏幕前查找，屏幕滚动了一遍，又一遍，就是没有我的航班号，Clerk有点着急，拉着我到各个登机口找服务员，最后终于找到一位女服务员，她查完信息后告诉我，接下来需要在E3口登机。Clerk说，E3离这里很远，要换乘地铁才能到达，于是又到附近找来了个小保安，并嘱咐他一定把我送达目的地之后，他才放心地走了。

小保安更热情，他笑着告诉我，他会讲汉语，可以跟我讲汉语，我听了之后非常高兴，于是你一句，我一句闲聊起来。他带我从楼上乘坐扶梯下来，右拐走出老远才赶到地铁站，接着我们乘地铁赶往E3。地铁先停在C站，然后D，最后到达E，我们从E下车，又走了挺远的路最后终于到达E3。途中他告诉我，他16岁就开始工作了，在这儿已经10年了，每天都能接触各个国家的人，能学到好多种语言，每天都很开心。临别时，我把电话号码留给了小保安，希望将来能来中国，他欣然接受。我送他小费，他坚决不收，谢过之后，他转身就走了。我一个人在E3等了5个多小时，很无聊，心里有点后悔大过年的自己出来无依无靠的。

晚上九点半，我再一次登机，这架飞机上有不少华人。原以为空姐看到飞机上有这么多华人会对我们说春节快乐或送点年夜饺子给我们吃，很遗憾她们让我非常失望，祝福的话一句都没有，更别说吃饺子了。半夜十二点，在陌生国度的上空，没有家人，也没有朋友陪伴，我孤零零地坐在飞机里守夜。没有鞭炮声，

自由女神　　新摄汇 / 摄

没有年夜饭，只有黑茫茫的夜空和满眼的陌生人。人生快五十了，我还是第一次在国外过年，不是在陆地，而是被悬在空中。此时的我，如同采钢丝，既新鲜刺激，又孤独无助，我感觉自己是那么的孤单。

半夜一点，飞机才到达纽约机场。提取完行李，站在门口等接我的人，等啊等，等到所有的客人都走光了，预约接我的中国人还没来，我一个人站在出口处一边打电话联系，一边向门外张望。在机场足足等了40分钟，接机的人才赶到，如果当时我不是一个劲儿地打电话催，恐怕一个钟头也不会有人来接。我由开始的生气，到最后升为暴怒，我已忍无可忍。一上车，我就问司机晚来的原因，他告诉我说，地接经理以为这次航班被取消了呢？我无语。我心想："搞国际旅游的，真能国际玩笑，收完高价'节日接机费'，不来接机，真是岂有此理！"

车开到预定的宾馆时，已经快凌晨3点了。2012年春节，我过得极其狼狈，连憋气带窝火！这一年的大年三十和初一，我分别收到了两份特别的礼物：一份是美国人送给我的侮辱；另一份是同胞送给我的国际玩笑。

我不由地想："在国内，年年报道美国华人庆春节的喜人场面。可我到了纽约，哪儿见喜庆呀，纯朴善良的中国人到哪儿去了？环境是能改变人，可纽约到底是什么鬼地方，居然让人变得只认钱，不认人。在纽约所遇到的中国人令我大失所望。"我瞥一眼窗外，纽约城星光璀璨，灯火阑珊，我突然发现那一圈圈闪烁的灯光就如同一双双魔鬼的眼睛，贪婪而又邪恶，我觉纽约就是一座魔鬼城。

3. 阴沉沉的华盛顿

2月10日早晨6点闹钟响个不停，我刚睡不到3个小时就被吵醒了，起来看外边的天阴沉沉的，心也跟着沉了下来。吃过早餐，在大厅里等着美国东部旅行社的地接导游——戴安娜来接头，一个个导游来了又走，走了又来，就是不见接我的戴安娜，盼星星，盼月亮终于等来了戴安娜，她验明身份后把我送到大巴车上，于是，我在美国东部加入了第一个散拼团。

戴安娜不无感慨地说：“由于前两天纽约刮大风，华盛顿下大雪，大部分客人都没到，我只带三个客人游纽约。今天早上新到的客人告诉我，他们3点才到宾馆，人生地不熟的，又不会讲英文，在机场等了一小时，几个女的都吓哭了。瞧，现在眼睛还红呢。不过从现在开始所有的烦恼都已经过去了，你们有什么问题随时跟我联络。”一听说有人比我还悲惨呢，我的愤怒减轻了许多，也就没再向戴安娜诉苦。

在戴安娜的带领下，我们首先来到了华盛顿纪念碑。站在纪念碑下面，她讲解说：这是一座大理石方尖碑，为纪念美国首任总统乔治·华盛顿而建造的。它位于在国会大厦、林肯纪念堂的轴线上，底部面积为39平方米，高169米，纪念碑内有50层铁梯，还有70秒到顶端的高速电梯，游人登顶后通过小窗可以眺望华盛顿全城、弗吉尼亚州、马里兰州和波托马克河。它的金字塔型小尖顶是华盛顿的制高点。无论你以从什么方向来到华盛顿，首先映入眼帘的就是这座纪念碑。它是华盛顿的标志性建筑，碑上没有一个字母，仿佛在告诉人们，华盛顿一生的伟绩无法用文字来表达。

美国首任总统华盛顿于1799年12月14日，在他的家乡弗吉尼亚的弗农山庄逝世。华盛顿逝世后，随着时间的推移，美国人民日益缅怀华盛顿。华盛顿的一生犹如日月经天，历时越久，越光芒四射。

纪念碑离白宫不到500米，我们步行来到了白宫。众所周知，白宫是美国总统府所在地，坐落在首都华盛顿市中心区的宾夕法尼亚大街，北接拉斐特广场，南邻爱丽普斯公园，与高耸的华盛顿纪念碑相望。

白宫的基址是美国开国元勋、第一任总统乔治·华盛顿选定的，始建于1792年，1800年基本完工，有趣的是，第一位入住白宫的总统并不是第一届总统华盛顿，而是第二届总约翰·亚当斯。从此，美国历届总统均以白宫为官邸，使白宫成了美国政府的代名词。

华盛顿认为白宫决不能盖成一座宫殿，无需豪华，因为在这里工作的都是国家的仆人。他对白宫的设计要求：宽敞、坚固、典雅，给人一种超越时代的感觉。他相信自己的国家会很快富强起来，拓展疆域，要在世界上占有重要的地位，建立总统官邸含糊不得。对于总统官邸，华盛顿执意认为无须高大，有三层高就足够了。

著名的美籍爱尔兰人詹姆斯·霍本根据华盛顿的要求，参照18世纪末英国乡间别墅的风格以及意大利建筑师柏拉迪的欧式设计理念，采用弗吉尼亚州产的一种白色石灰石建造的。但当时并不叫白宫，白宫是1902年西奥多·罗斯福总统正式命名的。

1814年，英军攻占华盛顿时，将其付之一炬，后几经修复和改建，才成现在的模样。后来加修了一座二层阳台，安装了电视系统和空调设备，增建了双层地下室和坚固的地下防空室，白宫内部原有的具有历史意义的房间基本保持原貌，以作纪念。

白宫共占地7.3万多平方米，由主楼和东、西两翼三部分组成；主楼共有三层，底层、一楼和二楼。底层有外交接待大厅、图书室、地图室、瓷器室、和白宫管理人员办公室等；外交接待大厅呈椭圆形，是总统接待外国元首和使节的地方，墙上挂有描绘美国风景的巨幅环形油画，地上铺有椭圆形的待花纹的地毯，上面绣有象征美国50个州的图案。

很遗憾自从9·11恐怖事件发生后，白宫一般情况下都对外戒严，是不允许游客随便参观的，所以只能在外边看看。

我一直想看看白宫的真实面貌，不能进去，确实很遗憾，于是和新认识的旅伴沿着白宫四周的石板路走了一圈，希望能找到缺口，只可惜一个突破口都没找到。我俩只好断断续续地隔着铁栅栏往里探头观看，算是过了把眼瘾。

第二天，也就是2月11日，我们游览华盛顿D·C。车开出没多远就开始堵，大巴像老牛似的一步一步地往前挪，隔窗望着铅灰色的天和湿漉漉的柏油路面，我的心也跟着越来越阴沉。不一会儿，天开始下起了小雨，车顶着雨慢腾腾地开到了码头，我们改乘船游览。我们冻得哆哆嗦嗦的，抱着肩膀从船上隐隐约约望见了奥巴马私人飞机库、里根飞机场。据说，里根飞机场最短的跑道只有1000多米长，但这么小的机场却平均每3秒钟就有一架飞机起飞，它的利用率相当高，是国内航线专用机场。

从船上下来，我们接着参观国会大厦。据介绍，国会大厦是一座三层的平顶建筑，其中央是一座高高耸立的圆顶，也分三层。圆顶上还有一个小圆塔，塔顶直立着自由女神铜像。她头顶羽冠，右手持火炬，左手扶经书，眼睛眺望东方。

国会大厦的东边通常是举行总统就职仪式的地方，从1829年安德鲁·杰克逊总统就职之时到20世纪末，大多数总统就职仪式都是在这里举行。偶尔也有例外，里根总统和克林顿总统均在国会大厦的西阶举行过就职仪式。

我们从东门进入大厅，大厅呈圆形，宽敞而又明亮。内高53米，大厅直径30米。圆形的墙壁上，有8幅大油画，记载了美国历史上的8大重要事件。中央圆形大厅的南侧，有环立着的人物雕像大厅，雕塑大厅共有94尊铜像和石像，其原形都是美国各个领域的精英。

穿过雕塑大厅向南走便是众议院会议大厅。参议院的会议厅在国会大厦北翼，与众议院会议厅相对称，设有100个席位。参议院举行会议时，在国会大厦的北翼升起国旗。众议院举行会议时，则在大厦的南翼升起国旗。

整个国会大厦内部装饰庄严、雄伟。大厅正门向东，有3座巨形铜门。铜门叫哥伦布门，有十吨重，上面刻着描述哥伦布发现新大陆的浮雕。圆形大厅内部空间高旷、宏伟，金碧辉煌，直径约30米，高55米。四周墙壁上挂着8幅巨大的油画，展现了美国的发展史。

仰望圆穹顶，可见天顶画，中央绘着“华盛顿之神”，在华盛顿的两边，是胜利女神和自由女神，另外还有13幅女神画像，代表立国的13个州。画上的人物有4米多高，这样，观众仰望时就感到自然逼真，这些作品均出自19世纪意大利画家康士坦丁·布伦米迪之手。可惜布伦米迪只完成他作品中的一部分，便从脚手架上跌了下来，几个月后就去世了。后来，他的学生按布伦米迪遗留下来的草图把天顶画完成，而最后的补白是1953年才完成的。

一边走，一边听英语讲解，似懂非懂的一个劲儿往里灌，脑子有点吃不消。走了一圈，发现这里的建筑和雕塑与欧洲的极其相似，我感觉美国的建筑和雕塑大都是欧洲的再版，完全没有自己的风格和艺术特色。既然这样，为什么还有那么多人心驰神往、流连忘返呢？我当时百思不得其解，现在我突然明白，美国不

远观美国白宫　　新摄汇 / 摄

是靠艺术，而是靠科学技术和军事力量取胜的。因为美国更自由、更开放、更轻松、更愉快，所以有些人做梦都想去美国成就自己的梦想。

4. 光怪陆离的死亡谷

连续几天的阴冷天气，使我的心情变得越来越糟糕，我的脾气也变得越来越大。本以为这一切很快就会过去，但我万万没有料到接下来发生的事情变得更糟糕，当时我当时几乎到了崩溃的边缘。

游完华盛顿导游让司机顶着小雨把我送到了里根机场，一听说从里根机场飞往旧金山我兴奋不已，恨不能马上就到机场好近距离观赏这个袖珍机场。

细雨缠绵，道路湿滑，司机不敢快开，稍一加速就会打滑，呆呆地望着窗外被雨打湿的一排排树林匆匆划过我的视线,不知为什么一股莫名的惆怅涌上心头。

从车上下来直奔机场大厅，大厅内旅客川流不息，我穿过人群来到了 C 区服务柜台，递上护照和订票信息后，女服务员摇摇头说：“由于今天天气的原因飞机无法起飞，该班机被延到明天。”

我一听这话，头嗡地一下，一心想欣赏袖珍机场的念头瞬间被打消，脑子里慌乱地搜索英语词句，想了想鼓足了勇气说：“我今天必须飞到西部，如果今天联系不上西部的导游，西部的行程将全部打乱，那么我此次美国之行将全部泡汤。求您帮我想想办法吧！”

服务人员看我孤单无助的样子皱着眉头说：“现在你只有到华盛顿杜勒斯国际机场改乘国际航班或许能在今晚之前赶到西部。”

我接着咨询到杜勒斯机场怎么走，他告诉我到外面的机场巴士站乘车可直达杜勒斯。找到车站等了好长时间终于有一台小型面包车停在了站点，我和其他四位老外一同坐上了巴士。司机谨慎地驾驶者车辆，车子在湿漉漉的柏油路上艰难地“爬行”，我心急如焚，恨不能汽车能长出翅膀飞起来，嘴里一遍又一遍地念叨着：“上帝保佑。”不只是祷告起作用了，还是命该如此，总之在飞机起飞前半小时我们终于到达了华盛顿国际机场。

机场大厅人山人海，一路打听找到了我所乘坐的航班区域（K区）排队等候托运行李，可胖胖的女服务人员瞧了瞧我的护照说应该到C区办理。于是我急三火四地拖着大皮箱一路小跑从C区赶往K区，到了K区才发现那里早已排成了长蛇队，人挨人，人挤人，长蛇队已经拐弯形成一个大大的圆弧，站到队尾的人已经超出了J区。看到这么长的队伍，我有点晕，心想："如果站在最后面等待办理登机手续肯定来不及了。"我不顾别人的白眼，拖着沉重的行李跑到柜台前咨询，服务人员显得很不耐烦，挥手示意我到后面排队，我站在原地一动不动半天也想不出什么解决问题的好办法。这时，一个领导模样的漂亮女士朝我这个方向走来，我眼前一亮，仿佛见到了一棵救命稻草，我飞奔过去，向她求助，我连比划带说，她明白了我的意思，让我去C区解决。我非常气愤地跟她说："C区的办公人员让我在这里办理，你又让我到C区，你推我我推你的怎么回事儿？你得告诉我个准信儿呀。要真是C区办理的话您无论如何得跟我去一趟，帮我跟她讲讲情，否则她还会把我推到这里，时间来不及了，求求您帮帮忙跟我一起去C区当面说清楚。"

在我的一再央求下，她跟我一起去了C区，然后跟我之前办理手续的胖女士交涉了老半天，那个一脸横肉胖女士才同意给我办理手续，一直等到托运完行李那个漂亮的"女领导"才离去，我万分感激，冲她连连说"谢谢。"

我拿着登机牌，飞快地向登机口跑，等我到达登机口时只差五分钟飞机就起飞了，我通过检票口回头望着候机大厅里明晃晃的时钟长出了一口气。心里祈祷，千万别再出岔头！

本以为会否极泰来，哪曾想一波未平，一波又起。

上了飞机我心里踏实多了，坐在机舱里翻翻杂志，又看了一部电影，将近五个小时的时间很快就过去了，飞机即将着陆，乘务员让旅客系好安全带，我听从指挥，系上了安全带，就在我竖起座椅靠背的一刹那，飞机落地，巨大的冲击力使飞机剧烈颠簸，若不是系好了安全带我或许早就被甩了出去。虽然人没有被甩出去，可放在座位上的护照却被甩到了地上，面对强大的冲击波我无能为力，眼睁睁地看着它往前跑，我都没敢低头把它捡回来，因为我知道此时如果这样做不弄个头破血流，也会撞个好歹。

飞机停稳后，旅客都走了，我站起来挨个座位找，就是不见它的踪影，急得我直跺脚，因为我知道在国外没有护照寸步难行，我别无选择，必须把它找回来。一位空姐看见我在机舱里转来转去满脸愁容的样子，关心地走过来问我出了什么事，我告诉她说我的护照不见了，她二话没说就趴在地上帮我找，我也像她那样跪在地上找了好一阵，最后在第一排的座底下找到了。一颗悬着的心终于落地了，我手里拿着护照走出了机舱。

从机场出来搭车到了巴斯多（Barstow）的红崖宾馆。

12 日早晨 8 点钟，我准时站在宾馆门前等候，等待陌生的美国西部导游来接我。一位身材瘦小的大路女孩走上前来搭讪，问我叫什么名字，看看是否为她的麾下。听完我的回答，她拿出参团名单在里面找到了我的姓名，并在上面打了个勾，然后示意我上旁边的旅游大巴。让司机放好皮箱后，我上车开始找座位，此时，车上的大部分座位已坐满了人，只剩下后面的两排座位是空着的，我选择坐在了从后面数第二排靠右边的座位。坐在那儿又等了两分钟后，游客全部到齐，车开始发动，缓缓前行。

这时导游拿起话筒自我介绍说她叫 Angela，是我们美国西部拼团的导游，因为同团还有其他国家的游客，接下来她要用中、英文双语进行解说，她风趣地说："散拼团"就是拼命地接收散客，游客世界各地哪儿的都有，所以整个行程会有人不停地参团，同时也会有一些人不停地离团，这样虽然很麻烦但游客却可以省很多钱。

接下来，她转入正题继续介绍说，我们今天参观游览的是美国面积最大的死亡谷国家公园，参观的主要景点有拉培斯基山丘和恶水地带。死亡谷国家公园位于美国加利福尼亚州与内华达州相毗连的群山之中，是北美洲最炽热、最干燥的地区。死亡谷曾有过三个之最的历史纪录：第一是死亡谷以近地面温 56.7 度的最高纪录正式列为全世界最热的地方；第二是死亡谷中的"恶水"地带是死亡谷和西半球的最低点，低于海平面 282 英尺；第三是死亡谷中有会走路的石头。

死亡谷，长 250 公里，宽约 6 至 26 公里不等，面积达 1400 多平方公里。峡谷两“岸”，悬崖绝壁，地势十分险恶。几乎常年不下雨，有过连续 6 个多星期气温超过 40 摄氏度的纪录。每逢倾盆大雨，炽热的地方便会冲起滚滚泥流。这里有“死火山口”。死亡谷曾经包含一片内海和 380 处的湿地，不过绝大部分带有盐分，经过数千年来的气候变化，原来苍翠的湖泊也早已变成干涸的山谷。

据说在 1949 年，美国有一支寻找金矿的勘探队欣然前往“未开垦的处女地”，因旅途中迷失方向，几乎全队覆没。几个侥幸脱险者，不久也神秘地死去。此后，有些前去探险或试图揭开死亡谷之谜的人，也屡屡葬身谷中。因此，死亡谷不胫而走。

后来，科学家用航空侦察，惊诧地发现这个人间活地狱，竟是飞禽走兽的“极乐世界”。据航测统计，在这死亡谷里大约繁衍着 300 多种鸟类、20 余种蛇类、17 种蜥蜴，还有不少野驴，它们居然在那里悠然逍遥。它们或飞或爬或跑或卧，好不自在。时至今日，谁也弄不清这条峡谷为何对人类是如此的残忍，而对动物却是如此的仁慈。

夏季期间，因为高温的影响，大量上升的暖气流便在谷底上方形成云团，等到聚集足够的云量，便形成了雨，持续的雨水使谷底里的植物得到滋润，此时荒凉的山谷便会出现花的海洋。各种紫色、粉红色、白色的野花丛点缀在山腰，而在谷底偶尔也会长出一片金黄色的野花。这种金黄色的野花通常生活在沙漠中，它长出的种子外面覆盖着一层厚厚的壳，可以让种子冬眠长达数十年。只有遇到持续不断的降水才能诱使这些种子脱壳生长，也只有湿度、阳光和温度满足要求后，它才会开花。

死亡谷形成约在三百万年前，起因乃由于地球重力将地壳压碎成巨大的岩块而致，当时一部分岩块突起成山，另一部分倾斜成谷。直至冰河时代，排山倒海的湖水灌入较低地势，淹没了整个盆底，经过几百万年火焰般日头的酷晒，这个大盐湖终于干涸而尽。如今展露在大自然下的死亡谷，只是一个个泥浆与岩盐层的堆积。

死亡谷虽然被视为地球上最不适于居住的地区之一，但是却生长着一些适应力奇强无比的生物。其中棉球沼泽的沙漠小鱼可以住在比海水多出 6 倍盐分的水中。尤其春天时，更有一种长约 1 寸的沙漠小鱼还会到南方 6.5 里的地方产卵，它们适应干燥气候、咸水和恶劣环境的能力，着实令人惊叹！

导游讲到这里，见大家昏昏欲睡的样子，就撂下了话筒，让我们稍作休息，一会再讲。我们沿着莫哈维比沙漠中的高速公路继续前行，漫无边际的沙漠不时掀起一阵黄尘，坐在车子里的我不由自主地把身体往后仰，好像黄土和沙子真能刮进来似的，我有点神经过敏。

只见窗外公路的左侧是黑漆漆的奇形怪状的山崖，右侧是一片开阔的沙丘地。沙丘上点缀着灰绿色或黄褐色的棉球草，稀稀拉拉可怜巴巴地在风中摇摆，看到这儿，我感觉这里一片凄凉。但转念又一想毕竟沙漠还有植物陪着，植物虽少，但总算有陪伴者，由于这些植物的加入沙漠忽然就有了色彩，更有了生机与活力。所以从某种角度说这里还不够凄凉，确切地说应该算苍凉，我称西部这种独有的荒凉美为“苍凉美”，有时候我甚至觉得苍凉也是一种美，它具有一种从未有过的、难以抗拒的诱惑。

快到贝克小镇时，棉球草越来越多，沙漠中渐渐开始有高大的植物——浑身带刺的仙人掌，还有耶和华树越来越多，高低错落渐渐连成一片。我慨叹这些沙漠植物竟然如此顽强。正想得出神，车子忽然停了下来。导游喊我们下车参观第一个景点拉培斯基山丘。

每次参团都是游客在景点前照完相便撤，然后上车继续下个行程。为了节约时间，也为了避开人群，我拎着大相机健步如飞，第一个冲上了山丘。

站在山丘上，周围的景色一览无遗。碧蓝的天空下，一道道黄色夹杂着黑色锯齿状的山丘此起彼伏，在阳光的照射下闪闪发光，弄得我眼花缭乱。我揉揉双眼，拿出相机选好角度，调好焦距开始拍起来，正拍到兴头上的时候，一大群团友赶上来，有些人极不自觉地闯进了我的镜头，遮住了我的视线，很无奈，只好收起相机往回走。

我们上车后，继续往前走。

旅游大巴最后停在西半球的最低点附近。下车后，Angela 用手指着公路边高高的山崖上写着的“SEA LEVEL”牌子说，那是“海平面”，我们马上就到海平

生命的脉动

拉塔斯基山丘

面以下282英尺的恶水地带参观。

我跑下车，来看沙漠“绿洲”。说是绿洲有点过，因为它只有窄窄的一小条水沟，长不到500米，最宽处还不到5米，水弯弯曲曲地躺在白白的盐碱地上，外形酷似蜈蚣休眠。尽管水不多，在荒芜的沙漠中能看见一汪湖水着实叫人眼前一亮，我蹲下来看水里有没有鱼，找了半天都没找到，站起来伸个懒腰，却无意间发现有只小鸟正站在水边东张张西望望。碧蓝的湖水，青青的水草，褐色的小鸟，我惊呆了，眨眼的工夫它就钻进了低矮的灌木丛。我端着相机四处找，只见小鸟自已又从草丛中钻了出来，我凑近两步，它又飞快地钻了进去，更有趣的是当这只小鸟看见我的时候，不但不飞还跟我玩捉迷藏。不知道它是不会飞，还是不愿意离开这汪清水，它只是在小草丛和灌木丛中间穿来穿去、躲来躲去的，就是不往远处飞。

我在恶水地带没有看见会走的石头，却意外地看到了会捉迷藏的小鸟，我激动不已。我想：死亡谷或许就是那些特殊动植物的乐园，小鸟、仙人掌、棉球草——它们才是死亡谷的主人。我们人类别去打扰它们，让它们也有一片净土，在那儿自由自在地生活吧！

5. 美国科罗拉多大峡谷

2013年的情人节很特别，我是一个人在拉斯维加斯度过的，虽然有点孤独，却没有丝毫的寂寞。面对大自然展示给我们的美丽、沧桑与神奇，我深刻体会到了生命的价值与意义。

我们团里只有我一个人去南峡，所以早晨五点，我准时乘坐 Vision Airlines 出租车前往 Las Vegas 机场。我准备在机场乘小型飞机飞往南峡。到南峡旅游的大多数是日本人，日本导游用日语反复强调旅游的主要景点及注意事项，她细心而又耐心地讲着，我当然听不懂，我只是从口型和动作猜测而已。讲完日语我以为她会再说一遍英语，但她并没有。我在大厅一角傻傻地坐着，忽然看见有两个白人在大厅的书架上翻看地图，我凑过去搭讪，他们告诉我这里既有英文版的地图和旅游手册，也有汉语版的，我找到了一本中英文对照版的大峡谷简易地图和旅游指南。

回到座位上翻了翻，上面写着：大峡谷国家公园是世界七大奇景之一，位于亚利桑那州的西北部，总面积达1100多平方公里。1979年，这里被认定为世界自然遗产。在500万年前，奔腾的科罗拉多河将这里穿凿成巨大的峡谷，随着河水水量的日益减少，越来越多的岩石暴露在阳光下，岩石经过雨水侵蚀和自然风化，变成了不同颜色和不同形状的岩层。由于不同时期的岩层风化速度不同，峡谷壁显现出多样的造型。考古学家发现，早在4000年前这里就曾经有人类居住，但一直不为人知。“科罗拉多”，在西班牙语中意为“红河”，这是由于河中夹带大量泥沙，河水常呈现红色的缘故。

科罗拉多河不分昼夜地向前奔流，有时开山劈道，有时让路回流，在主流与支流的上游刻凿出了黑峡谷、峡谷地、格伦峡谷、布鲁斯峡谷等19个峡谷，而最后流经亚利桑那州多岩的凯巴布高原时，形成了大峡谷奇观。

大峡谷全长446公里，平均宽度16公里，最大深度1740米，平均谷深1600米，总面积2724平方公里。由于科罗拉多河穿流其中，故又名科罗拉多大峡谷。峡谷两壁及谷底气候、景观有很大不同，南壁干暖，植物稀少；北壁高于南壁，气候寒湿，林木苍翠；谷底则干热，呈一派荒漠景象。蜿蜒于谷底的科罗拉多河曲折幽深，整个大峡谷地段的河床比降为每千米150厘米，是密西西比河的25倍。

1919年，威尔逊总统将大峡谷地区辟为“大峡谷国家公园”(Grand Canyon National Park)，1980年列入世界遗产名录。大峡谷山石多为红色，从谷底到顶部分布着从寒武纪到新生代各个时期的岩层，层次分明，色调迥异，并且含有各个地质年代的代表性生物化石，所以有人称它为“活的地质史教科书”。

亿万年来，奔腾的科罗拉多河从KAIBAB高原中切割出如今这令人震撼的奇迹。它被列为世界自然遗产名录的最重要原因，在于其地质学意义：保存完好的裸露的岩层，记录了北美大陆早期几乎全部的地质历史。

峡谷的形成比其岩石的形成晚得多，且复杂得多，它主要是科罗拉多河的侵蚀、降雨和冰雪融化等的综合作用的结果。奇特的造型主要是由于水流的侵蚀对质地不同的岩石作用的速度快慢不同，峡谷的色彩则是由所含的少量的各种矿物造成的，富含铁的岩石呈红或红褐色。

刚看到这里，机场的检票员就招呼大家准备登机。于是游客们排成两列纵队等候安检，查验完护照的游客陆续登机。

我们乘坐的是小型飞机，只能容纳 20 人。这种飞机乘坐的顺序很特殊，基本是按照乘客体重排列登机的先后顺序，体重最轻的坐在第一排，次轻的排在第二，以此类推。虽然我不算最沉，但因为我身背“大白”、三脚架，总重量超过了很多人，所以我被安排在倒数第二排。坐到飞机座位上，日本导游就对她的游客哇啦、哇啦讲着什么，我一句也听不懂，幻想着她能说两句汉语，或者哪怕是英语也行啊，只可惜她连一句都没说。我后悔自己做事冲动、一意孤行，没跟同团的另外四名游客坐第二趟航班。望着一张张陌生冰冷的面孔我的心也跟着变凉，这时耳边响起马达轰隆隆的震动声，飞机渐渐升入云霄。

为了排解心中的烦恼，我的双眼转向窗外，俯瞰飞机越过一座座山，一条条河。望着飞机下面披着银装的森林、山川和平原，我的心情一下子豁然开朗。起初看见两个乘客掏出相机对着窗户拍个不停，我还不以为然，后来看外面的景色实在太美了，按捺不住内心的激动，我取出相机隔着机舱玻璃往下拍。因为第一次航拍还不得要领，也掌握不好角度，再加上安全带把我拴得死死的不能随意动弹，所以头几张片子飞机翅膀也被摄进来了。情急之下，我打开安全带，不停地变换位置和角度，最后终于拍到了令自己满意的作品。飞机很快接近了南峡，我不得不把相机装进背包，调整好座位，系上安全带，调整好心情，静候飞机降落。

下了飞机，我们改乘大巴前往第一看点——Mother Point。在第一景点停留的时间是一个小时，导游说着日语嘱咐着游客，我有点晕，不知道下车后该如何归队，心里想下车后问问司机再说吧。出乎意料的是，当我走出车门，司机竟然举着一张半米见方的白色指示牌，上面赫然写着八个大号的汉字“九点钟在车上集合”，在汉字的下面还标着英文翻译提示语。

看到标牌，一股暖流涌上心头，我冲司机笑了笑以示谢意。心里悬着的一块石头总算落了地。下了车我就拎着相机往前跑，把一群日本人远远地甩在了身后。

在第一个观景台拍了几张片子，回放一下感觉不太满意，于是重新调整角度又拍了几张，还是不太满意。因为环境不熟悉，自己又一心想在这里拍出佳片，一个小时的时间有点不够用，所以我心里有点慌，手忙脚乱的。我深吸一口气，放松一下心情，然后沿着小路向东走，一边走，一边拍，这次虽然拍摄的效果稍微好一些，但总觉得还不够理想。我掉转头又向西行，折腾来、折腾去的怎么都不太满意，瞅瞅表马上就要到集合时间了，我只好安上镜头盖悻悻地往回赶。

回到车上，大巴继续前行，九点十分，我们在第二个景点（Main Points Lodge）下车，穿过 Bright Angel Lodge 沿着观景小道一路西行，可能是为了安全和便于观察，紧贴路边垒有一米多高的围墙。因为我没与同团的人一起游览且与之相背而行，低头看见路边白雪皑皑，一尘不染，我不忍在雪面上踩踏，只循着他人踩出的脚印缓缓前行，间或遇到一两个游人他们也是静悄悄的，好像生怕打扰沉睡中的大峡谷似的。我静静地观赏、感叹、记录、拍摄，一点点的我仿佛已经植入其中。因为这里非常非常安静，所以我偶尔踩在雪堆上发出的"嘎吱、嘎吱"声好像被放大了N倍，在空旷的山野上听起来宛若美妙的旋律，让人不禁浮想联翩。

伴着脚下采出的音乐节奏，独自享受着大自然赐予我的幸福，不知不觉就爬到了制高点。我从更高的角度、更宽的视野俯瞰大峡谷，饱览大峡谷的壮丽景色。只见天空碧蓝如洗，地面被白雪包裹，苍松在雪地里显得分外妖娆，弯弯曲曲的砖红色岩层在阳光的照射下或阴或明，好像一条接一条的巨龙舞动着身躯，"红龙"之间的沟壑伴着岩层的走向一路蜿蜒下行。

两岸红色、黄色、灰色、黑色五颜六色的岩石断层，被大自然的鬼斧神工镌刻出各种图案，既像画家即兴挥洒的画作，又如天赐的艺术作品。岩层嶙峋、层峦叠嶂，岩层峭壁之间的沟壑深不见底，更衬托出大峡谷的神奇与壮丽。令人惊讶的是，这里的土壤虽然大都是红褐色，但当它沐浴在金色的阳光里，在太阳的照耀下，岩石时而呈现深蓝色、时而棕色、时而又变成了赤色，扑朔迷离、变幻无穷，令我眼花缭乱。

从没见过如此磅礴的气势，站在围墙外的观景台前将美景尽收眼底，一时心旷神怡，竟忘了用镜收景，过了好半天才想起此行的重任，我急忙端起相机拍录

龙踞世界

下了这天底下最神奇的景色。

站在巨大的梦幻般的峡谷面前，显得我越发矮小，这不禁让我联想到在大自然面前人类力量的薄弱与渺小。

面对这神奇的景色，忽然想起美国总统西奥多·罗斯福来此游览时曾说过的那句话，“大峡谷使我充满了敬畏，它无可比拟，无法形容，在这辽阔的世界上，绝无仅有。”

因为有来时的经验，返程时对景色的构图以及角度的把握都要好得多。从低飞的机窗往下瞅，苍茫的大地、碧绿的松柏、蜿蜒的河水、蓝蓝的大海，还有像积木一样的高楼，我样样都看得清清楚楚，近距离拍摄新奇而又刺激。因为科罗拉多大峡谷非常大，任何人站在地面都不可能看到峡谷的全貌。只有从高空俯瞰，才有可能完整地欣赏到这条大地的裂缝，坐在飞机上我一览无余。飞机下面变化无穷的风景令人目不暇接，我的手飞快地按动快门，已经完全顾不上翻看照片质量的好坏，只是一个劲儿地俯拍、抓拍，我完全沉浸在航拍给人带来的极度的刺

生命的断层

激、快乐和幸福之中。

一路上，我兴奋不已，我不仅被飞机下面如诗如画的景色所吸引，而且我还用相机隔着玻璃捕捉到了不少鲜为人知的奇景，真是不虚此行。

在飞机上，我欣喜若狂，不停地对自己说："感谢上帝，感谢父母给我这么多智慧和胆识，让我看到这般神奇的景象。"我不仅仅被机舱窗外的自然景观所震撼，同时更为我当时自己的英明选择而自豪。

飞机如期返回了拉斯维加斯机场。大峡谷不愧为世界奇观，具有超人的魔力。多么不平凡的一天啊！我，人的躯壳虽然回到了 Excalibur，但我的心却不自主地偷偷地留在了南峡。

6. 胜利之吻

2013 年 2 月 16 日，我随地接社导游陈先生一起游美墨边界城市——圣地亚哥。圣地亚哥是美国加利福尼亚州第二大城市，属于中央平原，以前以农业为主，现在主要靠旅游、高科技以及农业支撑。

陈导的普通话很糟，带有极重的闽南口音，听他说汉语还没有听他说英语清楚呢，好在他一边说英语，一边说汉语两者综合起来我还能听个大概。他介绍说：圣地亚哥又叫圣迭戈，是美国西南边境港市，为美国海军基地。美国海军第 3 舰队司令部及所属许多部队的司令部都驻扎在此，舰队半数以上舰艇包括航空母舰、核潜艇等以此为母港。

接近墨西哥边界上的圣地亚哥湾在加州是一个天然大港湾，湾外的半岛从南北两边将港湾环抱，绵长的海岸线不但是人们休闲的好去处，而且也是贸易交流的中枢和纽带。圣地亚哥旧城是加州发展的源头。1850 年加州成为美国的一州时，圣地亚哥比较落后，发展也比较缓慢，直到一个旧金山的商人将圣地亚哥的重心迁移到近海湾处，才带动了新城的发展，成为圣地亚哥市中心地带。二次世界大战期间美国政府被迫将海军基地从檀香山撤出后，便选择了圣地亚哥作为指挥中心。因此大量人群涌入圣地亚哥，工商业也开始蓬勃发展。

随着旅游大巴的减速，他的讲解也停了下来。我们下车沿着一片绿草地朝海边方向走，没走多远就看见了圣地亚哥海军基地。我们首先参观了“中途岛”号航母，这是一艘浅灰色战舰，曾参加过二战，但下水六个月之后，日本就宣布投降了。这艘船因为参加了中途岛战役而得名，中途岛战役是整个太平洋战争的转折点。二战后，它又参加朝鲜战争和越南战争，并作为太平洋舰队旗舰派驻日本，成为美军首艘驻外航母。从 1945 年下水服役到 1992 年退役，服役年限达 47 年，是美军迄今为止服役最长的航母。在这期间，大约一共有 225,000 美军曾在中途岛号航空母舰上服役。

这艘服役时间最长的航空母舰已经完成了它的使命，现在停靠在海边供人们观赏。从“中途岛”号航母上下来，我被一个士兵拥吻着白衣天使的巨大雕像所吸引，我走过去，看见好多人正在与雕像合影，我和同团的王宇也跟着在那儿拍了几张。人站在高大的雕像面前显得非常矮小，两者极不成比例，不停地调换角度和距离，我伤了很多脑筋才把她和雕像的合影拍好。

看看表已经快到规定的集合时间了，我们急忙往回走，半路遇到一岔路口停下脚步左右观瞧并没看见熟悉的人，两边的街道也没什么印象，于是我们继续往前走，在下个街区的路口右拐，我们又走了两个街区来到了一个小广场转盘，四周一个人也没有，更别说醒目的大巴车了，站在街角低头看一眼手表发现早已过点了，我开始着急，本来就路痴的我再加上精神紧张，更辨别不出东南西北了，心想：“我和王宇一个人是路痴，一个路盲加一起俩不顶一个，这可怎么办呢？接下来是向左走，还是向右走？”慌乱中我向左，她向右我们相向而行，走了约摸 5 分钟左右谁都没找到巴士，我们又返回小广场，天气本来就热，再加上心里火烧火燎的，我的额头开始渗出了汗珠，王宇也满头大汗，我们站在广场不知再往哪个方向走，可以想象我们当时的无奈。就在这时，王宇的电话响了，她激动地告诉我是她老公打来的，可响了两声又断了，我催促她往回拨，过了老半天手机才接通。

天本来就热，再加上着急，我的心里火烧火燎的，额头开始冒汗，王宇也满头大汗，我们站在广场上直跺脚。就在这时，王宇的电话响了，她兴奋地告诉我，

好奇　[illegible]

电话是她老公打来的，可响了两声就断了，我催促她赶紧往回打，过了老半天电话才接通……

男人一般都非常理智，王宁老公不但具有理性思维，还多了一份智慧，他根据妻子毫无头绪的描述，判断我们超出了导游他们的寻找范围，我们不是在原地，而是走过头了。于是他叫我们往回折返，就在刚刚路过的第一个丁字路口我们发现了她的老公，他一声不吭地把我俩领到了停车处。

我们上车了，可陈导又不见了。旁边的人说导游又去找我们去了，嘱咐车里的人在车上等着，千万别再下车。我们回到座位上又足足等了半个小时，陈导才满脸大汗地跑回来，他穿的黑色 T 恤都湿透了。

我做好了挨训的准备，羞愧地低下头，等着他发作。但出乎意料的是，他并没有责怪我们，只是耐心地提醒说下次停车的时候大家多瞅瞅周围的建筑或路牌，要找个容易记的东西做参照物，电话要随身携带并保持畅通，在国外人生地不熟的丢了可麻烦了。虽然导游和同团的游客并没有责怪我们，但让这么多人等将近一个小时我心里非常内疚，因为我经常跟人说“浪费别人的时间等于图财害命”，如今我也做了几近于图财害命之事，所以好长一段时间我都无法原谅自己。也正是从那次起，我养成了一个好习惯，每当我随着一群人出去游玩，下车时我都会用手机或相机拍一张照片，记录一下停车的具体位置，有时下车走一段距离后我还要再回头看看，用心记录一下周边的环境，防止类似的错误再次发生，影响自己和他人的游兴。

陈导的情绪稍作调整后，继续向我们介绍说，胜利之吻原版照片，拍摄于 1945 年 8 月 14 日，当时纽约街头和广场上到处都是庆祝二战胜利的人群，人们情绪亢奋，沉浸在“二战”胜利的喜悦之中，素不相识的人也彼此拥抱和亲吻，一位士兵激动地拥吻了在场的女护士。这一历史瞬间被《生活》杂志摄影师阿尔弗雷德抓拍了下来，成为纪念二战胜利的经典之作，也成为世界摄影史的一个典故。这一作品上了美国《生活》杂志的封面照片，作为庆祝“二战”胜利的经典形象广为流传，被誉为“胜利之吻”。

根据《胜利之吻》的照片创作的这尊雕塑高 7.6 米，重 6000 磅，人物造型基本上依据原型，穿深色海军服的士兵激情地拥吻白衣天使——女护士。

2005年8月11日，根据这张“胜利之吻”照片制成的彩色雕塑在纽约时代广场展出，为该雕塑揭幕的正是当年照片中的女人——伊迪丝。这座雕塑是由艺术家斯沃德·约翰逊创作的，它被命名为《无条件投降》，士兵和护士的雕塑在纽约时代广场一直展出到8月14日，吸引了无数人前去参观，并在全美引起了轰动。当主人翁——伊迪丝第一次见到这副雕塑作品时曾激动地说：“我想它传达了爱、浪漫、和平与未来的真谛。”短暂的拥吻，是人们反对战争、渴望和平的真情流露，具有深远的历史意义。

回来后，我比较一下我和黄建他们几个拍的《胜利之吻》我自叹不如，难怪每次黄建看到李林田的摄影作品都要大发感慨，这次我也有同感，黄建拍的李林田望着比自己高好几倍的雕像，他那好奇的神态和“专心接吻”的雕像，形成了强烈的反差，让人如临其境，我不禁暗暗叫绝。

《胜利之吻》雕塑，的确是把一场世界大战给人类带来的痛苦与伤害表现得淋漓尽致。和平的喜悦在两个彼此陌生的异性的唇齿之间交流，反法西斯战争的胜利浓缩在激情四射的嘴唇之上。这个亲吻已超出了寻常含义，它已经从生理上对爱的渴求演变为一种精神享受,从两性间的亲昵升华为人类的一种伟大的精神。

以前说自己是个路痴，不觉得难堪，偶尔还颇有些得意，有时觉得没有波折，没有插曲的旅行是不够精彩的，出现点小差错没有什么，可圣地亚哥的“晚归”确实让人无法原谅。我开始自责，也开始深思，让那么多人坐在车上等我们，浪费了团友很多宝贵时间，我觉着很内疚。

在旅途生涯中，我早已记不得自己到底有多少次因为多拍了些美景而迟迟不归，也记不得自己到底被导游批了多少回，被其他游客白了多少眼，真的，以前我对此大多不屑一顾，也从未觉得对不起谁。自认为：“不过就是晚回来几分钟吗？有什么大不了的，至于用那样的眼神瞅着我吗？”同时心里还自我安慰：反正我照出了好片子，我收获大，你们爱怎么着就怎么着吧，我无所谓。

这次感觉完全不同。因为导游已经五十多岁了，大热的天满大街跑，驷马汗流的，回来时气都快喘不匀了，我心里感到很不是滋味。本以为他会冲我们发火，他这么累半句怨言都没有，反倒让我有些不安，觉得很对不起他！我第一次觉得自己是有点儿过分。我不应该把自己的快乐和满足建立在别人的痛苦之上。

人在旅途中迷了路，往往越着急越找不到路，在这种情况下，最好停下来深呼一口气，冷静冷静，大多数情况下还是能找到方向的。

我想：旅途迷路耽搁些时间还算小事儿，因为可以设法补救，可人生要是迷了路，那可就事儿大了。大到战争，像希特勒发动的二战，日本发动的对华的侵略战争等，他们乱杀无辜，残害百姓，给人们的身心都造成了极大的伤害，战争的丑陋与残酷，战争给人们心灵造成的伤害是用什么办法都无法补救的；小到贪污受贿，贪官们也许刚开始的时候，他们收受贿赂会颇为忐忑，可一次两次无人过问之后，便产生了侥幸的心理，随后变得越来越心安理得，欲望越来越多，胆子也越来越大，钱、色越贪越多，直至坠入深渊……

暗自窃嘉，幸亏自己是路盲，如果是"心盲"那就糟了。"路盲"还有药可医，"心盲"则病入膏肓，难以治愈。当下世界，大小的战争接连不断，战乱国的老百姓苦不堪言，我想这些战争的发动者——他们就是"心盲"一族！

无论生活在哪个年代，人们都希望活得滋润，过得幸福。可幸福和滋润是有条件的，没有世界和平，就根本没有什么幸福和滋润可言。如今以色列、乌克兰、叙利亚、阿富汗、伊拉克、印度、巴基斯坦等战争连绵不断，百姓饱受蹂躏，连遭涂炭。当下这样动荡的世界格局，我们该如何面对？是以血还血，以牙还牙？还是坐以待毙？……

《胜利之吻》雕塑，的确是把一场世界大战给人类带来的痛苦与伤害诠释得淋漓尽致。和平的喜悦在两个彼此陌生的异性的唇齿之间交流，反法西斯战争的胜利浓缩在激情四射的嘴唇之上。这个亲吻已超出了寻常含义，它已经从生理上的渴求演变为一种精神享受，从两性间的亲昵行为上升为人类的一种伟大的精神。

一切灵感皆源于对生活的挚爱。生活是创作的源泉，不深入生活就没有灵感，更谈不上创作出优秀的作品。只有抓住生活中精彩的瞬间，才能抓住作品的灵魂，只有有灵魂的作品才能称得上真正的艺术作品，才能给人们带来更多的精神享受。

盈盈花开，默默期许。以前的我不明白这个道理，只是"两耳不闻窗外事，一心只读圣贤书”，创作出的作品平淡缺少灵魂。如今我已经开始融入社会，融入大自然，越来越深入地体验生活了。

眼中有美才快乐，心中有爱才温暖。旅途过程中，我们并不是单纯地再现自然，而是通过记录生活中的美好与丑陋，挖掘人性的光辉，感悟人生的真谛，鞭挞丑陋，弘扬正气，给予社会以正确的舆论导向……

不忘初心，方得始终。为了我们的子孙后代能看到我们镜头中干净的世界，目前，我和我的摄影朋友们正在呼吁更多的有识之士加入环境保护的阵营。热爱和平，珍视生命，保护环境，享受生活，这是我们这群摄影人所要追求的最高的思想境界。

朋友曾开玩笑说：“爱好摄影的人最吃亏了，拍自己少，拍别人却很多。”有时我也跟朋友抱怨，说他们给我照的没我给他们照的好，有时也想找高手给自己拍几张好照片。但这只是想想而已。其实我知道，每当扛起“大白”（我的相机）就不由得兴奋起来，开始忘我地拍摄，什么给自己拍照之类的事儿早已忘到九霄云外。所以摄影对我来说是一种最大的精神享受。每次旅途都会有意外的收获，拍摄自然风光和人文景观，既是用心挖掘美的过程，也是探索生命意义的历程。

但我清醒地认识到，没有世界和平，没有旅途安全做保障，环游世界的梦想就会化为泡影，所以我在欣赏造物主赐予我们的自然风光和人文景观的同时，我也倍加珍惜这来之不易的稳定与和平，也更加珍惜当下的美好与幸福。

蝴蝶为花醉，花却随风飞；一切随心意，且行且珍惜。虽然我已经记录了那么多可圈可点的片段，但这对于庞大的地球来说这些片段还微不足道，这部《碎片》相对于我漫长的写作生涯来说也是一个片段，随着写作和摄影时间的延长，能力和水平的不断提高，我相信自己一定会创造出更多、更好的作品，引领更多的人朝着更健康、更美好的方向前进……

离去的是风景，留下的才是人生。相信《碎片》续集一定会更精彩！

你若不伤，岁月无恙。我要带着梦想继续旅行，我也要继续努力创作，在大自然中邂逅幸福，直到再也迈不动脚步……

2015 年 7 月 6 日

图书在版编目（CIP）数据

碎片：那些行走的记忆 / 韩雅梅著．— 北京：中国民族摄影艺术出版社，2015.10
ISBN 978-7-5122-0739-4

Ⅰ．①碎… Ⅱ．①韩… Ⅲ．①游记－作品集－中国－当代 Ⅳ．①I267.4

中国版本图书馆 CIP 数据核字（2015）第 191310 号

书　名：碎片：那些行走的记忆
作　者：韩雅梅
责　编：张　宇
出　版：中国民族摄影艺术出版社
地　址：北京东城区和平里北街 14 号（100013）
发　行：010-64211754　84250639
网　址：http://www.chinamzsy.com
印　刷：北京缤索印刷有限公司
开　本：16 开　787mm×1092mm
印　张：17.25
字　数：150 千
版　次：2015 年 10 月第 1 版第 1 次印刷
印　数：1—5000 册
ISBN 978-7-5122-0739-4
定　价：68 元